シャバの「普通」は難しい

01

著 中村颯希
Satsuki Nakamura

Contents

プロローグ
Prologue

ヴァルツァー監獄。

大陸一の覇権を握るルーデン王国の外れ、険しい山と切り立った崖に囲まれたその場所には、大陸中の、終身刑を言い渡された大罪人ばかりが多く収容されている。

周囲の森は瘴気《しょうき》すら帯びて陰鬱《いんうつ》と茂り、昼なお暗いその獄からは、ときおり、獣の鳴き声にも似た、断末魔の声が響き渡るのだという。

それは、心ない看守が囚人を拷問しているからとも、または、囚人同士が釈放をかけて、酸鼻な殺し合いをしているからともいわれた。

囁《ささや》かれる噂《うわさ》は多々あれど、その趣旨はおおよそひとつにまとめられる。

ヴァルツァー監獄は、この世の地獄。

虫が湧き、腐臭の立ち込める牢獄《ろうごく》にひとたび鎖で繋《つな》がれようものなら、その無慈悲な虐待に、暗澹《あんたん》たる境遇に、殺人鬼すら涙を浮かべて死罪を請うのだと。

さて――。

その忌まわしき監獄の一室で、今、ふたりの人物が夜の闇をまとい、冷ややかな表情で立ち尽くしていた。

ひとりは、女性。

かすかな月光しか差し込まぬ牢獄にあってなお、淡く輝く銀髪とまぶしいほどの肢体《したい》を持った、艶麗《えんれい》な女性である。

ただし、その身にまとった囚人服は大きく胸元を裂かれ、頬には殴られた痕があった。

もうひとりは、そんな彼女をかばうようにして立ち、長い脚で「なにか」を押さえつけている男性。

獅子《しし》のたてがみのようにうねる黒髪、そして伸び切った髭《ひげ》に覆われてはいるが、高い鼻や印象的な空色の瞳が、精悍《せいかん》な容貌を窺《うかが》わせる男性だった。

その彼は、靴すら許されぬ泥まみれの足を再度振り上げ、湿った床にうずくまる「それ」を大きく蹴り上げた。

「寝たふりか、看守殿」

「ぐ……おっ」

とたんに、先ほどまで男に踏みつけられ、今蹴り上げられた「それ」——看守と呼ばれる脂ぎった男が、わき腹を押さえて飛び上がる。

ぶよぶよとした腕で、教会の聖紋を縫い取った己のローブを手繰り寄せる看守に、男は淡々と片手を掲げてみせた。

「お探しのものは、これか？」

その男らしい大きな手の中には、不思議な色を放つ水晶の珠《たま》がある。

紐《ひも》を通されたそれは、看守の職を任された導師が、緊急時に教会と連絡を取り合うための聖具であった。

「そ……っ、それを……！　それをなぜおまえが持っているのだ！　下賤《げせん》の罪人が触れていいものではない！　聖なる水晶ぞ！　返せ！」

権力と欲望を贅肉《ぜいにく》に変えて身にまとわせた看守が、目を見開いて叫ぶ。

しかし男は、飛んでくる唾《つば》を煩《わずら》わしげに払うと、再び看守を床に押さえつけるだけだった。

「ぐっ――――！」

「下賤の罪人？　ほう」

耳に心地よい低音が、ふいに剣呑《けんのん》な響きを帯びる。

男はぐ、と足に力を込めながら、看守に向かって囁いた。

「賤《いや》しき罪人とは、誰のことを言うのか」

「ぐう……っ」

「国を裏切った勇者か？　魔族の子を宿した娼婦《しょうふ》か？　それとも――囚人を虐待し、身重の女を犯そうとする、神の僕《しもべ》であるはずの男のことだろうか」

「……う……お……っ」

足を背にめり込ませた看守が、苦悶《くもん》の表情を浮かべる。

冷や汗をにじませはじめた巨体に、男は甘さすら感じる声で続けた。

「罪人が罪人を裁く権利があるというのなら、当然俺にもおまえを裁く権利があるはずだ。そうだろう？」

「ひっ……」

ぎし、と骨の軋《きし》む不吉な音がする。これ以上圧を掛けられたら、間違いなく骨が砕け、あるいは内臓が破裂するだろう。

真っ青になった看守が口の端から泡を滲《にじ》ませはじめたそのとき、

「――待って、ギルベルト」

それまで沈黙を守っていた女性が口を開いた。

「助けてくれたのはありがたいけれど、ちょっと興奮しすぎよ」

「……しかし、ハイデマリー」

ハイデマリーと呼ばれた彼女は、乱雑に切られた銀髪を気だるげに掻《か》き上げ、薄く笑みを浮かべる。

そうして、赤く腫れた自らの頬をつっと指で辿《たど》り、小首を傾《かし》げた。

「わたくし、これでも三国一高い女と言われていたの。頬を腫らした代償に豚の死骸を押し付けられても、詫《わ》びには到底足りないし、困るだけだわ」

だから、と呟《つぶや》き、ちらりと優雅に視線を背後に投げかける。

背骨を折られかけている状況も忘れて、看守は元高級娼婦に見入っていたが、その背後の扉が開いたのに気付き、顔を強張《こわば》らせた。

「おまえたち、は……」

重い石と鉄柵でできた扉を開け、やってきたのは、四人の男たち。

あどけなさを残した少年に、屈強な熊のごとき巨漢、中性的な青年に、穏やかそうな壮年の男。

国籍も罪状も様々な四人の男たちは、頑強な鎖で繋がれていたはずの腕や足をぷらぷらと振りながら、実に陽気に牢屋に踏み入ってきた。

「な、なぜ、おまえたちまで、封じの鎖を……！」

「封じの鎖って、これ？」

呆然《ぼうぜん》と呟く看守に向かって、最年少の少年がふふっと鉄の破片を摘《つ》まみ上げる。

「『聖なる鉄』ごときが王水に敵《かな》うわけないっていう、単純な化学の勝利だよね？」

ねえ、と彼が他の面々に呼びかけると、三者三様の答えが返った。

「……そんなもの、使わずとも、引き千切《ちぎ》れば、それで」

「やぁねえ、他の看守を平和裏に洗脳したに決まってるじゃない」

「皆さん穏やかでないですね。このくらい、『説得』で十分ですよ」

看守は素早く、囚人たちの罪状《プロフイール》を脳内で照合し、青ざめた。

人体実験を繰り返した年少のマッドサイエンティストに、禁域で希少動物を大量虐殺した狂戦士《ベルセルク》。王侯貴族の子女を集団洗脳した誘拐犯、横領で国家規模の公庫を破綻させた詐欺師。

それぞれ、己の特技を駆使して封じを逃れたというわけだった。

「な、な、な……」

どうやって監視の目を潜《くぐ》り抜けたのか、とか、なぜこの場に集まってきたのか、とか、看守が確かめるべきことは多くあったはずだ。

しかし、そのどれかを口にする前に、麗しの娼婦・ハイデマリーが静かに微笑《ほほえ》んだ。

「初めての方ですもの。お安くしてあげてよ、看守殿？」

「な……」

うっすらと血を滲ませた己の頬の傷を、細い指が撫《な》でる。

「ヴァルツァー監獄。この素敵なお城だけで、手を打って差し上げる。あなたには、そのための傀儡《かいらい》を演じてもらいたいの」

声は、鈴を鳴らすようだった。

「なんだと……？」

「飲み込みの悪い豚ねぇ。今この瞬間から、ヴァルツァー監獄はハイデマリー以下、あたしたちが掌握《しょうあく》するってことよ」

看守が呆然と声を上げれば、すかさず中性的な青年が呆《あき》れたように言い捨てる。

――掌握する。

その単語が時間を掛けて脳に染み込んでいくと、看守は引き攣《つ》った笑みを漏らした。

「……ば、馬鹿を言うな。ここはヴァルツァー監獄、この世の地獄だぞ？　掌握どころか、私を小指の先ほどでも傷つけようものなら、とたんに監獄中の守衛や聖獣が駆けつけ、おまえらを八つ裂きに――」

「守衛？　それはどこにいるのだろう」

しかし反論は、淡々とした男の声に遮られる。

看守は背中に乗った足の重みを意識しながら、必死に耳を澄ませ――廊下から物音ひとつしないことに気付いて愕然《がくぜん》とした。

そんな馬鹿な。

四人、いや、この自分の背中を踏みつけている男も含めれば、五人もの犯罪者が独房から出歩いているというのに、なぜ誰も、なにも、異常事態を知らせようとしないのか。

「そんな……馬鹿な……二百の守衛ぞ……五十の聖獣ぞ……たった五人で、この広大な監獄を掌握など……」

「五人？」

とたんに、男――ギルベルトが、背中を押さえ込んでいた足を大きく振り上げ、同じ場所に叩《たた》き落とす。

つぶれたヒキガエルのような声を上げた看守に、彼は淡々と告げた。

「ハイデマリー以下と言ったろう。六人の誤りだ」

「あら、それも違うわ、ギルベルト」

すると、ふふっと口元を綻《ほころ》ばせたハイデマリーが、そっとギルベルトのたくましい腕に手を添える。

彼女は、宥《なだ》めるように男の腕に触れながら、もう一方の手で、優しく自らの腹を撫でた。

そうして、いっそ慈愛すら感じさせる微笑をもって、這《は》いつくばる看守に言い放った。

「——七人よ」

第1章

「普通」のお茶汲み

エルマ流「普通」の庭仕事

「土を耕していたら、化石を見つけました。
絶滅した古代生物のもののようですね」

王宮付き侍女の朝は早い。

手狭ながら清潔な寮室に、陽気な鶏《にわとり》の鳴き声が聞こえてくるのを耳にしながら、エルマはむくりと寝台から身を起こした。

いまだ、朝陽《あさひ》も差さぬ時分。

慣れない者なら寝台から降りるのすら手間取る薄暗さだが、本日が初出仕であるはずの彼女は、淡々と身なりを調《ととの》えていく。

お仕着せのメイド服に腕を通し、清潔なエプロンに長い黒靴下、磨き抜かれた革靴を身に着ける。腰に届くほどの黒髪はくるくると団子にまとめ、ブリムと呼ばれるヘッドドレスを着ければ完成だ。

支給品である小さな鏡を覗《のぞ》き込み、エルマはしばらく首を傾《かし》げていたが、やがて、城に唯一持ち込んだ布鞄《かばん》の中から小道具一式を取り出した。それをなにやら丁寧に顔に塗ったり描いたりし、さらには厚底の眼鏡まで装着したうえで、再び鏡を見つめる。

そこには、これといって美人でも不美人でもない、平凡な少女が映り込んでいた。

肌は十五という年齢にふさわしく滑らかだが、赤みに乏しく、どちらかといえばくすんで見える。目は眼鏡の存在に引っ張られて、何色なのかすら判別がつきづらく、薄めの唇は血の気がなくやや陰気である。衣服とて、清潔感はあるものの、サイズが合わないのかどこか野暮《やぼ》ったく、全体に冴《さ》えない印象が強い。

だというのに、彼女はぱっとしない己の姿をまじまじと見つめると、

「よし」

満足げに頷《うなず》いた。その声だけは、はっとするほど美しい。

続いて彼女は、寝台を片付けついでに、なにげなく窓の外を眺めた。

四階建ての寮室の、最上階。

ルーデン王国の建築技術の粋を集めた王宮だけあって、ここでは侍女の寮ですら高層建築が許されている。平民ならばまずご縁のない高所からの眺望は、王宮付きを望む娘たちの憧れであり自慢でもあったが、しかし昨日まで最下層民であったはずの彼女は、飽きたように冷え冷えとした視線を向けるだけであった。

「これを毎日上り下り……苦痛ではなくとも、面倒ではありますね」

むしろその呟《つぶや》きには、迷惑というか、単純にうんざりとした響きだけが籠《こ》もっている。

彼女は、眼鏡の奥で死んだ魚のような目になると、「ここには昇降機はないのでしょう

か……帰りたい……」とぼやきながらしばらく地上を眺めていたが、やがて諦めたように溜《た》め息《いき》をつき、すっと窓辺を離れた。

と、寮室を出ようとしたそのとき、エルマが手をかけるよりも先に木造りの扉が開いた。

無言で顔を上げると、ずいっと人影が迫ってくる。

エルマと同じくメイド服を身に着けたその人物は、開口一番にこう言い放った。

「まあ！　みすぼらしい黒ネズミだこと」

こぎれいに結わえた金髪に、釣り目がちな若草色の瞳。なかなかの美少女だ。年はちょうどエルマと同じか、ひとつ上くらいだろうか。状況を冷静に検分して、どうやら先輩のようだと結論付ける。

ついでに黒ネズミというのは、黒髪で貧相なエルマへの揶揄《やゆ》だと思われるが、物理的事実としてネズミがいる可能性も否定できないため、念のため床に視線を走らせた。

すると相手は、嘲《あざけ》るように片方の眉を上げた。

「あら、自覚もなくって？　あなたのことよ、苗字《な》なしのエルマさん。言っておくけれど、いくら侍女長のグラーツ子爵夫人が後見くださったところで、あなた自身はしょせん、ただのエルマ。王宮付き侍女で苗字すら持たないなんていうのは、あなたくらいのものだわ」

猫のようににんまりと笑ってみせた彼女は、腰に手を当てて名乗った。

「私はイレーネ。ノイマン男爵家の娘よ。侍女寮の東棟四階を預かる階長《ステアマスター》として、新入りのあなたに挨拶と、今日の仕事を言いつけに来たの」

「はあ」

侍女寮は、既婚者・未亡人を含む年長者が住まう西棟と、十八歳以下の未婚の子女が住まう東棟から成り、さらに四つの階にはそれぞれ代表者が置かれている。

イレーネは、その東棟四階の代表者、つまり階長であるらしかった。

男爵令嬢としてそこそこの実権を握っているらしく、イレーネの言動は高飛車だし、新人をいびってやろうという意思が前面に表れている。

だがまあ、王都では新人の寮室に先輩が強気な態度で単身殴り込みに来るというスタイルが一般的なのかもしれないので、エルマはことさら反撃態勢は取らずに、しおらしく頷いた。

が、イレーネはそれが気に食わなかったらしい。

彼女は長い睫毛《まつげ》を上下させてエルマの全身を眺めると、ふんと鼻を鳴らした。

「愛想のない人ね。顔も、表情も地味。王宮付き侍女といったら、花嫁修業の最難関にして頂点のような役職なのに、あなたみたいな人がいたら私たち全体のレベル感が下がるじゃないの」

「はい」

「まあいいわ。だからこそ、私たちが鍛えてさしあげなくてはね。よくて？　あなたは今日から、私の言う通り、割り振られた仕事をまっとうするのよ」

「はい」

先ほどから「はい」の一言しか発しないエルマ相手に、イレーネは痺《しび》れを切らしたように、一枚の紙を突きつけた。

「ほら、黒ネズミさん。これが今日のあなたの仕事よ」

支給品であるらしい上等な紙には、余白がほとんど残らないくらいに文字が書き連ねられている。

エルマがまじまじとそれを眺めていると、イレーネはふふんと唇の端を引き上げた。

「あなた、字は読めて？　一度だけ私が音読してさしあげる。二度は言わないから、一度で覚えてちょうだい。まず、六つの鐘が鳴る前に鶏小屋に行って――」

イレーネは早口で膨大な量の仕事を読み上げていく。苗字も持たない、つまり字も読めないであろう下層民ならば、間違いなく悲鳴を上げる情報量だ。

しかもその内容とは、卵の受け渡しや厩舎《きゅうしゃ》への差し入れ、東庭の手入れや騎士団への手紙の配達、さらには前妃への茶の準備など、王宮内のどこになにがあるのかもわからぬ新人には、過酷に過ぎるものだった。

「厨房《ちゆうぼう》の端にある食堂で夕食を済ませたら、あとは聖堂の清掃と図書室の返却本の整理、それから――」

「あの、」

「ちなみにどの仕事も、遅刻は厳禁よ。三回までは食事が抜かれる程度だけど、あなたの評判は一気に失墜《しつつい》するからそのつもりで。さて、図書室のあとは――」

「あの、」

「なによ、うるさいわね。べつにこれ、いじめなんかじゃないわ？　グラーツ夫人に後見されていようと、ルーカス王子殿下に直接お言葉を頂く女だろうと、実力主義の私たちは、ちやほやなんかしないっていうだけ」

エルマはイレーネが突きつけたメモの最下部に視線を走らせ、かすかに眉を寄せた。

「あの……新人が、ユリアーナ前妃殿下にいきなりお茶を用意してもよいのでしょうか？」

ユリアーナというのは、先月まで側妃としてヴェルナー前王に仕えていた女性だ。ヴェルナーの崩御に伴い後宮を離れ――この崩御というのが、エルマがここにいる契機でもあるのだが――、王宮内の大聖堂内に居室を構えて隠居生活を送っている。

いくら今は妃ではないとはいえ、新人に茶の準備をさせるには、あまりに高貴な身分に過ぎるのではないか。

エルマが首を傾げると、イレーナはわかりやすく視線を泳がせた。

「……そ、それは、まあ、多少は珍しいことかもしれないけれど、侍女がお茶の準備をすることに、なんの不思議があって？　侍女はお茶を淹《い》れ、主人の心に寄り添う。これって、実に当たり前のことだわ。そうでしょ？」

「……当たり前」

「え、ええ、そうよ。だいたい、あなたはまだ仕えるべき主人が決まっていないのだから、偶然気難し……いえ、高貴な方に当たってしまうのも、自然なことだわ。相手が高貴な方でも、卑しい身分の者でも、茶を淹れろと命じられれば粛々とこなす。それが侍女のあるべき、いえ、当然の、普通の姿よ」

「……普通」

イレーネの言い分は苦し紛れ以外の何物でもなかったが、エルマはふと顔を上げ、それから静かに頷いた。

「承知しました」

「よくって？　出仕初日からユリアーナ前妃殿下にお茶を振る舞うだなんて、平民のあなたには過ぎた名誉なのよ。そりゃあ、あの前妃殿下に接するだなんて、あなたからすれば膝が震えるくらい緊張するかもしれないけれど――なんですって？」

必至に言葉を重ねていたイレーネは、ぎょっとして聞き返す。

だが、エルマは淡々と繰り返すだけだった。

「承知しました、と」

「ほ……本気なの……？」

「ええ。それが普通のことなのでしたら」

「普通……。そ、そうね。ええ、至極普通のことだわ」

意表を突かれながらも、イレーネは内心で自分に言い聞かせた。

そうとも、侍女が茶を淹れるのも、新入りが先輩の命に従うのも、至極普通。当然のことだ。

ただ、ユリアーナ前妃殿下が求める茶のレベルが異様に高いことや、茶の淹れ方が気に食わないという理由でこれまで何人もの侍女がクビになってきたこと、そもそも、それまでにこなすべき業務が尋常でなく多いことというのは、……少しだけ、特筆すべき事項かもしれないが、別に、異常というほどではない。

思いきり破綻した論理で己を宥《なだ》めていると、無表情の新人がすっと脇をすり抜けていく。

「ど、どこへ行くのよ⁉」

「時間があまりないようなので、さっそく業務を開始しようかと。念のためお聞きしますが、書かれていた業務がすべてこなせるならば、多少作業順が前後しても構いませんか？」

「は……、メモも持たずに、ずいぶんと大口を叩《たた》くこと」

「ああ。すべて覚えましたので、メモはお捨て置きください。または裏紙として再利用を」

イレーネは愕然《がくぜん》とした。

「――は？」

だがエルマは、真新しい陽光が降り注ぎはじめた廊下に、真顔で頷きかけるだけだった。

「朝は空気が澄んでいますね。――これがシャバの空気の味ですか」

「……は？」

イレーネは、豆鉄砲を食らった鳩《はと》のような顔つきになった。

◆◆◆

「ほら、おみ足の動きがまた緩んでおられますよ、ルーカス様。急いで！　戦場の黒豹《くろひょう》とあだ名されるあなた様はどこに行かれたのですか！　ほら、お早く！　前進、駆け足！いち、に！　いち、に！」

「そう何度も急《せ》かしてくれるな、ゲルダ。ちゃんと同じ速度で進んでいるだろう？」

初夏のまぶしい太陽が、高く昇った昼下がり。

大聖堂へと続く回廊の片隅を、ふたりの人物が移動していた。

ひとりは、小柄な身体をしゃんと伸ばし、優雅な急ぎ足で進む中年の婦人。もうひとりは、すらりとした長軀《ちょうく》をシンプルなシャツと黒ズボンに包んだ、気だるげな青年である。くせのある豊かな黒髪や、甘さを含んだ藍色の瞳は、男らしい精悍《せいかん》な美しさに満ちている。耳に心地よい低音の声を持つ彼は、名をルーカス・フォン・ルーデンドルフといい、先日崩御したヴェルナー王の側妃の息子――「第二王子」と呼ばれてきた人物であった。

正妃の息子であるフェリクス第一王子が即位してしまえば、ルーカスは王弟と呼ばれる立場になるわけだが、喪をまだ終えていないために、いまだ第二王子と呼ばれている。

ルーデン王国には四人の王子と三人の王女がいたが、ルーカスはその中でも先王に最も気に入られており、一時は凡愚《ぼんぐ》と噂《うわさ》されるフェリクスを差し置いて、王の後釜につくのではないかという噂すら立っていた。

にもかかわらず、せっかくの寵愛《ちょうあい》と、優位な後継者競争をかなぐり捨て、あっさりと騎士団に加わってしまったという変わり者だ。だがそのおかげで、臣籍降下し国外にやられることもなく、いまだ王国内に留まって、日々のびのびと浮き名を流して過ごしている。今も、彼が気だるげに道を歩くだけで、その姿を認めた侍女たちがきゃあっと黄色い声を上げるのが見えた。ルーカスは慣れているのか、簡単に片手を上げてそれに応じる。

「勘弁してくれ。十日ぶりの休日、それもさっき寝台にもぐり込んだばかりだぞ？　なぜ、十九にもなって母上のご機嫌を伺いに行かねばならない」

「悄然《しょうぜん》と肩を落としてみせたところで、香水の匂いはごまかせませんよ。いったい、なんの『お勤め』をして、そんな時間に眠られたのやら。それに、力なき少女を救うのは間違いなく騎士の仕事でございましょう。ご自身が彼女をこの王宮に連れてきたのなら、なおさら！」

ぶつぶつと零《こぼ》すルーカスに、元乳母の遠慮のなさでゲルダが突っ込む。

「王宮で働かせるというのは、ほとんどあなたの判断だろうよ、ゲルダ」

ルーカスは長い脚で回廊を進みながら、優雅に肩をすくめた。

そう。

エルマと呼ばれる「わけありの少女」を、王宮付き侍女として迎え入れることを決めたのは、ルーカスであり、ゲルダであった。

事の起こりは先月。先王ヴェルナーが急逝したときに遡る。

ここルーデン王国では、王の崩御の際に、その直系男子が民のために一つだけ願いを叶《かな》えてよいという、「大願《たいがん》」と呼ばれる制度がある。王の死という不幸を、王子たちの祝福によって振り払うという趣旨だ。

たいていの場合、それは「恩赦《おんしゃ》」という形で発動され、誤判により捕らえられた民や、軽微な罪人を救済するのが常だったのだが、なんと凡愚王子フェリクスは、「僕の即位の際には、国中の人々を招いて舞踏会を開きたい」などと言いだしたのである。

子どもの思い付きのような発言ではあっても、大願は大願。貴族たちは可能な限りの調整を挟みつつ、舞踏会の実施に乗り出しはじめた。

しかしそうなると、当然あるものと思われていた「恩赦」のほうが実施されない。

しかも、先王ヴェルナーは、教会の差し出す処刑リストに情け容赦なく署名してきた人物であったため、罪なくして捕らえられた民やその家族の恩赦要望は熾烈《しれつ》極まりないものだった。

すぐには爆発しないだろうが、不穏に過ぎる不満の芽。

結局ルーカスは、柄でもない調整業務に奔走《ほんそう》しながら、兄に代わって恩赦を発令したというわけである。

ところが、それで終わるはずだった大願は、その後予想外の展開を見せることとなった。

なんと、恩赦のために、改めて監獄に繋がれている人々の数や罪状を精査したところ、・・・・・・ひとり人数が多いというのである。

ルーデン王国の辺境にある、誰もが恐れるこの世の地獄——ヴァルツァー監獄。

よりによって、その最も苛烈で、劣悪で、人々が踏み込もうとしなかったその場所に、服役中の娼婦から生まれたというだけでまったく罪のない少女が暮らしていたというのだ。

これにはさすがのルーカスも青褪《あおざ》め、即座に事態の収拾に乗り出した。

具体的には、監獄側のいかなる弁明も許さずに、ルーカスの独断で少女をすみやかに保護。無実の囚人が存在したという事実は徹底的に隠匿し、少女の噂が不必要に広まらぬよう手を打った——監獄の監督不行き届きは追って処罰すべきだが、その生い立ちが先走って、少女の未来を奪ってはならないと考えたためだ。

教育どころか、ろくな衛生環境も与えられていなかったであろう少女。

不憫《ふびん》に思い、信頼のおける孤児院に預けようとしていたルーカスだったが、それもまた、思わぬ方向へと事態は展開していく。

念のため、自ら少女と面談をしてみたところ、意外にも最低限の教育は施されていることがわかったのだ。

多少表情が乏しく、姿かたちも冴えないものの、体は健康。容貌の整ったルーカスが顔を近づけると、恥ずかしそうに俯《うつむ》くなど、反応もいかにも「普通の女の子」であり、情操面での発育も問題ないように見受けられた。まあ、あまりにみすぼらしく面白みに欠ける様子なので、ストライクゾーンがかなり広いルーカスでさえ、食指が動かなかったが。

ともあれ、ならば孤児院ではなく街で働き口でも手配するかと彼としては考えていたのだが、そこにゲルダが――口の堅く信用のおける彼女は、同性の立会人としてその場にいた――、「わたくしが後見するので、この子は王宮で働かせましょう！」と詰め寄ってきたのである。

どうやら、少女に会う前からすでに、「罪なくして監獄育ち」という背景にいろいろ妄想をたくましくしていた彼女には、少女が静かに受け答えするのも、表情が乏しいのも、すべて「劣悪な環境を、感情をそぎ落とすことで生き抜いてきた」ことの証《あか》しとして映ったらしい。

もともとゲルダには、そういった、お人よしが過ぎるというか、少々感情に脆《もろ》すぎるところがある。子どもがひとりでお使いに来たと聞けば、それだけで涙ぐんで抱きしめ、侍女が仮病を使えば「気付かなくってごめんなさい」と親切に看病するほどだ。

その過剰な人類愛の対象が、今度はエルマに向かったわけだが、尋ねてみたところ本人も特に異存はないというので、結局ルーカスは、少女の出自を伏せ、王宮付きを許可したと、そういうわけであった。

ルーカスは呆《あき》れたように嘆息した。

「毎度思うが、あなたのお人よしは行きすぎでは？　今朝も、庭師の少年に上等な宝石をあげたとか。それはさすがにやりすぎだろう」

「なぜやりすぎることがありましょう！　彼は、母親が病で倒れたと泣いていたのですよ。困っている人に手を差し伸べるのは、人間として当然の行為でしょう」

彼女を想っての忠告も、そんな熱い主張で退けられる。

ルーカスはゲルダの方針を変えさせることを諦め、ぼやきつつも現状の把握に舵《かじ》を切った。

「彼女の件は、もう俺の手を離れてあなたの監督下にあるという認識だったが。いったいなんでまた、『緊急事態』とやらに陥ってしまったんだ？」

「ですから、半分はあなた様のせいですよ、ルーカス様。無駄に整った顔で無駄に侍女を口説くあなた様が、あの子に自ら面談などするものだから、その噂が変に流れて、彼女は出仕初日から、あなた様を崇拝する侍女たちの嫉妬の的になってしまったのです」

そう言ってゲルダは、自分が今朝、例の庭師の少年と話し込んでいた合間に、気の強い侍女のひとりがエルマに過剰な仕事を強いたことを説明した。

「イレーネ……たしか、金髪で猫目の娘だったか。何度か声を掛けられたことがあるな」

「そういうところは、さすがの記憶力でございますね。……とにかく、イレーネを叱りつけたはいいものの、肝心のエルマが捕まらなくて……」

「城内で迷っていると？」

迷子の保護なら衛兵の仕事だ、と片方の眉を上げるルーカスに、ゲルダは溜《た》め息《いき》を吐《つ》きながら首を振った。

「いえ、そうではなく、わたくしたちの予想を上回るスピードで仕事を片付けて回っているようなのです」

「……なんだと？」

「言いつけた仕事のメモを辿《たど》って追いかけてみると、鶏小屋でも詰め所でも庭でも廊下でも、とにかくどこでも、『もう仕事を終えて去っていかれましたよ』と言われてしまって……」

ルーカスは困惑した。それは意外な展開だ。

とはいえ、過剰な量でも問題なくこなせているのなら、そのまま放っておいてよいように思われる。

だがそれを告げると、ゲルダはきっと眦《まなじり》を吊り上げて反論した。

「なんと冷酷な！　つい昨日まで監獄にいた少女なのですよ？　侍女の職務どころか、建物の配置だって文字通り右も左もわからない、そんな子どもを満足に休ませもせず、初日から馬車馬のように働かせる法がありますか！」

「――まあ、正論だな」

「しかも、言いつけられた仕事をすべてこなしてしまったのだとしたら、あと残っている業務というのは……ユリアーナ様にお茶を振る舞うことだけなのです」

それを聞いて、さしものルーカスも整った眉をわずかに寄せた。

「新人いびりにしては、随分酷なことをするものだ」

「……ええ」

ゲルダは、「ユリアーナ様は、高貴な方でいらっしゃるから」と、苦し紛れのフォローを呟いた。

ユリアーナ。正式な名を、ジュリアナ・フィッツロイ。ルーデン風とは異なる名前の響きからわかる通り、彼女は海峡を隔てたラトランド公国から嫁いできた、異国の妃だ。ルーカスの母でもある。

艶《つや》やかな金髪と深みのある藍色の瞳からなる美貌を見込まれ、正妃に次ぐ第一側妃となった彼女は、思慮深く聡明な女性だったが、同時に冷酷で、自分の愛するものを傷つける事物に対しては、苛烈なまでの攻撃性を見せる人物でもあった。

ユリアーナの愛するものとは、第一に息子のルーカス、そして第二に祖国の文化。

特に、昼下がりに茶を楽しむ習慣は、彼女にとってけっして侵されてはならぬ至高のものであり、そこで失態を演じた侍女は、かけらの慈悲もなく馘首《かくしゅ》されるのが常であった。

「ユリアーナ様にお茶を振る舞うのは、わたくしか、さもなければ勤続十年以上のベテランと決めていたのに……。イレーネは、元の当番であった侍女に嘘をついて休ませてまで、そこにエルマを宛てがったというのです。お茶の飲み方すら知らぬだろうあの子が、ポットを取り落としでもしたら、どんな禍《わざわい》が起こるか……」

「…………」

ルーカスは眉間の皺《しわ》を深めた。

単なる叱責程度で済めばよい。しかし母ユリアーナの場合、機嫌によっては徹底的に相手の精神を蹂躙《じゅうりん》するような振る舞いをするのだ。

「紅茶を冷ましすぎたからと真冬のテラスに追い出されたり、カップに羽虫が止まっていたからと体中に虫を這《は》わせられたり、そのような目に遭うあの子を、わたくしは見たくありません。万一のことがあった場合……ルーカス様。彼女を諫《いさ》められるのはあなた様だけなのです」

苛烈妃《かれつひ》・ユリアーナも、最愛の息子の頼みならば、いくらかは機嫌を直してくれると踏んでのことである。

女の好みにはうるさいし、興味のないことには徹底的に手を抜くが、これで騎士道精神を叩き込まれているルーカスは、小さく肩をすくめると、歩調を速めた。

回廊を進み、聖堂の門を抜け、ユリアーナの居室に面している奥庭へと向かう。

ちょうどその瞬間、ユリアーナの興奮したような声が聞こえ、二人は険しい顔で目配せをし合ったのだったが――、

「――……え？」

慌てて庭へと踏み込もうとした瞬間、目に飛び込んできた光景に、ルーカスたちは言葉を失った。

◆◆◆

ユリアーナは苛立《いらだ》っていた。

こんな侮辱を受けるのは、ずいぶんと久しぶりのことだ。

「――それで、今日わたくしにお茶を用意してくれるのは、あなただというのね？」

「恐れながら」

「グラーツ夫人でも、アマーリエでもコリンナでもなく、今日が初出仕の、あなただと」

「さようでございます」

慇懃《いんぎん》に頭を下げられて、ユリアーナは思わず扇をぱちんと閉じた。

隠居生活の――いや、この息苦しい王宮生活での唯一の楽しみが今日は台無しになるのが確定したようなものだ。つい溜め息が漏れる。

ユリアーナがこれまで、お茶の淹れ方を理由に侍女を多くクビにしてきたのは事実だ。

ただしその多くは、己と息子の身を守るためだった。

たとえばかつて、とある侍女を半裸で屋外に追い出したのは、紅茶に毒を仕込み、服の下に短剣を忍ばせていたためだった。またある侍女を虫責めにしたのは、幼い息子の寝室に、彼女が毒虫を撒《ま》いていたからだった。どちらも、第一王子フェリクスを確実に即位させたいという、とち狂った親心と妬心を炸裂《さくれつ》させた、正妃の差し金だ。

ユリアーナは水際でそれを躱《かわ》しつつ、正妃を糾弾することもまた避けた。同時に、「苛烈妃」との誹《そし》りを受け、後宮内で孤立することも、自らに許した。自分のもとに出入りする侍女が限られれば限られるほど、安全性は高まる。

結局、自分に仕える侍女たちは、極端にお人よしな侍女長を除けば、始終ユリアーナに怯《おび》える者たちばかり。実の息子すら、彼女の真意を理解しているかわからない。だが、ユリアーナはそれで構わなかった。悪評に胸を痛めるなど、命と尊厳が守られて初めてできることだからだ。

とはいえ、ヴェルナー王の崩御でフェリクスの即位がほぼ確実となり、正妃もようやく矛を収めたであろう今、もはや必要以上に悪評をばら撒くこともない。

ようやく、怯えている侍女にも、多少は優しく接することができる——そしていずれは、だいぶ綻《ほころ》んでいる息子や侍女長との関係も修復をと思っていた矢先に、これである。

（……わたくしの大好きな紅茶は、このぱっとしない新米侍女に煮詰められてしまうのかしら）

まずい茶を淹れられると不機嫌になること自体は、事実である。

ユリアーナは、目の前の侍女に懐疑的な視線を向けた。

簡素にまとめた黒髪に、顔の半分ほどもありそうな分厚い眼鏡。服装は清潔なのに、どこか野暮ったい。表情も乏しく、全体的に冴えない、平民上がりと思《おぼ》しき侍女——

（——……え？）

とそのとき、不思議なことが起こった。

エルマ、と名乗った少女が、すっと身を起こし、ほのかな笑みを浮かべたのである。

まるで、頭の上からぴんと一本の線で引っ張られたような、しなやかに伸びた立ち姿。

とたんに、どこか身の丈に合っていないようだったメイド服が、絶妙に体のラインに沿っているように見える。均整の取れた、美しいスタイルだ。

ほんのりとした笑みを象《かたど》る唇も、どうして今まで気付かなかったのかというほど、美しい形をしている。左右が完璧に対称で、品のある口元だ。

ただ背筋を伸ばして、笑みを浮かべただけ。

それなのに、目の前の少女が、冴えない平民から、急に典雅な貴婦人へと変身したかのように思える、それは劇的な変化であった。

「あなた……」

思わず、ユリアーナが扇を握った手を差し伸べかける。

しかし、エルマはふと空を見上げ、太陽の位置を確かめると、「頃合いです」と静かに頷き、

「それでは恐れながら、お茶のご用意をさせていただきます」

庭にセットされた椅子に腰掛けるよう、ユリアーナに向かって優雅に頭を下げた。

それから数十分の間に起こったのは、すべてユリアーナの想像を超える出来事であった。

「お茶の銘柄はいかがいたしましょう。初摘《づ》みのレーベルクのほか、シュトルツ、クレーデル、お好みでハニッシュもご用意しております」

「そ、そんなに……？　しかもレーベルクの、それも初摘みですって？　ならばそれを」

「かしこまりました」

レーベルクの茶葉は、険しい山頂付近でしか取れない、流通量も限られた大変貴重な茶葉だ。紅茶好きの貴族の多かった母国ならまだしも、ルーデン王国に嫁いできてからはほとんど口にしたことがなかったため、ユリアーナは一も二もなく飛びついた。

それにしても、平民上がりとは思えぬ紅茶への精通ぶりだ。

「なお、ミルクは三種用意しております」

「さ、三種……？」

戸惑って聞き返せば、エルマは何ごともないように淡々と説明を加えた。

「はい、乳の風味の特徴が異なる銘柄牛を取り揃《そろ》えまして、具体的にはアーベライン種、バルフェット種、クレヴィング種の三種となります。アーベライン種のミルクはその繊細さから『白き貴婦人』とも称《たた》えられ、バルフェット種はコクの強さと鼻に抜ける甘みが特徴、クレヴィング種は癖が強く好き嫌いが分かれますが、いつまでも後を引く乳感に強力なファンがいることで有名でございます」

「ま、待って……？　ミルクのために、銘柄牛が……なんですって？」

「もしお迷いということでしたら、レーベルク、それも初摘みですと、ミルクは加えなくてもよいくらいなので、最も風味の控えめなアーベライン種などお勧めでございます」

「で……、では、それで……っ」

この時点で、もはやこの少女が淹れる紅茶は、母国の最高位貴族クラスのクオリティとなるに違いないと、ユリアーナは確信した。

「それはようございました。本日、アーベライン牛・モーリッツの機嫌は実に麗しく、ミルクも間違いなく最高の味わいでしょうから。――モーリッツ、カモン！」

「今から搾るの⁉　というかその牛は今どこから現れたの⁉」

――いや、超すかもしれない。

ユリアーナは、牛に話しかけながら手際よくミルクを搾る侍女を、呆然と見つめた。

新鮮なミルクを確保し、牛を視界から丁重に追い出すと、続いてエルマは、滑らかな手つきで茶葉をポットに移し、傍《はた》から見ても間違いなく適温とわかる湯を注ぎ入れ、コジーをかぶせた。蒸らす間、邪魔にならない程度の、かつ実に興味深い、軽妙なトークで場を繋ぐ心憎さである。

そうしてあっという間に蒸らしを終えると、彼女は軽々と白磁のポットを持ち上げ、もう片方の手に持ったカップへと紅茶を注ぎ入れた。

折しも、陽光のまぶしい昼下がり。

空高くから射し込む陽光は、琥珀《こはく》色の液体をきらきらと輝かせ、滑らかな軌跡を描きながら優雅にカップに収まっていく紅茶は、まるで天と地上とを繋ぐ虹のようだった。

――ガラーン、ゴローン
そのとき、ふいに鐘の鳴る音が耳を打ったように思えて、ユリアーナは思わず周囲を見回した。そして、それがまぎれもなく、自身の身の内から湧き上がる祝福の鐘の音なのだと気付いて、頰を張られたような衝撃を覚えた。

(いいえ……聞こえるだけではない……。見える……。見えるわ、この紅茶がわたくしにもたらす、祝福の光景が……!)

今やユリアーナの目には、神々しい軌跡を描く紅茶に戯《たわむ》れるように、高らかに鐘を鳴らし、喇叭《ラッパ》を吹き鳴らす天使の姿が見えるかのようだった。

天使たちは薔薇《バラ》色の頰に慈愛深い笑みを浮かべ、ユリアーナに手を差し伸べている。

エルマが注ぐ紅茶は、さながら天から下ろされた光の梯子《はしご》であり、天使たちはその奇跡にそっと寄り添うかのように、誇らしげに命の賛歌を奏でるのであった。

(ああ、世界は……美しい……！)

ただ紅茶を注ぐだけの行為。しかしユリアーナはそこに、天地開闢《かいびゃく》より脈々と続く力強い命の躍動と、それを祝福する慈愛の光の、たしかなる存在を感じ取った。

「どうぞ、お召し上がりくださいませ」

やがて差し出された紅茶は――完璧だった。

そう。完璧。

色も、香りも申し分ない。

直感が告げている。ミルクなど加えず、まずはこのまま飲めと。

その声に従い、紅茶好きの妃は、逸《はや》る手つきでカップを掲げた。

ひと口含めば、舌に心地よい温度と繊細な渋みが広がり、飲み下せば優雅としか言えない戻り香を感じる。

なんということだろう。

こんな、好みのど真ん中を全力で仕留めに掛かってくるような紅茶、初めてだ。

「――……ああ、なんていうこと……！」

感極まって、ユリアーナは恍惚《こうこつ》の叫びを漏らした。

「最高よ……！」

庭へと足を踏み出しかけたルーカスとゲルダは、その姿勢でしばし固まり、互いの顔を見つめた後、ふたたび庭で茶を嗜《たしな》むユリアーナの姿を見やった。

美貌を険しい表情で固めていることの多かった彼女が、今や満面の笑み――いや、陶然の色に頬を染め、叫んでいる。

心からの歓喜が漏れだしたと言わんばかりの面持ちは、傍目《はため》にも実に眼福で、見ているこちらの心まで洗われそうである。

「で……殿下の満面の笑み……？　なんなの……？　夢なの……？」

ふと、斜め後ろから呆然とした呟きが聞こえる。

ぎょっとして視線を向ければ、そこには顔色を真っ白にした金髪の侍女――イレーネが佇《たたず》んでいた。いや、佇んでいるというよりは魂が抜けたような状態で、茂みに半ば倒れ掛かっている。憧れの第二王子がすぐ傍《そば》にいるというのに、しなを作る余裕もないようだった。

どうやら、ゲルダ侍女長からともに謝罪に参じるよう命じられたのち、一足先にこの場に到着し、ルーカスたちと同様硬直していたらしい。

微笑を見ただけで夏に雪が降ると言われる苛烈妃の、渾身《こんしん》の笑みを目の当たりにして、その激レア度に身震いしているようだ。

いや、厳密に言えば、イレーネに衝撃を与えたのはそればかりではない。

「四人が一日かけて完遂する仕事量を、午前中だけで終えたばかりか、そのすべてが完璧だなんて……」

ユリアーナの茶の準備よりも前にエルマがこなした仕事の数々が、ことごとく恐ろしいレベルで完了していることに、イレーネは心底慄《おのの》いていたのである。しかも、紅茶を振舞うエルマにはかけらも疲労の色は見えない。

さらには。

「スコーンまで召し上がりましたら、続きましてこちら、本日のスイーツでございます。完成までの過程を楽しめるよう趣向を凝らし、あえてティースタンドにはセットせず、直接取り分けますこと、なにとぞご容赦くださいませ」

「まあ……！」

三人が見守る先では、エルマが恭《うやうや》しくスイーツの用意を始めるではないか。

それも、イレーネやゲルダはもちろん、ルーカスですら見たことのない調理器具がセットされたワゴンを押してきて——もはや、ここからなにが起こるのか、想像もつかない。

（なんだあれは……？　とろみのある生地と薄い鉄板を見るに、クレープでも作るのか……？）

第二王子として、古今東西のスイーツを口にしてきたルーカスは、辛うじてそんな当たりをつける。

が、エルマの行動は、それよりももう少しだけ上を行っていた。

「まずは口当たりよく、とろけるように柔らかなクレープを作り」

手際よくクレープを焼き、美しくひだを寄せながら鉄板の中央に集める。

「続いてアルコール度数の高い蒸留酒を振りかけ——なお本日は、香り高いグロースクロイツ産のブランデーを使用しております」

踊るような手つきで鉄板上のクレープめがけて瓶を傾け、エルマはさらにマッチの火をかざした。

「フランベ」

——ボッ！

とたんに、美しい炎が天をめがけて飛翔していく。

「きゃあ！」

ユリアーナは悲鳴を上げ——といっても、恐怖ではなく歓喜の悲鳴だ——、息をつめて胸を押さえた。

「なんてこと……胸の高鳴りが、止まらないわ……！」

興奮のあまり、表情がもはや少女のそれになっている。

エルマは手早くクレープを皿に装《よそ》い、フルーツやソースを散らして盛り付けると、用意したほかの二品のスイーツと併せてユリアーナに差し出した。

そして、くいっと眼鏡のブリッジを持ち上げた。

「本日の品は、東洋の神秘、スピリチュアル・禅《ゼン》にインスパイアされた三部作。左から順に、『業《カルマ》』、『涅槃《ねはん》』、『悟り、その先へ』と申します」

——なんかすごい名前付いてる——！

ルーカスたち覗き見三人衆の心の声が、奇《く》しくも一つになった。

「素晴らしいわ……！　なるほど、人を魅惑し堕落させる馥郁《ふくいく》たる香りを残しながらも一瞬の残像を残し消えてゆく炎というのが生まれながらにして人間に宿命づけられた禍々《まがまが》しくも甘美なる罪業すなわちカルマを表しているというのね……！」

「仰《おつしや》るとおりでございます」

——しかも通じ合ってる——！

ルーカスたちは、冷や汗を浮かべながら互いの顔を見合わせた。

『ああ……！　なんということなの、ルーデンの地を踏んでからはや二十年。いえ、ラトランド時代まで遡っても、このように含蓄《がんちく》に富む美しいスイーツに出会ったことはなかったわ！』

『過分なお言葉を頂戴し汗顔の至りでございます』

あまつさえ、興奮のあまり母語のラトランド語で捲《まく》し立てはじめたユリアーナに、エルマはがっちりとミートしていくではないか。

――語学堪能――!?

再三、ルーカスたちは声を揃えて脳内で叫んだ。

が、衝撃はそれだけにとどまらなかった。

『――あら、それにしても、ずいぶんと量が多いわね？』

我に返ったユリアーナがふと首を傾げると、エルマがひとつ頷き、かと思うと次の瞬間には、テーブルにあと三人分の席が追加されているではないか。動体視力に優れたルーカスですら目を疑う、一瞬の早業だった。

まさか、と三人が息を呑《の》むよりも早く、エルマが声を上げた。

「そちらの茂みにいらっしゃるお三方。本日のこの陽気、さぞ喉も渇いておいででしょう。

――ユリアーナ殿下に申し上げます。ご令息ならびに侍女長、そして願わくは私の敬愛する先輩侍女に、ご相伴の栄誉を頂戴しても？」

ルーカスたちが覗き見していたことなど、お見通しというわけだ。

いけしゃあしゃあと同席の許可を求められたユリアーナは一瞬きょとんとし、それからルーカスたちの姿を認めると、弾けるような笑い声を上げた。

「まあ！　あなたたち……！」

なにがそんなにおかしいのか、涙まで浮かべて笑っている。

「ええ。……ええ、そうね、そうしましょう。ふふ、……なんだか夢みたい」

本当は、ずっとこうしてみたかったの――小さなラトランド語の呟きは、おそらくルーカスとエルマだけに聞こえた。

ついでに言えば、三人が初めて口にしたスピリチュアル・禅・スイーツは、どれも軽く昇天しそうなほどのおいしさであった。

◆

ひとしきりティータイムを楽しむと、やがてエルマは滑らかに会話を切り上げ、ユリアーナの御前を退出した。成り行きで、ルーカス以下三人も同行する。失態を犯すであろう新米侍女を救いに駆けつけたはずが、なぜか当人に完璧な紅茶と菓子を振る舞われ、引率されて城に帰るという謎展開である。

四人は、本城へと続く回廊を黙々と歩いた。予想外の事態が続きすぎて、三人はなんと話題を切り出していいかわからなかったためだ。

と、一番後ろを歩いていたイレーネが、なにかを思い切ったように顔を上げ、背後からエルマに駆け寄り、その腕を摑《つか》んだ。

「エ……エルマ!」

「なんでしょうか」

対するエルマは超然としている。

足を止め、じっとこちらを見返してくる新米侍女に、イレーネはうっと言葉を詰まらせ、それから、じりじりと喉から声を追い出すように詫びを口にした。

「その……今日のことは、申し訳なかったわ。私、あなたのことを見くびっていた」

「評価いただくような働きはしておりませんので、それも当然かと」

「なにを言うの! 四人分の仕事を半日でこなし、前妃殿下を破顔させる完璧な紅茶を淹れることのできる侍女が、この大陸にどれだけいると言うのよ。あの、カルマとかいうスイーツも、心臓が止まりかけるくらいおいしかったわ」

直情型だし、気に食わない相手のことは即座に攻撃するが、同じ速さで反省し、素直に敬意を表現できるところは、イレーネの美点だ。

彼女は、エルマの腕を握りしめた手に力を籠めると、目を潤ませて言い募った。

「だからその……、こ、これからは、同階の侍女として……な、仲よく、して……してさしあげてもいいわ！」

とはいえ、下手に出るところまではうまくいかなかったらしい。

顔を林檎《りんご》のように染めながら、イレーネは、最後でやけくそのように顔を逸《そ》らした。だが、憧れていたはずのルーカス第二王子をそっちのけで、この不思議な少女との友情を確保しようとするあたり、彼女がいかにエルマに夢中になっているかが伝わってくる。

「はあ、どうぞよろしくお願いいたします」

結局、そんなユルい返事であっさり申し出を受け入れたエルマを、ルーカスは片眉を上げて、ゲルダは微笑ましそうに見守っていた。

「ああ、それにしてもエルマ。あなたの有能さには恐れ入るわ！」

会話が一段落したタイミングで、ゲルダがそんな風に言って手を合わせる。

それを聞いたイレーネも、すかさず相槌《あいづち》を打った。

「本当よ。語学の堪能さもそうだし、なにより、あんな奇跡じみた紅茶の淹れ方、初めて見たわ。なんだか私、気のせいか、紅茶の周囲に天使の姿さえ見えた気がしたもの。それに、ミルクを搾るためにわざわざ牛を呼び寄せるなんて！」

「………………？」

イレーネにしては最大値の素直さで褒めたつもりなのだが、エルマは不思議そうに首を傾げた。

「おいしい紅茶を淹れる際に、素材にこだわるのは当然ですよね？」

「牛はさすがにこだわりすぎよ！」

「え……？　紅茶に入れるミルクは、牛を呼び寄せ搾りたて三分以内、というのが普通ですよね。……まさかシャバの方というのは、そのくらいのこともしないのですか？」

「は……？」

傲慢に聞こえるセリフだが、口調にまったく嫌味はない。

どう受け止めてよいのかわからず、固まってしまったイレーネをよそに、感動屋のゲルダは朗らかにエルマを褒め続けた。

「あらまあ！　あなたは相当紅茶の淹れ方について訓練されているのね。素晴らしいわ。でも、紅茶の淹れ方も素晴らしいけれど、なににわたくしが一番感動したって、その洞察

力の鋭さだわ。ユリアーナ様のお好みを、まさか初回で見抜いてしまうなんて」

「いいえ。茶葉やミルクのお好みは、直接お尋ねしただけですので」

「なにを言うの。ユリアーナ様はね、侍女には清潔と品を求め、会話には知性を求め、食事には味以上に物語を求められるお方なのよ。それを尋ねることもなしに、あなたは完璧に差し出してみせたわ」

さすが侍女長だけあり、表面的な腕前だけでなく、エルマのその辺りの察しのよさに気付いていたらしい。

ルーカスは隣で耳を傾けながら、たしかに、と内心で頷いた。

どうも、このエルマという少女は、ユリアーナの前では、自分が面談したときとは異なる雰囲気をまとっていたように見える。清潔で、品があり、知的——つまり、ユリアーナにとっての理想の姿だ。

(相手や状況に合わせて、印象を操作している……というのは、考えすぎか?)

たとえば、女好きの男の前では興味を引かぬよう野暮ったく、庇護《ひご》者となりえる人物の前では健気《けなげ》に、根が素直な同僚の前では超然と。

ちらりと視線を向けた先では、厚い眼鏡で素顔のほとんどを隠した少女が、淡々と謙遜の言葉を口にしている。

ルーカスはじっくりと彼女を観察し、その顔の骨格がずいぶん整っていることに、初めて気づいた。

「ねえ、そんなこと言わないで。わたくし、本当にすごいことだと感心しているのよ。あなた、いったいどうやってユリアーナ様のお好みを見抜いたの？」

「お顔を拝見し、思考を巡らせただけです」

「いやだわ、顔色を窺うだけで、そんなことができるものですか」

「そう仰られましても……」

エルマの洞察力の根源に興味津々のゲルダは、粘り強く質問を重ねている。

すると、困惑気に口を閉ざしたエルマが、ふと思い出したようにエプロンのポケットを漁《あさ》った。

「そうでした――グラーツ侍女長」

「なにかしら？」

「こちら、庭師のハンス少年に代わってお返しいたします」

そうして差し出したのは――ゲルダの瞳と同じ、琥珀色をした宝石をはめ込んだブローチだ。今朝がた、病気の母親の薬代がないと泣いていたハンス少年に、ゲルダが同情してプレゼントしたものである。

「え……？　なぜこれを、あなたが――」

「あなたと話すとき、ハンス少年は必要以上にパーソナルスペースを詰めているようでした。親密感を演出するためです。また、母親の病気について説明する際には五秒もの間、彼はまったく目を逸らしませんでしたが、これはあなたが自分の嘘を信じているかを確認するためと思われます。事実、あなたが目を潤ませた瞬間、彼の上唇が頬に引っ張られるようにわずかに持ち上がるのが見えました。これは、侮蔑の感情を表す微表情です」

ほかにも軽微なサインは多数見つかりましたが、と、エルマは眼鏡のブリッジを押し上げた。

「――彼は、あなたに詐欺行為を働いているとみなして間違いないでしょう。ひとまず今朝の被害分は、僭越《せんえつ》ながら私が取り返しておきました」

「え？　え？　え……？」

「お納めください。みかじめ料です」

「え……っ!?」

今、さりげに監獄コトバのようなものが出た気がする。

「え？　び、微表情って……みかじめ……いえ、待って、あなたいったいどこから見ていたの？」

「侍女寮の四階です」

「ええ!?」

「どんな視力ですの!?」

ツッコミどころが満載すぎて、ゲルダが目を白黒させている。イレーネも仲良く叫びだすのをよそに、ルーカスは警戒心からわずかに眉を寄せた。

「……おまえの、その知識や洞察力の深さというのは、もしや看……導師譲りなのか？」

看守と言いかけて、とっさに導師と言い換える。イレーネの前で監獄育ちであることをばらすわけにもいくまい。

罪人に教育を施されたわけはあるまいが、看守の任に当たるような、優秀な導師から教えを受けたならば、まだ納得できる――

そう考えての問いだったが、エルマはあっさりとそれを否定した。

「いえ。導師はただの飛べない豚でした。表情を読む術《すべ》は、【怠惰】の父から教わったものです」

「……豚？　怠惰な父？」

「いえ、【怠惰】の父です」

本人はまじめに答えているようなのだが、さっぱり意味がわからない。

困惑したルーカスが問いを重ねようとしたところ、それを制するように、エルマが首を傾げた。

「――と言いますか……」

眼鏡でよく見えないが、彼女自身どこか困った様子だった。

「微表情の読み取りくらいは、ままごとなどを通じて、どこの家庭でも幼少時から身に付けるものではないのですか。もしや……シャバの方というのは、そのくらいのこともできないのですか？」

馬鹿にするのではけっしてない。

心底不思議そうな口調に、ルーカスたち三人は同時にぽかんと口を開けた。

◆

「ふふ、白の女王《クイーン》をもらったわ」

「騎士《ナイト》と歩兵《ポーン》もあっさり封じられてしまったか。やれやれ、君は女王を働かせすぎだ」

「愚鈍な王《キング》よりも、よほど身軽なんですもの」

ヴァルツァー監獄。

初夏の昼下がりであろうといつも薄暗いこの空間は、意外にも快適に整えられている。もともと独房だった場所を十室分貫いた、広々とした居間。

丁寧に磨かれた床の上には、革張りのソファや重厚なテーブルセット、さらには天鵞絨《ビロード》の絨毯《じゅうたん》が配置されている。高い天井には、巨大なシャンデリアまでもが吊られていた。どれも手入れが行き届き、監獄というよりは、王城の一室とでも表現したほうがふさわしいほどである。

今、その心地よいソファに背を沈めながら、二人の男女がチェスを楽しんでいた。

ひとりは、豊かな黒髪と空色の瞳が印象的な、精悍な壮年の男性。もうひとりは、美しく年輪を重ね、頬杖を突く仕草すら艶めいて見える、銀髪の女性。

十五の娘の母とはとても信じられない美貌を持った元娼婦――ハイデマリーは、ギルベルトから奪った白の女王にそっと口づけた。

「かわいいエルマも、今頃お城の誰かを陥落させているかしら？」

「ここを抜けたからと言って、王城に留まるとは限らないだろう」

「あら、あなたも賭ける？　わたくし、賭け事は得意よ？」

ふふっと笑いかけると、ギルベルトは無言で肩をすくめた。

このヴァルツァー監獄という名の帝国で、彼女に賭け事で挑みにいく愚か者はいない。

とそのとき、

「――お茶が入りましたよ」

繊細な彫刻の施された扉が開き、銀のワゴンを押した男性が部屋にやってきた。

白髪交じりの灰色の髪に、穏やかな若草色の瞳。質のよいシャツとパンツをまとい、細身のタイを締めたその姿は、柔和で知的な相貌とあいまって、まるで上位貴族に仕える執事のような上品さだ。

滑らかな仕草でお茶のセットを運び込む彼に、ハイデマリーは細く整った眉を上げた。

「あら、珍しいことね、モーガン。【怠惰】のあなたが、自らお茶を淹れてくださるなんて」

「あなたが、私のかわいいエルマを追い出してしまったからでしょう。せっかく私が、紅茶の淹れ方をはじめ、私の後継者となれるよう大切に育ててきたというのに」

やんわりと窘《たしな》めるように言われ、ハイデマリーは傷ついたように胸を押さえた。

「追い出す？　ひどいわ。無力な罪人が、無辜《むこ》の娘を解放せよとの勅命に逆らえるわけがないじゃない」

「表情筋が口調と仕草を裏切っていますよ。まったく……ヴァルツァーを掌握して並の王族以上の権力を握っているあなたが、よくそんなことを言えたものです」

「『あなた』ではなくて、『私たち』の間違いでしょう？　ここは、わたくしたち七人のお城よ」

「――そうですね」

モーガンは逆らわなかった。事実だからだ。

十五年前、月の青褪める夜に彼らが静かに蜂起してから、この監獄はずっと彼らの快適な根城だ。

マッドサイエンティストの規格外の膂力《りょりょく》で獄内を改装し、マッドサイエンティストの指令のもと医療と衛生水準を異常なまでに引き上げ、反乱分子は芽が出る前に、誘拐犯が洗脳を施した。

モーガンはなにをしたか？　――なにもしなかった。面倒だからだ。彼はただ、おいしい紅茶を飲めるようになるならばと、他の仲間たちが躍動するのを「邪魔しなかった」だけ。

ラトランド公国の寒村が生んだ稀代《きたい》の詐欺師・モーガンは、かつて貧しさのために家族全員を失ったそのときから、生に熱意を燃やすことをやめていた。立身出世を夢見て蓄えた知識も、するりと人の心に入り込む術も、必要なときに間に合わなければまったくの無駄である。

彼はただ淡々と、無為に贅《ぜい》をため込んでいる貴族たちを口車に乗せ、金を巻き上げることで暇つぶしをしてきた。けっして自らの手を汚しはしない。あくまで自分は「働きかけ」て、傍観するだけ。怠慢《たいまん》を罰するのに、こちらが勤勉になるのもおかしな話だからだ。

ただ、そう。

十五年前にこの場で生まれ、その日のうちに無垢《むく》な笑顔を見せてくれたエルマのことだけは、彼なりに愛情を注いで育ててきたつもりだ。

コミュニケーションに不可欠な食事のマナー、心を解《ほぐ》す紅茶の淹れ方。微表情の読み方までも。

人の感情を掌握し、操作できるようになれば、彼女の人生はきっと、とても楽になる。

今のモーガンの人生のように。

――高みの見物を決め込みながら、表情を読み、口先だけで人を動かす詐欺師。実に怠惰ね。

出会ったばかりの頃、ハイデマリーはモーガンのことをそう評した。

彼女が面白がって、自身を含む七人に大罪の名を当てはめたため、仲間内ではすっかり、罪の名で呼び合う習慣ができてしまった。エルマは律儀に、周囲のことを「【怠惰】のお父様」、「【貪欲】のお兄様」などと呼んでいたから、家族とはそういうものだと思い込んでいるかもしれない。

「そうそう、【暴食】のイザークも荒れていましたよ。せっかく、『その一撃、ドラゴンをも倒す』というレベルにまで仕込んだのに、なんということをしてくれるのかと。厨房の戦力が減ったから、しばらく肉料理はお預けだそうです」

「ねえ、待って？　人の娘に、彼はなにを仕込んでくれたの？　嫁の貰《もら》い手がなくなってしまうじゃないの」

モーガンが紅茶を注ぎながら告げると、ハイデマリーはいかにも迷惑そうに銀の髪を掻《か》き上げた。ほんの一瞬強張《こわば》った眉間と上唇は、真実不快を呈しているようにも見えるし、しかしわずかに瞳孔を広げた猫のような瞳は、事態を面白がっているようにも見える。

実はこの女性の表情だけは、モーガンも判別をつけかねることが多かった。それもまた、彼女の魅力のひとつだ。

「——ま、いいわ」

ハイデマリーは、差し出された紅茶を礼の言葉とともに受け取ると、すうっと香りを楽しんだ。

「だからこその巣立ちですもの。課題は難しいほうが、あの子もやる気が出るでしょう」

「課題？」

向かいで盤面を睨《にら》みつけていたギルベルトが、わずかに首を傾げる。

するとハイデマリーは、カップに口づけながら、ふふっと静かに微笑んだ。

「ええ。『普通の女の子』がどういうものか、世界を見ていらっしゃい。それがわかるまでは、おうちに帰ってきちゃだめよ、って」

彼女の吐息は琥珀色の紅茶を揺らし、淡く、ゆらりと、波紋を広げていった。

第2章

「普通」の手料理

エルマ流「普通」の下ごしらえ

「にんじん百本はみじん切りの上、
糖度ごとに分けておきました。
糖度?　普通、見ればわかりますよね」

『くそっ！　どいつもこいつも！』

ジョルジュはコック帽を投げ捨て、短く整えた鳶《とび》色の髪をがしがしと掻《か》きむしった。

どすの利いたモンテーニュ語の悪態に、餌をついばんでいた鶏《にわとり》の何羽かが、ばさばさと翼を揺らして飛び去って行く。

ここルーデン王国は、彼の故郷とは異なり、昼は簡素に済ませる。慌ただしい朝食を終えてしまえば、晩餐《ばんさん》の下ごしらえを始めるまでは料理長とはいえ暇が許され、だからこそジョルジュも鶏小屋で油を売ることができた。――ついでに、部下の陰口を盗み聞いてしまうことも。

『誰がお高く止まってるって？　てめえらのレベルが低すぎんだよ。老害だ？　笑わせんな、俺はまだ四十代の男盛りだっつーの！』

日に十時間以上フライパンを揺することのできる、強靱《きょうじん》な腕を柱に叩《たた》きつける。モンテーニュ男には欠かせない顎鬚《あごひげ》、引き締まった体軀《たいく》は、祖国では浮名を流すのに一役買ったものだったが、なにかと粗忽《そこつ》なルーデン王国においては、それも無意味に思われた。

ジョルジュ・ラマディエ。

愛と美食の国モンテーニュから、第一王子フェリクスの肝いりで招聘《しょうへい》された料理長。それが彼だ。

だが実際のところ、祖国の厨房《ちゅうぼう》で権力競争に敗れたために、彼が「都落ち」したにすぎないことは、うすうす誰もが気付いている。

でなければ、いくらルーデンが大陸一の先進国とはいえ、美食の都・モンテーニュから、わざわざ料理人が国外に出ていくはずもないのだから。

ルーデンは武に優れた剛の国。そのぶん、料理文化では発展途上国といっていい。

それでも、苦虫を噛《か》み潰す思いで引き抜きを受け入れたのは、宮廷料理長という肩書を維持したいというプライドのためだった。二国間では、言語も方言程度にしか違わないから、こちらがモンテーニュ語しか話せなくても、なんとか意思疎通はできる。そういう目算もあった。

だが、先月王城入りを果たしてから、ジョルジュのプライドと目算は、すでに何度も八つ裂きの目に遭っていた。

まず、職務内容が異なりすぎる。

宮廷料理長といえば、祖国では高貴なる方々への美食を提供するのが役目だった。だがここでは、王族の食事だけでなく、下働きの賄いづくりまでも監督を任される。設備もなっていない。人手も不十分だ。食材の鮮度はまあまあいいが、そのぶん調理技術が原始時代で止まっているようにしか思えない。

じゃがいもをふかして塩を掛けただけのものや、塩辛すぎる腸詰めを硬すぎるパンに挟んで、平然と「食事」として食べているあたり、ジョルジュからすれば暴挙としか思えなかった。茶の文化は側妃がラトランドから持ち込んだためか、多少ましと言えるが。

あげく、彼を引き抜いたフェリクス王子は、現地ルーデンでは「凡愚《ぼんぐ》王子」との評判だ。おかげで、ジョルジュがなけなしのモチベーションを掻き集めて、厨房で改革を起こそうとしても、誰もついてこようとしない。

『俺の料理より、侍女の賄いのほうがうまいだと……!?』

彼は苛立《いらだ》っていた。

本来、料理長の立場とは貴族にも等しい。

その身分の違いを乗り越えて、こちらの偉大さをわからせてやろうと、下働きの食事もうまいものを用意してやったのだ。料理長であるジョルジュ自ら包丁を握り、食文化のなんたるかを教え込んでやるつもりで三百食以上をこしらえた。

にもかかわらず、丹精込めて作った繊細な美食の数々を、彼らはさして感謝も感動もせずに流し込み、むしろ、「こんなものか」「これなら、新入りの侍女が作った飯のほうがうまい」などと言いはじめたのである。

とうてい、受け入れられない事態であった。

『侍女……新入りの侍女……たしか、エルマといったな』

分厚い眼鏡をかけた野暮ったいルーデン女が、彼の不在時を狙って何度か厨房に出入りしていたのを、ジョルジュは知っていた。

これが祖国ならば、女の身で厨房に踏み入る不遜をどやしつけるところだ。神聖な火を扱う竈《かまど》に、不浄の女が近づいてはならない。女性を愛《め》でる文化と、女性を卑しむ精神は、ジョルジュの中で矛盾なく存在していた。

聞けば、エルマとかいう少女は、侍女長である子爵夫人と仲が良く、その夫人が第二王子の乳母を務めていたことから、色男と評判の第二王子とも懇意であるらしい。ときどき王子や、その母であるユリアーナ前妃から頼まれて、軽食や菓子を振る舞っているとのことだった。

高貴な人の胃を満たす、大切な役割。神聖な職場。

それを土足で踏み荒らす、分を弁《わきま》えないガキ――つまりそれが彼女だ。

ジョルジュに、女子どもだからと目こぼしをするつもりはなかった。むしろ、格下の存在だからこそ、大人の男であり料理長である自分が、きちんと指導し誤りを正してやらねばならないと思った。

『……一丁、締めとくか……』

ジョルジュは馬鹿にするような鳴き声を上げた鶏を睨《にら》みつけ、スープの出汁《だし》にすべく、ぐいと乱暴に首根を摑《つか》んだ。

◆

二週に一度だけ巡ってくる夜番を終え、昼前になってようやく職務から解放されたエルマは、寝台に横になるべく淡々と準備を進めた。

ブリムとエプロンを外し、団子にまとめていた髪を解《ほど》く。艶《つや》やかな黒髪が肩を流れ落ちるのを細い指で掻き上げながら、メイド服を脱ぎ、寝間着へと着替える。

靴も脱いで寝台に上がり、下半身を薄手の掛け布団にうずめた状態で、ようやく眼鏡を外した彼女だったが、ふと顔を上げると、すちゃっと眼鏡を装着し直した。

そのとたんに、

「エルマー！」

ノックもなしに寮室の扉が開き、ひょこっと金髪の同僚——イレーネが顔を出す。

猫のような緑の瞳で無邪気にエルマを見つめ、彼女が眼鏡を着けたままであることを理解すると、イレーネはちっと舌打ちを漏らすようなそぶりを見せた。

「……あと十秒早かったようね……。寝る前はさすがに眼鏡を外すと思ったのに」

「あのような足音を響かせられては、寝ていても気配に気づいて眼鏡を掛け直せます」

「最大限足音を殺してきたわよ！」

イレーネはむっと頰を膨らませる。

初日ですっかりエルマに敬服した彼女は、ボスと認めた相手に忠誠を尽くす犬さながら、以降べったりとまとわりついてきているのであった。特にここ数日は、エルマの素顔を見ようと躍起になっているようである。

「私たち、と……友達、でしょう⁉ 友達にまで素顔を隠す法ってないわ」

「侍女長より禁じられておりますので」

友達、の単語で恥じらいながらも、懸命に食い下がるイレーネに、エルマは淡々と答えた。

そう、エルマは初日、ユリアーナ前妃にお茶を振る舞った後、グラーツ子爵夫人ゲルダに別室に呼ばれ、懇々と諭されたのである。

いわく、普通の家庭では人の表情を微細に読み取ることなど教えない。主人の心を推し量ることは侍女の美徳だが、感情どころか思考を察知し、つまびらかに解説するようなことをしては周囲を怯《おび》えさせてしまう。それは「普通」ではないと。

ゲルダの説教を聞きながら、エルマは獄内での、とある日常の一コマを思い出していた。

――いいですか、エルマ。私のかわいいお嬢さん。今のあなたは「生活に疲れ、夫の浮気を疑いながらも子どもには笑顔を振りまく母親」の役です。頬の筋肉はもっとぎこちなく、瞼《まぶた》は時折わずかに痙攣《けいれん》し、笑みは左右非対称になる。そのことを意識して、はい、もう一度やってみましょう。

――はい、【たいだ】のおとうさま。

かつて【怠惰】の父・モーガンは、幼い自分のままごとに根気よく付き合い、丁寧な演技指導をしてくれたものだったが、世の父はそんなことをしないのだという。というか、父が複数いるというのも「普通ではない」ことなのだそうだ。目から鱗《うろこ》とはこのことだ。

エルマはあの監獄の中では、かなり真っ当な神経と常識の持ち主だと自負していたが、なるほど母の言う通り、シャバにはシャバのルールがある。監獄の常識は世の非常識と考えたほうがよさそうだ。

ひとまずエルマは、職務的にも人間的にも信用されているゲルダの言うことを、全面的に信じようと考えた。

そのゲルダは、説教の最中、相手の素顔が見えないことが気になったようで、エルマに眼鏡を外すように命じた。

粛々と従ったエルマだが、――しかし、侍女長はたっぷり呼吸五つ分ほども黙り込んだ後、顔を真っ赤にしながら、「や、……やはり、眼鏡は掛けておきなさい。あなた、その素顔を殿方には……いえ、同性もね、とにかく誰にも見せないほうがいいわ」と、再度装着を命じたのである。逆らう理由もなかったので、以降エルマはその命に従っている次第である。

「まったくもう、融通が利かないのだから。まあいいわ、今日は珍しく髪を下ろしたところが見られたから、それで勘弁してあげる。きれいな髪ねえ。どうやってお手入れしているの？」

「蜂蜜をベースにしたトリートメントを調合しております。気になるようなら、あとでレシピを差し上げますよ」

「まあ、ぜひ欲しいわ！」

イレーネは寝台に乗り上がって髪を掬《すく》い取ったり匂いを嗅いだりと、こちらの研究に余念がない。ついでに言えば、エルマを寝かしてくれる気もなさそうだ。

「あの。本日はこのまま非番なので、できれば八時間ほど眠りたいのですが」

「だめよ」

下手に出ると、イレーネはにっこりとそれを却下した。

「私、これからお昼なの。一緒に食べに行きましょう？　寝るのはお腹《なか》を満たした後よ。よくって、それが『普通』なの」

若い男ならころっと落ちてしまいそうな、魅力的な笑顔。しかしエルマにその気はなかったので、むしろ警戒心も露《あら》わに掛け布団を引き上げた。

「……そうやって、成り行きでまた私に料理をさせる気でしょう。その手には乗りませんよ」

「あら、ばれてしまったわ」

小悪魔がぺろりと舌を出す。これで彼女はなかなか強《したた》かな策略家なのだ。

どうやらお茶会を機にすっかりエルマの料理の腕に惚《ほ》れ込んでしまったらしく、「普通」のワードをちらつかせれば高確率でエルマが従うと気付いてからは、なにかと料理をさせに追い込んでくるのである。

微表情を読めば、嘘かの見分けくらいは付くのだが、「あなたの作る料理が食べたいの！」と懇願する様子はいつも心底本気のようなので、これでなかなかお人好しのエルマは、ついついその口車に乗せられてしまうと、そういうわけだった。

「――ですがさすがに、熊の解体ショーを披露したり、巨大鍋を鋳造するために裏庭に反射炉を造ったのは、やりすぎのようでした。おかげで侍女長に叱られてしまったではないですか。イレーネのせいです」

「……正直、それは私の想像の範疇《はんちゅう》を超えていてよ」

常識と非常識の判別がつかず、過剰なスキルを持ち合わせたエルマは、「うっかり」文化水準や価値観に激震を走らせるようなことをしでかしてしまうのである。

当時の騒動と、そのたびに火消しに奔走していたルーカスや侍女長の姿を思い出し、イレーネも少しばかり遠い目になった。

が、そこはそれ。切り替えの早さに定評のある彼女は、懲りずにエルマの手を取って頼み込む。

「ねえ、お願いよ。私、さっぱりとしたスイーツか野菜、さもなくばがっつりとしたお肉か魚が食べたいわ。つまりなんでもいい。なんでもいいから、あなたの料理が食べたい」

「自分に正直な人ですね……」

眉を寄せながらも、腕は振り払わない。

全力でこちらに飛び込んでくるイレーネとのやりとりは、存外心地よかった。これがシャバの友情というものなのかもしれない。だとしたら、彼女は友人第一号なわけで、その意思はできうる限り尊重するというのが正しいシャバ的交友のあり方であろう。

彼女の要望を叶《かな》えるなら、シャーベットなどどうだろうか。反射炉のときは、巨大な設備を個人が公有地に造ったために叱られてしまったが、こぢんまりと塩と氷を使って凍らせるぶんには問題ないだろう。

ただ、凍ってなお甘みを感じさせるには、王宮の砂糖だとやや質が悪いので、上白糖を精練しておかなくては。

そうだ、野菜が好きということなら、遺伝子改良した野菜を育てておくのもいいかもしれない。エルマ自身、フルーツのように甘いトマトは傑作だと思っていて、城にもこっそり苗木を持ち込んできていた。あれを食べさせてあげよう。

菓子作りに園芸。これなら「普通の女の子」の趣味の域内だ。問題ない。

エルマは冷静にとち狂った思考を展開し、やがて頷《うなず》いた。

ちなみに夏場の氷は貴重品だし、砂糖の精練度もトマトの糖度も、もちろん王宮にあるものが現在の大陸における最高品質のものである。彼女が「趣味」を実行すると、もれなくルーデンの製菓と農業の歴史が動くことになるはずであった。

「わかりました。では——」

しかし、彼女が再度伝説の域に足を踏み入れかけた、その瞬間。

「エルマ！　そこにいるわね？」

慌ただしいノックの音とともに、再び寮室の扉が開いた。

礼儀に欠けた振る舞いの主は、なんと意外にも侍女長・ゲルダである。

彼女は、人のよさそうな柔和な顔に、珍しく焦りの表情を浮かべて、エルマを窺《うかが》った。

「非番の日にごめんなさいね。ちょっと——やっかいなお客様が、侍女寮の前でお待ちなの」

◆

「まあ、ルーカス。珍しいのね、あなたがこの手の誘いに乗るだなんて」

「母上こそ。後宮にいたときは、イベントごとにはちらりとも興味を示さなかったくせに、まさか王宮の庭を貸し切ってまで、こんな催しを開くとは」

巨大な噴水や温室、完璧な形に整えられた植栽を誇る、ルーデン王国の庭園。

祝祭日には騎士団のパレードが行われる、その広大な広場の片隅で、ユリアーナはにこやかに息子を迎え入れた。

アイアン脚の白テーブルに、巨大な日よけの傘を掲げる侍従、野外でも快適に過ごせるような、つばの広い帽子と手袋を着けた装い。一見すると、息子を招いてのガーデンパーティーのようにも見える。

が、明らかに普通と異なるのはその配置、そして「ギャラリー」の存在だった。

噴水の傍《そば》には、石畳で四角く整えられた、まるで舞台のような空間が左右に二つ。石畳の上には、腰ほどの高さの広い調理台と簡易の竈《かまど》、そして汲《く》み置きの水を湛《たた》えた巨大な甕《かめ》が左右対称にしつらえられている。

ユリアーナは、ちょうどそれを見つめる観客席のような位置に腰かけていた。

さらに、彼女が先頭になるような形でロープがぐるりと張り巡らされ、その後ろには、王宮中の使用人たちがひしめいている。侍女に侍従、馬丁に料理人、洗濯女、衛兵……とにかく、時間に都合をつけることのできた全員といっていい。

彼らは一様に、隠しようのない興奮をにじませながら、「舞台」に役者が登場する瞬間を心待ちにしていた。

「王宮内で最高の料理人の座をかけた競い合い……。今度はいったい、なにがどうしてこんなことになったんだ……」

用意された椅子にどさりと腰を下ろし、長い脚を優雅に組みながらルーカスがぼやく。

ユリアーナの傍に控えていた侍女長は、そのげんなりとした呟《つぶや》きを聞き取って、肩身が狭そうに頭を下げた。

「申し訳ございません。さすがにわたくしも、ここまでの事態になるとは思わなかったのです……」

事の起こりは、一日前。ゲルダが、侍女寮の前に仁王立ちするジョルジュ・ラマディエ料理長に遭遇したときまで遡る。

男子禁制の寮に今にも突撃しそうだった彼は、聞けば、エルマなる少女に物申したいことがあるのだという。料理人の資格を持たず、あまつさえ女の身でありながら厨房に踏み入り、その領分を侵したことに、謝罪を求めたいというのだ。

調理どころか、反射炉の製造まで心当たりのあった侍女長は、慌ててエルマを呼び出し、頭を下げさせたのだが、その際彼女がぽつりと漏らした、

「料理は、資格や性別ではなく、おいしいものを作れる人が作ればよい、という考え方は『普通』ではないのですね」

という発言に、ジョルジュが大激怒。

『俺よりおまえのほうが、うまいものを作れるというのか⁉』

とこんな感じで、どちらがより料理上手か対決しよう、という運びになってしまったの

である。聞き取りづらいモンテーニュ語であっても、明らかな憤怒《ふんぬ》が伝わってくるぐらいの怒声であったとは、ゲルダの言だ。

ジョルジュは料理人としての威信を懸け、自分の料理が高貴なる方々の舌に合わないというのなら、料理長をやめたっていいと宣言した。

だがそうなると、彼を引き抜いてきた第一王子フェリクスの体面にもかかわる。とすれば、その判定は宮中の使用人ではなく、王子本人にしてもらったほうがいい。

ところが、いざそれをゲルダが上奏したところ、凡愚王子と評判のフェリクスは、けんもほろろに「それは、いやだよ」と断ってしまったのである。なんでも、ただでさえ即位前の慌ただしい時期、「そんなくだらないいざこざのために」、下賤《げせん》の侍女が作る料理を口にするのが面倒だとのことだった。

「義兄上……」

話を聞いていたルーカスは、つい額を押さえた。

即位前だからこそ、使用人相手とはいえ宮中の支持を集めるのは重要なことだ。

侍女の料理を口にしたくないというのなら、「勝負するまでもなく、ジョルジュ・ラマディエこそがこの城の料理長だよ」と認めてしまえばそれでよかったのに。

ともあれ、断られてしまったなら仕方がない。ゲルダは安堵《あんど》半分、ジョルジュにこの話はこれで打ち止めに、と持ち掛けたのだが、頑固な彼は、こう返したのだ。

この城には、あなたと懇意の「高貴なる方々」が、まだいるだろうと。

ユリアーナ前妃とは二十年来の付き合いであるゲルダは、そこでしぶしぶ、彼女に経緯を説明した。

警戒心が強く、これまでこの手の騒動にはけっして関わろうとしなかった彼女のことだ。きっとうまいこと、断ってくれると踏んでのことだったのだが――、

「あら、面白そうね。わたくしもエルマの料理を出来立てで食べてみたいわ」

なんと予想外にも、思い切り話に乗られてしまったのである。

エルマとの茶会を経てから、いろいろ吹っ切れてしまったらしい彼女は、「なんなら、ほかの使用人たちにも食べてもらいましょうよ」「宮中の全員に声をかける?」「よし、ならば庭を貸し切ってしまいましょう」と、むしろ話を広げる有様であった。

気付けば、宮中の使用人を集めて、大々的な料理王決定戦を開催する羽目になっていたと――そういうわけである。

「なぜ、あの娘が関わると、こうも突拍子もないことばかりが起こるんだ……」

騎士団の式典準備を抜け出して駆けつけたルーカスは――まあ、面倒ごとをフケること自体は彼としても歓迎だったのだが――、これまでのあれこれを思い出して、男らしい精《せい》

悍《かん》な容貌をしかめた。

「まあ。女の子と見るや片っ端から口説いていたあなたが、まさかあの子は気に食わないというの？　殿方というのは、意外性のある女性に惹《ひ》かれるものではなくて？」

「お言葉ですが母上、私にだって好みはあります。それに男の好む意外性というのは、眼鏡を外したら意外に美人だったとか、気丈な女が実は酒に弱かったとか、その程度のことを言うのです。彼女のあれは、意外性などではない。いつどんな風に爆発するかわからない地雷のような、迷惑きわまりないただの予測不能性だ」

ルーカスは憮然《ぶぜん》とした表情で言い返す。

王子でありながら騎士団に所属し、時に下町に繰り出して庶民と友情を結ぶ彼のことを「型破り」とか「常識外れ」だと評する声は多く、ルーカス自身それを受け入れていたが、「普通」の二文字を渾身《こんしん》の力でかなぐり捨てる少女《エルマ》の姿を見て、今では思う。自分はまったくもって、常識人だと。

眼鏡を外すと、のあたりで、ゲルダはちらりとルーカスの顔を見たが、不機嫌そうに舞台を見つめる王子は、それには気付かなかった。

「彼女が宮中にやってきてから、俺は反射炉の後始末をしたり、熊の解体技術に惚れ込んだ猟友会に付きまとわれたり、さんざんです」

ほかにも、とにかくエルマのスキルがなにかと凄《すさ》まじすぎて、皿を焼けば国宝級のものが出来上がるし、土いじりをさせれば古代生物の化石を掘り当てるしと、そんなことばかりなのだ。

彼女を宮中に引き入れたのはゲルダとルーカスだが、侍女長には手の余ることばかり起こるので、ルーカスがやむなくこれらの処理に当たることになる。

だが、秘密裏に皿を売り払えば「稀代《きたい》の陶芸作家、現る！」と街がざわめくし、こっそり化石を学院に寄付すれば「そのとき歴史が動いた！」と調査団が王宮まで押し寄せてくるしで、最近の彼に心の休まる暇はなかった。

「あらまあ。でも、そんなことを言いながら、こうしていそいそとこの場にやってくるんですもの。あなただって本当は、彼女のことを気に入っているでしょう？」

「――まあ、料理の腕前は、ですね。それに、新しい料理長がどんな人物かも、気になってもいましたし」

ルーカスは形のよい唇を片端だけ吊《つ》り上げ、肩をすくめる。

新たに雇われたモンテーニュ人の料理長はよい仕事をしていると思うが、宮中で孤立しているようなのが気に掛かっていた。異母兄の手前、接触は避けていたが、今回こうして彼に突き放されてしまったのならば、これを機に親交を深めてもいいかもしれない。食の安全を握る人物と仲よくなっておくことは、なにかと毒殺のリスクを持つ第二王子にとって、非常に有益なのだから。

ルーカスはこれで、人間関係に慎重な計算を払う男である。

「おっと、お出ましだ」

そのとき、ギャラリーがざわめいて、ジョルジュ——ルーデン風に発音するならば、ゲオルクがやってきたのがわかった。

ルーデンでも普及しはじめた高いコック帽を身に着け、首元には料理長の地位を示す赤いチーフを巻いている。

たくましい腕に短く整えた髪。モンテーニュ人らしく感情の起伏が激しい御仁のようだが、鋭い眼光や伸びた背筋からは、仕事への矜持《きょうじ》が感じられる。悪くない面構えだと思った。

『ユリアーナ前妃殿下、ならびに、ルーカス王子殿下。このたびは、審議の栄誉を賜りましたこと、礼を申し上げます。我が技術の粋を集めし品、どうかご賞味賜りますよう』

ジョルジュは帽子を取って一礼する。プライドの高いモンテーニュ人らしく、王族の前であってすら母国語のままだが、堂々と発言する態度はかえって潔いほどだった。

「許可します。あなたの忠誠と腕を期待します」

「楽しみにしている」

母に続いて、ルーカスは端的に答える。ここではユリアーナが主催者。彼女の進行を妨げてはならない。

満足そうに頷いたユリアーナは、扇子をぱらりと広げて言い放った。

「ゲオルク――いえ、ジョルジュ・ラマディエ。仮にあなたがこの対決に勝ったならば、わたくしはあなたを後見し、息子ルーカスやフェリクス殿下とともに、この宮中での立場を約束いたしましょう」

凡愚王子フェリクスだけでなく、人望ある第二王子、およびその母親からも庇護《ひご》を約束するというわけだ。これでジョルジュは、フェリクスに見放されたとしても、または逆に彼がフェリクスを見捨てたとしても、宮中で一定の権力を確保できる。申し分のない褒章であった。ジョルジュもさすがに興奮をにじませ、深く頭を下げている。

やがて彼は意識を切り替えたのか、てきぱきとした動きで準備に取り掛かった。

この世の贅《ぜい》を尽くしたといわんばかりに、二人分とは到底信じられない多彩な食材を運び込み、竈を温めはじめる。

一方、左側の調理場には、挑戦を受けたはずの侍女がいまだ姿を見せなかった。

料理長という目上の人物との対決、それも王族の御前でありながら、あまりに誠意に欠けた態度だ。不審に思った使用人たちが、徐々に囁《ささや》きを交わしだす。

だが、

——ざわっ！

それらを押しのける勢いでざわめきが広がり、ルーカスは顔を上げた。

そして、彼らの視線の先にある光景を理解して、ぎょっと目を見開いた。

ぎし、と鈍い音を響かせて、ゆっくりと台車を押してくるのは、分厚い眼鏡が印象的な野暮ったく小柄な侍女。

ちょうど昼に差し掛かる初夏の陽光を浴びながら、まっすぐ前を見つめて進む様は、まるで花道を抜ける役者のようであったが、それよりなにより、周囲が突っ込まざるをえない、異様な存在感を誇る物体があった。

台車に乗せられた、巨大な鍋や包丁、大量の小麦粉。

これはわかる。

同じく、大量のキャベツと調味料。

これもわかる。

大量の硬そうなパン。

これも、粗末さが気に掛かるものの、まあ、わかる。

巨大なまぐろ。

「――!?」

ルーカスは思わずその場に立ち上がった。

「そんなものをおまえ、どこで手に入れてきた――!?」

しかも、まるまる一本だ。

推定体重、大の男五人分。熟練の漁師が総出で仕留めにかかるような、もはや伝説級といっていいサイズである。目は黒く、ひれはぴんと張りを残し、体表は濡れたような輝きを帯びていた。新鮮だ。

「昨日が非番でしたので、近海まで漁に出ておりました。食いつくまでは早かったのですが、重量の関係で釣り上げるのに五時間の死闘を要した結果、この場に少し遅れてしまいましたこと、平にお詫《わ》び申し上げます」

「エルマ……あなた……」

しょっぱなから想定を大気圏外にぶっ飛ばす暴挙に出られ、一同が言葉を失う。

が、ユリアーナの滑らかな頬は、どこか上気しているようだった。

そこはきゅんとするところじゃないだろう。ルーカスは母に言いたかった。

大いにペースを崩された周囲をよそに、寡黙な侍女は淡々と準備を進める。

ごろ、と鈍い音を立ててまぐろを調理台に転がしてから、彼女はメイド服の裾を摘《つ》まみ上げて、しずしずと頭を下げた。

「侍女エルマ。僭越《せんえつ》ながらも、ジョルジュ・ラマディエ料理長の胸を借りる気持ちで、誠心誠意心づくしの品を作らせていただきます。高貴なる方々のお口に、どうか合いますよう」

「きょ、許可します。あなたの忠誠と腕を期待していてよ……！」

「……安全を第一に優先するように」

ルーカスの言葉には、つい本音が滲《にじ》んだ。

一連のやり取りを見守っていたジョルジュも、さすがにしばし呆然《ぼうぜん》としてしまった。

(冗談じゃねえぜ……)

(料理人歴三十年を通したって、あんな巨大なまぐろ、見たことねえぞ。……だが、そうか。魚なら新鮮でさえあれば、そのまま出しても「うめえ」となる。考えたな)

ルーデンやモンテーニュでは、魚を刺身で出すことはしないが、酢や油で和えたマリネやカルパッチョのような料理は好まれる。軽く炙《あぶ》って塩を振るだけでもおいしいだろう。

あれだけ大きければ、下ろし方に失敗してもいくらでもやり直しが利くし、あの巨体から究極にうまい部位だけを使用してみせるというのも、かなりインパクトのあるパフォーマンスだ。

（……やるじゃねえか）

だが、こちらとて負けはしない。権力闘争のような腹芸は苦手だが、腕には覚えがある。グルメと名高いモンテーニュの王侯貴族たちを唸《うな》らせてきた経歴は伊達《だて》ではないのだ。

ジョルジュはコック帽を直して気合を入れ、調理に取り掛かった。

初夏にふさわしく、作るのはじゃがいもの冷製スープ――ヴィシソワーズだ。じゃがいもといえばルーデンの国民食。ふかして食べるしか能のないルーデン人に、モンテーニュの料理文化の神髄を見せつけてやるつもりだった。

事前に目利きした二種類の玉ねぎを、たっぷりのバターで炒め、均一に薄切りにしたじゃがいもを放り込んでいく。焦がすことなく素材の甘さを引き出す加熱法、鶏と香味野菜でじっくりと味を深めた秘伝のブイヨン、隠し味に加える最高級のシェリー酒。どれもモンテーニュで研鑽《けんさん》を積んだ自分だからこそ実現できる、最高の技術であり味わいだ。

その手際の鮮やかさ、そしてかすかに漂いはじめた食欲をくすぐる匂いに、ギャラリーがほうっと息を呑《の》んだ。

――のも束の間。

「そちらの、茶色いベストをまとった馬丁さん。それから、真新しい胸当てを着けた衛兵さん。そう、あなたです。もう少し右に避けていただけますか。危ないですよ」

左の調理場から繰り出される謎の指令に、人々は困惑の声を上げた。

もとより、調理場と観客席の間にはずいぶんと距離がある。怪訝《けげん》に思いつつ、侍女から醸し出される不思議な迫力に呑まれ、彼らが場所を移動したとたん、それは起こった。

「では、解体します」

——ざんっ！

エルマが眼鏡のブリッジを押し上げ、おもむろに刃渡りの大きい包丁——もはや剣と言っていい——を掲げた次の瞬間、凄まじい風が巻き起こったのだ！

「きゃあっ！」

風は女性陣の衣服を乱し、男性陣の頭髪を激しくそよがせ、一部はかまいたちとなって石畳を割り砕いた。

エルマの背後で、まっすぐ空に向かって伸び上がっていたはずの噴水の水が、まるで剣に切り取られたように崩れる。一瞬遅れて、ざばああ！　と水が落下するのと引き換えに、周囲はしんと静まり返った。

「な……なにが起こったの……？」

ビシュッ！　という音が確かに聞こえた気がしたが、エルマの包丁さばきはあまりに速すぎて、それが刃の立てた音だったのか、それとも風が唸《うな》った音だったのかすらわからない。

ただ、「解体する」と言っていたわりに、まぐろは頭と胴を繋《つな》げたままエルマの前に横たわっており、人々は当惑の呟きを漏らした。

「ね、ねえ、ルーカス？　エルマは、その、風を起こしただけなのかしら？　魚は無傷に見えるのだけど」

「いや、あれはおそらく、――太刀筋が鋭すぎて、まぐろも切られたことに気付いていないんだ」

『なにそれ！』

動揺のあまり、ユリアーナの口から母語が飛び出した。

しかし、ルーカスの見立ては正しかったようで、一瞬ののち、

――ぐら……っ
まるでまぐろが時の流れを思い出したとでもいうかのように、ぐらりと形を崩していくではないか。

瞬《まばた》きをした次の瞬間には、まぐろは頭部と胴体、骨と内臓と肉に分かれ、ブロック状に美しく整列していた。

『なにこれ！』

ユリアーナの叫びは、奇《く》しくもその場にいた人物全員の心を代弁することとなった。

しかし、エルマの勢いはとどまらない。

彼女はばっと巨大なボウルに小麦粉と牛乳、油と塩を混ぜ合わせ、目にも留まらぬ早業で捏《こ》ね合わせると、パン種となったそれを次々と丸めていった。あまりに素早いので、彼女の手からシュパパパ！　と飛び出すパン種の玉が、まるで砲身から次々飛び出す銃弾に見えるほどだ。

さらには、キャベツを人ならざる速度で刻み上げ、塩とレモンを振ってしんなりとさせ、かと思えば硬いパンを削って細かなパン粉に仕上げた。

物が一瞬で削れるとき、「ごりごり」などではなく、「じゅっ……！」という音が響くのだということを、このとき人類は学んだ。

続いて、まぐろ肉をこぶし大に切り分け、塩コショウをし、小麦粉と卵液にくぐらせて先ほどのパン粉をまぶす。

地獄の釜かと疑うような巨大な鍋に、なみなみと油を熱しだしたのを見て、とうとう人々は理解した。

まぐろのフライ――――！

じゃっ！　という腕の一振りで大量のまぐろを放り込み、からりと揚げているその間にも、エルマは卵を茹《ゆ》で潰し、さらにそれを卵と酢で作った白っぽいソースに和《あ》え、と忙しい。同時に、圧延した鉄板の上で、大量のパンと思《おぼ》しきものを焼いていた。

「あれはなんだ。パンにしては随分と平たい」

「あれはナンよ。南の大陸で広く食されているパンの一種だと、以前書物で読んだわ」

ルーカスの独白を、風土記に詳しいユリアーナが拾う。図らずもダジャレのような会話になっていることに、近くに控えていたゲルダとイレーネだけが気付き、二人とも静かに顔を伏せた。

そうこうしているうちに、まぐろが揚げ上がる。油から掬《す》い上げるのかと思いきや、しかし同時に、ナンも焼き上がったようだ。どちらかを優先すれば、その間にもう片方が焦げてしまう。

さあ、どうする――。

もはや調理ではない。試合かなにかを観戦するような気持ちで、その場に居合わせた総勢百人近くが、ごくりと息を呑んだ。

が、眼鏡の侍女は、ここでも予想外の動きに出た。

片手にフライ返し、もう片手にサーベルを握りしめ――サーベル……！――、前傾姿勢を取りながら、胸の前で静かにそれを交差させたのである。

次の瞬間。

「――はっ！」

凛《りん》とした掛け声とともに、彼女はぐるりと旋回した。

風が舞う。黒のメイド服が、白のエプロンが、残像を残しはためく。

それと同時に、からりと揚がったまぐろが、こんがりと焼き目のついたナンが、フライ返しに弾き飛ばされるようにして宙に躍った。

「同時に跳ね上げただと――!?」

ギャラリーがどよめく。その視線の先では、完璧に重量と軌跡を計算されつくしたフライとナンが、空中のとある場所で、見事に一列に整列していた。

そこに、

――ざんっ！

「フライとナンを、一気に切り裂いた……！」

サーベルが唸りを上げて旋回し、浮かんだ物体すべてを真っ二つに切り裂いていった。

食・即・斬。あまりに鮮やかな手際だ。

しかも少女は素早くフライ返しを投げ捨て、代わりに大ぶりなスプーンを握りしめると、

刻んだキャベツを掬い、落下しはじめたナンに向かって「投げつけて」いった。

あまりに凄まじい速さで叩きつけられたキャベツの塊は、風圧をまとってナンの断面を袋状に割り開く。そうして、まるで安住の地を見つけたとでも言わんばかりに、自ら行儀よくナンの中に収まっていった。さらにそこに、少女がサーベルをバットのように持って打ち付けたフライが、追いかけるようにして飛び込んでいく。

「馬鹿な……！」

瞬く間に、フライと刻みキャベツのナンサンドが成形されていく。その過程を、動体視力に優れたルーカスだけが理解し、驚愕《きようがく》に喉を鳴らした。

規格外の膂力《りよりよく》。鮮やかにすぎる太刀筋。髪一筋すらコントロールを違わぬ投擲《とうてき》能力。

かつてひとりで千人の軍を壊滅させたという、伝説の狂戦士《ベルセルク》を彷彿《ほうふつ》とさせる姿だ。

——この娘が、ほしい。

騎士団に身を置き、時にそれを率いる者として、ルーカスは思わず唸った。

性的にではなく、職務的観点から女性を渇望するなど、初めてだ。

周囲の興奮や熱視線をよそに、エルマはナンサンドが落下するぎりぎりのタイミングで、今度はタルタルソースの「銃弾」を叩きつける。

——ぱぱぱぱぱぱぱ！

独特な音を立てて、タルタルソースが過《あやま》たずナンサンドの中央に収まったことを確認すると、彼女はさっと清潔な布を広げ、今度こそ一斉に落下したサンドを受け止めた。

そっ……。

最後に、それまでの猛攻ぶりが嘘だったかのような静かさで、調理台にサンドを並べる。

「――完成です」

ほかほかといまだ湯気を立てるナンサンドを前に、侍女は眼鏡のブリッジを押し上げながらそう告げた。

「お……――」

誰かがごくりと喉を鳴らす。

あまりに鮮やかな手腕である。

実にうまそうな品である。

そして――明らかに百人分くらいの量である。

ずっと少女の異常な調理過程にばかり注目していたギャラリーたちは、ふと思った。

もしかして、これは。

高貴なる方々に向けた料理とは言いつつも、この量は。

「ユリアーナ前妃殿下、およびルーカス王子殿下。そして、今この場にいらっしゃる皆さまのためにご用意いたしました。――どうぞ、おひとりおひとつずつ、ご賞味くださいませ」

「うおおおおおお！」

エルマが一礼したとたん、使用人たちが一斉に拳を突き上げ叫んだ。

朝早くから起き出し、今昼どきを迎えつつある彼らの魂《ソウル》を、この明らかにハイカロリー・高塩分の一品は、激しく揺さぶっていたのだ。

『おい……、エルマとやらよ、話が違うじゃねえか。高貴なる方々への料理のはずだぞ？使用人どもを懐柔して、点数稼ぎするつもりか？』

エルマの大活劇の傍らで、貴重な氷を使って丁寧にヴィシソワーズを冷やしていたジョルジュは、目を細めて声を荒らげた。

彼は腹芸を嫌う男だ。神聖な勝負を、ごますりでくぐり抜けようとするのだとしたら、到底許せるものではなかった。

が、調理台に群がろうとする使用人たちから、王族献上分と思しき量をひょいとかばったエルマは、滑らかなモンテーニュ語でこう返した。

『懐柔ではありません。あなた様と私では、高貴なる方々の定義が異なるだけです』

『ああ……？』

その流暢《りゅうちょう》さと内容に、ジョルジュは眉を寄せる。

するとエルマは、自らの腕に確保していたサンドのうち、ひとつを差し出してきた。

『私には苗字がない。厳密に言えば戸籍も、故郷と呼べる町もなく、平民でも通える学校というものに通ったこともありません。本来なら、このような場所で働くことなど、とうてい許されない身分の人間です』

『なに……？』

『ですから、その私からすれば、激しい研鑽と競争の末に王宮での職を得た人々は、皆、高貴なる方々です。――あなた様も含めて』

眼鏡で覆われていて瞳の色すら判別がつかないが、それでも、真剣にこちらを見つめていることはわかった。まっすぐにサンドを差し出す腕や、その発言に、嘘偽りがないことも。

『誇り高きジョルジュ・ラマディエ料理長。どうぞ、私からの心づくしの品を、ご賞味くださいませ』

声は静かだったが、小柄な身体からは、迫力とも呼べるなにかがにじみ出ていた。

ジョルジュはそれに圧《お》される形で、無意識にサンドを受け取った。そして、ユリアーナやルーカスがサンドを差し出され、興味深そうに口に運ぶのを見つめながら、自らもそれを頬張ってみた。

『――……！』

うまい。

袋状に開かれたナンは、見た目よりも柔らかくもっちりとした食感があり、噛めばほんのりと甘い小麦の香りが口に広がる。

歯を立てて、ザクッとフライの衣を噛み破れば、たちまち塩気の利いた脂がじゅわりと舌の上を走った。それを、どっしりとしたタルタルソースや、さりげなくレモンを利かせた細切りのキャベツの食感が、追いかけてくる。

観客席でも同様の感動が広がっているようで、あちこちから「うおおおお！」という魂の雄たけびが聞こえてくるが、ジョルジュはそうしたい衝動をぐっとこらえた。

自分はプロだ。

うまいものに巡り合ったら、感涙にむせぶよりも先に、分析に励むべきだ。

『…………』

料理人としての味覚からすれば、油は少々くどすぎだ。これだけ脂の乗ったまぐろを使うならば、むしろ揚げ油は極力落としたほうがいい。ソースに十分塩気があるから、衣やキャベツにここまで塩を混ぜる必要もない。

だが――、

（このこってり感と、がつんと利いた塩気が……たまらなくうまい）

朝から準備に奔走し、夏の太陽に晒《さら》されながら調理していたジョルジュは、自分がいつも以上にカロリーと塩分を欲していたことに、今更気付いた。

同時に、あることに思い至ってはっと顔を上げると、調理場に戻ってきたエルマがそれを肯定するかのように頷いた。

『ルーデンの民は、勤勉です。王族ですら、朝は鶏の声とともに起き出し、労働をいとわない――使用人ともなれば、なおさらに。食事をするとき、我々の身体は、ほとんど飢餓状態になっているのです。油分と塩分への渇望度合いは、あなた様がこれまで料理を捧げてきたモンテーニュの王侯貴族の比ではありません』

そうだ。なぜ気付かなかった。

ジョルジュは己の頬を張り飛ばしてやりたい思いだった。

これまで彼が料理を振る舞ってきたのは、美食と美女に溺れ、優雅なソファにその身を沈めている王侯貴族ばかりだった。美の国モンテーニュと、武の国ルーデンでは、求める味が異なって当然だったのだ。

人手が少ない中、大量の業務に奔走している使用人たちが求めていたのは、急速に身体が回復し、腹に溜まる――つまり脂っこくて塩気の強い食事だった。そんなところに、上品かつ繊細に調味したスープなど差し出しても、たしかに「こんなものか」と言われるだけだろう。

『……なにやってんだ、俺は』

食べる側の好みも考えず、当然の指摘を的外れにも侮辱にすり替えて。

どちらが人々の舌を満足させられるかなんて、ナンサンドを笑顔で頬張る彼らの姿を見れば明らかだ。自分は、料理人としてのスタートラインにすら立っていなかった。

そのとき、調理台のボウルの中で氷がからんと音を立てて、ジョルジュははっと振り向いた。素材の味わいを殺さぬように、氷を惜しみなく使って急速に冷やしていたヴィシソワーズ。そろそろ提供できる頃合いだ。

だが――。

ジョルジュは、一度は手にした取り分け匙《サーバー》を、静かに下ろした。

今更この品を振る舞うことなど、自分にはできない。

もしかしたら、王族ふたりであれば、ほかの使用人連中よりは「おいしい」と言ってくれるのかもしれないが――いや、使用人たちに紛れて平然としている前妃に、騎士団で忙しく体を動かしてきた変わり者の王子だ。きっとそれもないだろう。

苦い笑みを刻み、ジョルジュがコック帽を脱ごうとしたとき、しかし背後から声が掛けられた。

『ジョルジュ・ラマディエ料理長』

『――なんだよ』

エルマである。

表情の読めない眼鏡姿の侍女は、抑揚の少ない声で問うてきた。

『そのじゃがいものスープ――ヴィシソワーズですね。それは、出されないのですか』

『……見りゃわかんだろ。……出せねえよ』

敗者といえど多少のプライドはある。

しかし、エルマはわずかに首を傾《かし》げると、予想外の行動に打って出た。

『なるほど。――ですがご安心を。そんなこともあろうかと、スプーンを百本ほどご用意してまいりました』

『…………は？』

会話が嚙み合っていない。

だが、ジョルジュがその意図を問い返すよりも早く、エルマは例の人ならざる動きでスプーンを捌《さば》く。彼が瞬《まばた》きを終えた瞬間には、侍女の持つ巨大なトレイの上に、ずらりと白磁のスプーンがヴィシソワーズを湛《たた》えて整列していた。スプーンに一口ずつだけ料理を盛る――モンテーニュの夜会などで見る、ワンスプーンとも呼ばれるスタイルだ。

『……は？』

『その量ではあっても、ワンスプーンであれば、百人以上に提供できるものと愚考しました。あなた様の作るヴィシソワーズは、少量ずつであっても城中の人々に振る舞われるべきだと思います。――もちろん私も含めて』

『………は？』

先ほどから「は」しか言えていない。

が、ぽかんと口を開けるジョルジュをよそに、エルマはさっさとヴィシソワーズを、ユリアーナ以下全員に配ってしまうではないか……！

『お……おい、ちょっ、待てよ、おまえ――！』

これはなんだ。引き際くらいは自身で決めたいと考えたジョルジュへの辱めなのだろうか。

ただでさえ好みに合わない料理を、それも、ナンサンドでひとしきり腹を満たした状態で食べては、まずく感じるだけではないか。

そうとも、厨房の部下たちも、侍女も、馬丁も、衛兵も、きっとまた、困ったか馬鹿にしたような顔で——

「——う……っまあああ！」

「…………!?」

ジョルジュは耳を疑った。

見れば、使用人たちはスプーンを口に突っ込んだまま、きらきらと目を輝かせているではないか。

瞳は恍惚《こうこつ》として潤み、頬は紅潮し、手はスプーンを強く握りしめている。全身から、嘘偽りのない「うまい！」の賛辞が響いているかのようだった。

「ああ……。やはり、ラマディエ料理長の味付けは実に繊細で奥深いわね」

「じゃがいものアクの強さを殺して、甘みとうまみだけを丁寧に引き出している。美しい仕事だ」

この手の食事を口にしなれている王族ふたりはともかく、

「うま……っ、うまいっす！　今、ようやく初めてじゃがいもの味がわかった！」

「すっごくいいものを頂いてる気分！」

「王様になったみたいだ……！」

使用人たちまでもが、興奮したように話し合っている。

彼らは一斉にジョルジュのほうを向くと、感動の勢いのまま走り寄ってきた。

「ゲオルク——じゃなかった、ジョル、ジュ、料理長！　うまいです！　これ、めっちゃくちゃうまいです！」

「ゲオル——いえ、ジ……ョルジュ料理長！　私たち、前こんなおいしいもの食べさせてもらってたんですねえ！　味わわずに流し込んじゃって損しちゃった！」

「ゲオ……ジョルジュ料理長！　これ、また食べたいです！」

慣れないモンテーニュ風の名前を、舌を噛みながら呼ぼうとしてくれる。

あけすけで、単純な彼らの言葉。——だからこそ、ジョルジュはうっかり喉の奥に熱を感じるほど嬉《うれ》しくなった。

(なんだよ……)

そして、理解する。

そうとも、彼らは料理の味がわからなかったのではない。味わう余裕もないほどに飢えていたのだ。そして今、エルマによって満たされたからこそ、異質なものを理解し、歩み寄ろうとしてくれている。

『さすがですね。私の料理は、単に彼らの胃袋にカロリーを投下しただけでしたが、ジョルジュ料理長の料理ともなると、食するだけで一介の使用人でも王侯貴族の気分が味わえるかのようです』

そのとき、ヴィシソワーズの配膳を終えたエルマが調理場に戻り、ジョルジュに話しかけてきた。

それから彼女は、眼鏡のブリッジをくいと押し上げ、告げた。

『降参です』

『え……？』

ぽかんとする。

が、ジョルジュがなにかを言い返すよりも先に、優雅にスプーンを下ろしたユリアーナが口を開いた。

「どちらが高貴なる者の舌に合うか。この勝負、ゲオ――ジョルジュ・ラマディエ料理長に分があったようですね。あなたの料理は、人々を『高貴なる者』に仕立て上げてしまうのですから」

「隣の調理台で異常現象が起こっても調理を完遂する、その集中力も称《たた》えられるべきだな」

ルーカス王子も、そんなことを言って肩をすくめる。

ジョルジュが呆然と立ち尽くしていると、エルマはすっとメイド服の裾を摘まみ、深々と礼を取った。勝者のジョルジュに向かって敬服を示す格好だ。

それに気付いた観客たちは、ジョルジュに称賛の視線を投じた。勝利宣言を期待するかのような流れである。

(なんだよ……)

ジョルジュはもう一度胸中で呟き、頭を下げたままの侍女をちらりと見やった。それから、背の高いコック帽に手を伸ばし――それを彼女に向かって脱いでみせた。

「――いいえ。前妃、殿下」

そうして、片言のルーデン語で告げる。

通じるからと頑《かたく》なにモンテーニュ語を貫いていた彼が、この国の言葉で話そうとするのは、初めてであった。

「お言葉は、嬉しく、思う、ですが、この勝負は、……せめて、引き分けに。私は、舌を満たせた、かもしれませんが、彼女に、勝ったとは、思えないからです」

飢えていては、わからない。満たされたからこそ、歩み寄れる。

それはきっと、自分も同じだ。

今ジョルジュは、ずっとほしかったルーデンでの居場所を、エルマに分けてもらったからこそ、こうして、もっと彼らに近づきたいと思えるようになったのだから。

「いつか、彼女を、こてんぱんに負かしたら……そのときこそ、殿下の、庇護を、お約束ください。それと――私の名は、ゲオルクで、結構です」

このままでは、自分の名が「ゲオジョルジュ」になってしまうので。

肩をすくめて告げると、ユリアーナたちは愉快そうに笑った。


その日から、ジョルジュ――改め、ゲオルク・ラマディエ料理長は一層の研鑽を積み、やがて「ルーデン王城の食べられる至宝」と呼ばれる宮廷料理を、数多く生み出すことになる。

◆

「なあ、おい。――エルマ」

すっかり腹の満たされたユリアーナや使用人たちが散会し、エルマがイレーネに手伝ってもらいながら調理台を片付けていると、先に片付けを終えたゲオルクが話しかけてきた。

「その……昨日は、どなりつけて、……悪かった、な」

ただでさえ慣れないルーデン語で、慣れない謝罪の言葉を口にするものだから、すっかりブツ切れの口調になってしまう。

だが、エルマはそれを気にすることなく、滑らかに手を動かしながら、

「いえ。こちらこそ、不用意に料理長の持ち場を荒らしてしまい申し訳ございませんでした」

淡々と答えた。

「いや、それ、言うなら、自分の縄張りに、侵入を、許した、俺、いけない。その時点で、気づくべき、だったし、叱る、べきだった」

ゲオルクがきちんと厨房を掌握できていたならば、そもそも起こらなかった事態のはずなのである。

詫びの代わりに、これからは自分のいるときは好きに厨房を使っていいと言ってみたが、その破格の申し出よりも、ゲオルクが「これからは俺が厨房を締める」と宣言したときにこそ、エルマは満足そうに頷いた――眼鏡のせいで、あまりよくわからないが。

「素晴らしいことだと思います。統率の取れた協調性ある職場では、不正は起こりにくいと言いますから。これで、王城内の毒殺リスクも限りなく低減されるでしょう」

「あん……？」

エルマは、自分がときどきやらかしてしまう「普通でない」行動が、ルーカスの生活と

胃に負担を掛けていることを理解していた。こういった形で、王子に少しでも借りを返せるなら、大変結構なことである。

受けた恩は返す。至極真っ当で、普通のことだ。エルマは真顔ながらもご満悦であった。

なにやら自己完結してしまっているエルマに、困ったのはゲオルクのほうだ。

この侍女の思考が読めない。というか、冷静になって考えてみれば、彼女のやることなすことに対して理解が追い付かない。

そういえば、彼女の圧倒的技量に対していまだコメントできていなかったことを思い出し、ゲオルクは口をもごもごとさせながら、不器用に褒め言葉をひねり出した。

「その……おまえ、見事、だったな。正直、感心、したよ」

「過分なお褒めのお言葉を頂戴し、恐縮に存じます」

「いや、本当だ。サンドの出来栄えも、そうだし、それ以上に、あの包丁捌《さば》き、油捌きを……。正直、何度も、口が顎から、外れる、思った。いや、あの巨大まぐろが、出てきたときから、すでに」

ルーカス王子はゲオルクの集中力を褒めてくれたものの、平時であれば彼だって、腰を抜かしていただろう。それほどの、異常な光景だったのだ。

「おまえ、いったい、あの技術、どこで、身につけた？」

「あの技術……と、仰《おつしや》いますと？」

「だから。巨大なまぐろ、釣ってきたり、解体したり、揚げたり、挟んだり。そういう、技術だよ。まったく……。聖力か、そうじゃなきゃ、失われた魔力でも、使ったのか、思った」

聖力とは、教会の高位導師だけが、神の恩寵《おんちょう》を譲り分けてもらい行使できる力。そして魔力とは、かつてこの大陸に禍《わざわい》を撒《ま》き散らした魔族だけが持ち、彼らの滅亡とともに失われたとされる力だ。魔力は歌劇や小説の世界では好んで扱われる題材だが、今のこのご時世、そんなものを信じている人間はいない。

学校にも行っていなかったようだし、と不思議に思ったゲオルクが尋ねると、

「え……？」

エルマは困ったように首を傾げた。

「まぐろを育てながらその様子を観察し、最終的に釣って食べる、というのは、どこの家庭でも見られる、食育のひとつなのではないですか？」

「……おまえの、家は、漁師か、なにかか？」

「いえ。食育の対象のうち、海洋生物はまぐろとクラーケンだけでしたから、漁師ということではないかと」

『クラーケン⁉　導師が十人がかりでも倒せないっていう、あのクラーケンか⁉』

ゲオルクがぎょっとして、思わず母語で聞き返す。

横で聞き耳を立てていたイレーネまで、つい一緒に声を上げてしまったが、彼女はエルマが「倒せない……？」と首の角度を深めるのを見て、あ、と思った。

この流れは、もしかすると、「あれ」が来てしまうんではなかろうかと。

「クラーケンは、毎年夏になると馬鹿みたいに釣れるタコの一種ですよね」

『は？』

「え？　だから、クラーケンです。ほら、塩ゆでしてきゅうりと和えたり、小麦粉で丸く固めて揚げ焼きにしたり、根菜と煮たり。よく食べるじゃないですか」

『……普通しねえよ、そんなこと』

「え？　ああ、もしかして、モンテーニュでは姿焼きみたいなシンプルな調理法のほうが普通でしょうか」

『だから、世界どこでも普通食わねえよ！　クラーケンなんか食わねえよ！　っつか倒せねえよ！』

いよいよゲオルクが絶叫すると、エルマは「倒せない？」といよいよ眉を寄せた。

「私は六歳の『釣り』デビューで、少なくとも十体は仕留めていたと思いますが……。もしや、……シャバのお方というのは、そのくらいのこともできないのですか？」
『────…………………………はい？』
こわもての料理長がぽかんと口を開ける。
イレーネはその横で、「あああ……！」と内心で叫び天を仰いだ。
ゲオルクは五秒ほど、奇妙な表情のまま固まっていたが、
『…………』
やがて止まっていた呼吸を再開し、ちょっと不機嫌そうにエルマの頭をはたいた。
『……ったく、ルーデンのジョークはわかりにくいんだよ』
「え」
エルマとイレーネの呟きが重なる。
けれどおかげで、ゲオルクと王城の精神的平和は、この日も保たれたようだった。

◆◆◆

「ふふ。城《ルーク》をもらったわ」

「今日はやけにルークにこだわるな」

「だって、ギルベルト。もしこれが現実ならば、王を射落とすよりも、城を落とすほうが、よほど気持ちがよいと思わない？」

夕闇の迫ったヴァルツァー監獄の一室。

大国の王城でも類を見ないほど贅を凝らした居間で、ふたりの男女――ギルベルトとハイデマリーは、今日もチェスに興じていた。

ハイデマリーの駒の打ち方は、惑乱的だ。狂戦士のように歩兵《ポーン》を刈り取っていくときもあれば、偏執的に相手の聖職者《ビショップ》をつけ狙うこともある。だが、いずれにせよ最後には勝利を収めてしまうあたり、その手腕は見事なものだ。

ハイデマリーは奪い取ったルークの駒にキスを落として、ちらりと向かいのギルベルトに微笑みかけた。

「ねえ。かわいいあの子も、今頃王城を掌握していたりするのかしら？」

「……俺たちは、間者か暗殺者だかを送り込んだのではなく、娘を巣立たせただけだと思っていたんだが」

「いやだわ、ものの表現でしょう？　たとえば城中の胃袋を摑んだ料理人がいたとしたら、その人物は『王城を掌握した』と言えるのよ」

ちょっと拗《す》ねたように言い返すハイデマリーは、麗しいのと同時に、まるで少女のような魅力がある。

反撃の気がそがれたギルベルトは軽く肩をすくめると、次の一手を模索して盤面を見据えた。

とそこに、

「入るぞ」

ノックもそこそこに、大男が居間に踏み入ってきた。

筋骨隆々たる長軀に、ひと睨みするだけで気の弱い者なら気絶しそうな、凶悪な顔が乗っている。

不相応な白いエプロンを身に着けた彼の名は、イザーク。

かつてひとりで千の軍を打ち負かし、しかしながらあまりに残虐な振る舞いで自軍からも恐れられた――そして、禁域で聖獣を嬲《なぶ》り殺したという名目で自国を追放された狂戦士《ベルセルク》であった。

「エルマが、いないから、モチベーションがわかない。今日の飯は、これだけだ。食え」

美食の国として知られるモンテーニュ出身の彼は、ヴァルツァー監獄内の公用語であるルーデン語を流暢に話せない。そして、娘代わりのエルマにきっちりモンテーニュ語を仕込んでしまい、話し相手に不自由しなかったものだから、十五年経ってもその片言は一向に改善を見せなかったようだ。

特徴的なぶつ切りの言葉を聞き取ったハイデマリーたちは、げんなりと眉を寄せた。

「……また、クラーケンの姿焼きなの？」

「……せめて、小麦粉で丸めてからりと揚げ焼きにした、クラーケン団子焼きに……」

「夏の味だ。堪能、しろ」

イザークは取り付く島もない。

さっさと姿焼きを配膳してしまうと、つまらなそうに手近なソファにどさりと腰を下ろした。

「せっかく、ミソ、とかいう、東方の調味料、完成するところだったのに。あれで、夏至の日には、ドラゴンのフルコースをと、エルマと、話し合って、いたのに」

この監獄で料理人代わりを務める彼は、その外見とは裏腹に、四季の味や節句メニューを大切にする男である――「愛娘《まなむすめ》」がいたならば、ではあるが。

「ちょっと、またドラゴンを狩ってきたの？　やめてちょうだいな。いくら監獄の全員で食べても、大量に余るじゃない。連日同じドラゴン肉を食べ続けるなんて、ごめんだわ」

空をも覆う、と描写されるドラゴンは、とにかく巨大で食べ甲斐《がい》があるのである。ちなみに、イザークの腕は確かで、彼の手に掛かればドラゴンも上質な鶏肉のような味わいがあることを知っているので、竜が食卓に上ること自体は、ハイデマリーとしても異存はなかった。

「ふん。やけ食いすれば、あれくらい、一日で、片付く」

「……さすがね」

彼の無限に近しい胃袋をもって、【暴食】と名付けたのはハイデマリーだったが、こうしてその凄まじさを見せつけられると、胸やけを起こしそうである。

微妙な表情で相槌《あいづち》を打っていたら、イザークはそのいかめしい顔をさらにしかめて、ふんと鼻を鳴らした。

「ああ、つまらん。だいたい、ここの住民は、食への、敬意が足りない。糧となった、生物の尊さも、称えず、未知の味に、挑みもせず、出たものばかり食って、文句を、言いやがって」

生まれつき強大な胃袋を持ち、かつ、生後すぐに飢饉《ききん》に襲われて強烈な飢餓感を植え付けられたイザークは、食べることにとにかく貪欲だった。

木の実を見たらまず食し、雑草も食し、生き物と見るやまず食す。

狩りをするうちに、魔獣だとか怪物と呼ばれるものの妙味に気付き、以降その虜《とりこ》となって、はからずも武技を磨いていくこととなったのだ。一騎当千の戦士と称賛されるようになったのは、そのおまけの結果であった。

「イザーク、あなたね。その食欲と好奇心をこじらせて、禁域で見境なく聖獣を屠《ほふ》ったから、戦士の名を剝奪されて、獄に繋《つな》がれているわけでしょう。懲りない人ね」

「……俺なりに、種を、根絶させないくらいには、配慮していた。魔獣を狩れば、称えられるのに、聖獣を狩れば咎《とが》められるなど、おかしい。あの味を、全土に知らしめることができたなら、俺は『食聖』と、称えられているはず、だったのに」

聖獣や魔獣、怪物の臓腑《ぞうふ》を引きちぎりながら、食聖を夢見る男。それが【暴食】イザークの正体である。

彼の空腹感や、食への興味を宥《なだ》めるのは並大抵のことではない。自分で狩りをし、調理してもいいが、それではサプライズ感も薄れるし、フライパンを揺すっている間に腹が減ってしまう。時に師匠のイザークも知らぬような食材を狩り、彼の空腹を先回りして料理を作ってくれるエルマは、だから彼にとってかけがえのない存在だったのだ。

イザークは、はあ、と切なげな溜《た》め息《いき》を漏らし、母語でぼやいた。

『一撃必殺の戦闘術、数百人分を一度に作り上げる大量調理技術。エルマほどの逸材は、そういないのに……。このまま空腹をこじらせて、カニバリズムに目覚めてしまったら、俺はいったいどうすればいいいんだ』

しょんぼりとした口調で、とんでもない発言である。

モンテーニュ語ながら、不穏な内容を拾ったハイデマリーとギルベルトは、呆《あき》れたように視線を交わし合った。

「同族食いはご法度よ。どうしても食べたくなったら、【貪欲】に頼んで、実験後の死体でも卸してもらいなさい」

倫理的に、それもどうなのかというところだ。だが、イザークの反論ポイントは、そこにはないようだった。

「【貪欲】が手をかける、時点で、どうしようもないカスという、ことじゃないか。しかも、薬漬け。俺の料理は、良素材、無添加が、売りなのに」

「なら我慢なさい」

まるで、空腹に泣き出す子どもをたしなめる、母親のような口調だ。

ギルベルトは、イザークがむすっと黙り込むのを無言で見守っていたが、やがてふと気付いたように顔を上げた。

「そういえば、【貪欲】はどこにいるんだろう。しばらく姿を見ていないが」

「さあ。また地下の研究室に籠もっているのではないかしら」

白く繊細な指先で、優雅にクラーケンの姿焼きを摘まみながら、ハイデマリーが答える。

彼女は、香ばしく焼き上がった触手を見て、ひとつ頷くと、上品にそれを頬張った。

「ほら。『妹』を失うって、あの子にとっての逆鱗《げきりん》というか、トラウマのようなものだから。苦悩を昇華しようと、精力的に実験に取り組んでいるのだと思うわ」

「――やれやれ。やはり、エルマはここから出すべきではなかったかな」

ギルベルトが眉を上げると、ハイデマリーは猫のように笑う。

その魅惑的な微笑みは、見る者すべての脳をとろけさせるようだった。

「いいえ。あの子には、ちゃんと世界を見せてあげないとね」

細められた眼。その視線の先では、黒の女王《クイーン》が、無数の駒を睨みつけるように、毅然《きぜん》と立ち尽くしていた。

第3章

「普通」の手当て

エルマ流「普通」のシルバー磨き

「銀そのものがだいぶ劣化していたので、
鋳造しなおしておきました」

デニス・フォン・ケストナーは、自慢の金髪を振りかざし、狂ったように全身に香水を擦《こす》りつけていた。

「ああ、もう！　臭い！　臭い！　臭い！」

そこそこ整った顔立ちは、男らしさには欠けるものの品があり、贅肉《ぜいにく》の付いていない若い体は、力強さはないが清潔さがある。その、貴族らしく美しく整えられた自身の身体が、下品で鼻の曲がりそうな悪臭に蝕《むしば》まれかけているのを、デニスは必死で防ごうとしていた。

「なんで、この僕が！　栄えあるケストナー家の一員にして、聖医導師としての将来を嘱望されるこの僕が！　馬の糞《ふん》やら男の汗やらにまみれて働かなくてはならないんだ！」

高価な香水を惜しみなく使って、忌まわしい臭いを打ち消してから、デニスはようやく呼吸を落ち着けた。

そうして、寮の自室で、ほかに人目がないのをいいことに、恐れ多くも神の名を吐き捨てるように唱え、悪態をつき続けた。

「なんなんだ、あの者たちは。騎士だとか言って、要は荒くれ者の集まりじゃないか。臭いし、汚いし、礼儀もなってない。せっかくこの僕が！　聖なる癒術を使ってやったというのに、それを崇《あが》め称《たた》えもしないだなんて。聖医導師の尊さがわかってないのじゃないか」

聖医導師。

それは、神の恩寵《おんちょう》と呼ばれる聖なる力で、医療を行う者のことである。

この大陸では、多くの人間がアウレールを主神とするアウル教を信奉し、そのうちのごく一部が「聖力」とも呼ばれる神の恩寵を授かる。その内容や強弱は様々だが、傷を癒やしたり、植物の生育を早めたり、雨を呼んだりと、総じて生を守り育むためのものだ。

聖力はそれこそ奇跡のように、平民にもある日突然発現することもあるが、基本的には血統によって受け継がれる。

ケストナー家も、数多くの高位導師や聖女を輩出してきた名家のひとつであり、爵位こそ男爵ではあるものの、司教を兼任するロットナー侯爵家とも懇意な、由緒正しい家系であった。

なかでも、デニスが持つのは、ケストナー家の始祖と同じと言われる、癒やしの力。切断された手足を復元するといった、始祖が持っていたものの威力よりはだいぶ劣るが、それでも、そこらの医師の技量をはるかに凌駕《りょうが》する力だ。

結果デニスは、成人もせぬ十五のうちから聖医導師として正式に宮廷勤めを許され、王城内の中心にほど近い場所に部屋も与えられている。

「侯爵閣下の後見も得て、ゆくゆくはルーデンの宗教界で実権も握りうるだろう僕が！　なぜ、こんな、忌々《いまいま》しい下積みを！」

だというのに、デニスはここ数週間というものの、騎士団員の治療や、使用人たちの世話に追われていた。それというのも、彼の敬愛するクレメンス・フォン・ロットナー侯爵が、「癒術を高めるには、多くの場数をこなし、見聞を広めることが重要ですよ」と、彼に実地研修《インターン》を命じたからだ。

「そりゃあ、退治すべき魔族も滅びた今日日《きょうび》、尊き方が大怪我《けが》をなさることなんてないけれど……。だからといって、下々の者の怪我まで治してやることなんか、ないではないか」

デニスは、手入れの行き届いた爪をがじりと噛《か》んだ。

癒術は、選ばれし人間にのみ与えられた聖なる力だ。それを、貴族でもない、神の寵愛を受けたのでもない、凡百の人間に施してやるなど、あまりに勿体《もったい》ないように思えた。百姓上がりの人間にはそのへんの薬草でも渡しておけばよいのだ。どうせ彼らは頑丈なのだから。

「あまつさえ、治療しておいてもらって、ろくに感謝の言葉すら言えないのだから……」

先ほどの場面を思い出してしまい、デニスは歯ぎしりした。

今日は騎士団の診療の日だった。模擬戦訓練とやらに付き合わされ、東屋《あずまや》で待機していたところ、次々に負傷者が運び込まれてきたのだ。

その多くは、打撲や捻挫、裂傷。

軽傷でない者もいたが、重傷というほどではない。ついでにいえば、運び込まれてきたのは下級騎士ばかりで、見たところは単に薄汚れたごろつきと変わらない。

そのような状態で貴族の御前に出るのも不遜であるのに、と思いながら、デニスは泥で汚れた汗臭い体に触れ、祈りの言葉を呟《つぶや》いてやったのだ。

にもかかわらず、癒術を受けた騎士たちは、「なんだ」と一様に物足りなさそうな顔をしたのである。

「一瞬で傷が消えるとでも？　ふん、ひとりひとりにそんな膨大な聖力を注いでいられるか、馬鹿め」

なにぶん、あと何人治療すべきかわからない中での施術である。余力を残しながら治療した結果、せいぜい各人の傷を申し訳程度に塞《ふさ》ぎ、痛みを和らげるくらいのことしかできなかった。ただ言っておくと、それでも通常の手技を施すよりは数倍早く癒えるし、術者のこちらには結構な負担なのだが。

「なのに、『これくらいなら、侍女殿の手当てと変わらないじゃないか』だって……!?」

最も許せないのは、帰り際に騎士のひとりが首をすくめてぼやいたその言葉だった。大層小声の独白であったが、地獄耳のデニスはばっちりと聞き取ってしまったのである。

噂《うわさ》によれば、騎士団には最近、エルマとかいう名前の侍女が出入りし、負傷者の治療に当たっているのだという。その手際は素晴らしく、彼女に手当てしてもらった者は、そうでない者より三倍以上早く快癒するとのことだ。

(だが、侍女。貴族でもない、医導師でもない。男ですらない！　ふん、おおかた、女相手に脂下《やに》がった騎士どもの思い込みだろう)

エルマという名前は、以前、前妃のお気に入りだとか、料理上手な女という文脈で噂を聞いたことがある。きっと、美丈夫の第二王子か騎士団の恋人の座を狙う、女の魅力を過剰に押し出した野心家なのだろう。でしゃばりなのだ。

だが、侍女の分際で医療行為に手を出すのはやりすぎである。実態としては、せいぜいおまじないに毛が生えた程度の手技なのだろうが、だとしたらなおさら、治療を武器に男どもの歓心を買うのはやめてもらいたいものだ――デニスは高慢な少年だが、治療行為そのものは、神聖なものだと考えていた。

「ああ、早くこんな日々を終えて、侯爵閣下みたいに、高貴なるお方の専属医導師になりたいものだ」

実地研修が始まる前までは、デニスはロットナーの鞄《かばん》持ちとして、彼が支持する第一王子フェリクスの部屋を訪れたりもしていた。ロットナーは侯爵であり、司教であり、癒術はなくとも心を解《ほぐ》す能力を持っているため、王子のカウンセラーとしても活躍しているのである。

フェリクス自体は、噂通りぼんやりとした、凡愚《ぼんぐ》な人間のようだったが、それでもやはり第一王子。部屋は贅《ぜい》を凝らされ、趣味であるらしい馬具や宝石のコレクションは素晴らしかった。デニスは侯爵を通じてそれらを鑑賞する栄誉を許され、いたくご満悦だったのである。彼が望むのは、そちら側の世界だ。

「早く、僕にふさわしい世界に戻りたい……」

奇跡の力である癒術を、もっときちんと称賛してもらえて、周りには清潔で高貴な人々しかいない世界。騎士どもは、せいぜい侍女の治療とかいう民間療法でもありがたがっておればいい。

デニスはほう、と溜《た》め息《いき》を漏らして、壁に掛けた祈禱《きとう》布をぼんやりと見つめた。

ステンドグラス越しに、初夏の陽光が淡く降り注ぐ聖堂。

昼なお、人を瞑想《めいそう》の世界へと誘うような薄暗い空間に、ふたりの男女がいた。

「なあ。どうか色よい返事をくれ」

ひとりは、すらりとした長躯《ちょうく》に、豊かな黒髪、深い藍色の瞳が印象的な精悍《せいかん》な青年。シンプルなシャツとパンツ、そして胸のあたりに騎士団の紋章が刺繍《ししゅう》された濃紺のベストをまとっている。彼は、その長身をかがめて、壁際に追い込んだ人物を覗《のぞ》き込んでいた。

「恐れながら殿下。パーソナルスペースが小そうございます」

それに対し、抑揚なく答えるのがもうひとりの人物。彼女は、小柄な身体に黒のドレスと白いエプロン、そしてブリム――つまり侍女の制服と、おまけに分厚い眼鏡を身に着け、先ほどから淡々と青年に応えている。

青年の正体とはもちろんルーデン王国第二王子ルーカス、そして侍女の正体はエルマであった。

「その手の単語でごまかそうとしてくれるな。俺は本気だ。おまえが必要なんだ」

「その手の言葉でごまかさないでくださいませ。私は道を踏み外したくございません」

男が女に顔を寄せて囁《ささや》く様子や、その内容から、一見した限りではまるで男女の駆け引きのようにも思われる。

しかしながらその実態は、

「なぜだ。騎士団に所属することのなにが、外道だというんだ」

「女、それも平民ですらない身分の人間が騎士団に加わることが、前代未聞、つまり普通ではないと申し上げているのです」

ルーカスによる騎士団へのヘッドハンティングであった。

先日、料理対決――という名の、もはや天下一武闘会――でエルマが大立ち回りを見せてからというもの、ルーカスはこうして折に触れて、熱心に入団を勧めてくるのである。

今の彼の騎士団での身分は、中隊長。年齢の割にかなりの地位と言えるが、それは第二王子という生まれではなく、優れた剣技と、時間をかけて築き上げた人望によって獲得したものだ。多少色は好むものの、ルーカスの騎士団への忠誠は篤《あつ》く、彼は心からその発展を望んでいた。

そしてその「発展」を考えたとき、エルマというのは喉から手が出るほど欲しい人材だったのである。

「前代未聞がなんだというんだ。おまえが入団すれば、それが『前例』になる。その後それに勇気を得て、武に優れた女や、身分に恵まれなかった者たちが続々と入団してくるかもしれないぞ。そうすれば、見事おまえは『普通』の女だ」

「屁理屈《へりくつ》にすらなっていない謎理論を展開するのはおやめくださいますか」

エルマは取り付く島もない。

接触を重ねるうちに、ある程度本性はばれてしまっていると考えたのだろう、当初のような「男性への恥じらいを見せる初心《うぶ》な少女のふり」すらしなくなっている。

かわいげのなさにも少々思うところはあるが、それ以上にエルマの頑《かたく》なさに業を煮やして、ルーカスは顔を顰《しか》めた。

「おまえの『普通』への妙なこだわりはなんなんだ。それ以上に、その基準はなんだ？見学だけでいいと連れて行ったときには、たったひとりで団員全員の手当てまでしてくれたというのに。あのときは、割と乗り気に見えたが」

「……いえ、あれは」

「しかも、副中隊長のディルクが、うっかり力を込めすぎて隊員の頭蓋を割りそうになってしまったとき、おまえはすかさず太刀筋を見切って、白刃取りまでしてくれたではないか。剣豪を自負するディルクの太刀筋を見切り、団員の手当てをひとりで完結させる。はっきり言って普通ではない。だが、その普通ではないおまえに戦女神を重ねた者もいるんだ。いいか、何度でも言う。俺たちにはおまえが必要なんだ」

熱っぽく囁かれても、エルマはますます俯《うつむ》いた顔の角度を深めるだけだった。「……手当ても、太刀筋云々《うんぬん》も、どうぞそれ以上仰《おつしや》らないでくださいませ。あれは、教科書の解釈を違えた私の過ちです。どうかご放念くださいませ」

エルマは、実際のところ大いに反省していた。

彼女が現在吸収しつつある「常識」によれば、「騎士団の訓練を熱っぽく見守る」のも、「傷ついた男性をかいがいしく世話する」のも、「普通」のはずだったのだ。

「教科書？」

「普通の女の子を目指すのならばこの辺りを読めばよいと、ロマンス小説なるものを大量に貸していただいたのです」

ルーカスは天を仰ぎそうになった。

親切のつもりかもしれないが、なんというものを教科書として提示してくれたのだ。

「イレーネか？　勘弁してくれ……。あんなものに行動を準拠されたら、たまったものではない」

「いえ、恐れながら、貸してくださったのはグラーツ侍女長です」

「そちらか……！」

「ちなみにイレーネは、いわゆる薄い本と言われる系統のほうが好みだそうです」

「薄い本？」

怪訝《けげん》な眼差《まなざ》しを寄越《よこ》したルーカスに、エルマは言葉を選ぶような間を置いて問うた。

「……ちなみに殿下におかれては、『攻め』の対義語はなんだと思われますか？」

「『守り』ではないのか？」

「――なるほど。殿下とは生涯無縁のジャンルの話のようです。今のやり取りはご放念くださいませ」

あげく、そんなふうにごまかされてしまう。

気になったルーカスは執拗《しつよう》に尋ねたがはぐらかされ続け、むっとなったルーカスは「おい」とエルマの腕を取った。

と、掴《つか》まれた腕をまじまじと見ていたエルマが、ふと顔を上げ、じっとルーカスのことを見つめる。

「……そういえば、のべ三十五冊のうち、三十三冊までもが、主人公《ヒロイン》に険悪に接してくる騎士が、実は激しい恋情を秘しているというものでした。まさか――」

「待て二次元と三次元を混同するな。それらはフィクションですらない。ファンタジーだ」

　野暮ったい眼鏡姿の侍女に、「うわ……」みたいな視線を向けられて、ルーカスは素早く手を離した。というかこの眼鏡はなんなのだろう、素顔を隠しているはずなのに、まざまざとドン引き感を表現してかかるなど、もはや眼鏡の域を超えたなにかだ。

「今こそ俺の微表情とやらをよく読んでくれ。これが、女に恋する男の顔か？」

「どちらかといえば、未知の生命体を前に緊張と好奇心を隠せないでいるような表情にお見受けしますね」

「すごいな微表情」

　ストライクゾーンの広さには自信のあったルーカスだが、不思議なことに、この少女には現時点でちらりとも欲が刺激されなかった。好奇心は大いにそそられるし、面白い娘だとは思うのに、なぜだろう。それはこの冴《さ》えなく見せている容貌のせいかもしれないし、――あるいは、彼女のほうがひとかけらも、こちらに異性としての興味を抱いていないからかもしれない。

　そういえば、第二王子という身分やこの顔、あるいは騎士として鍛えた身体や振る舞いに、まったく興味を示されなかったのは、これが初めてかもしれないということに、ルーカスは今更のように思い至った。駆け引きでも腹の探り合いでもなく話せる異性など、貴重だ。

「――なあ、おまえ。やはり、騎士団に加わらないか？」

「なにがどうやはりなのか、わかりかねます」

ルーカスはこれまで以上に真剣に誘い掛けたのだが、エルマはついと顎を引き、次いで滑らかな動きで接近を躱《かわ》すと、床に置いていた掃除道具を拾い上げた。聖堂の掃除を言いつけられていたところを、王子に見つかったのだ。

「お話がそれだけのようでしたら、恐れながら、聖堂の清掃業務に取り掛からせていただけますでしょうか」

「この広い聖堂内を、すべてひとりで掃き清めるのか？」

怪訝《けげん》な声での問いにも、エルマの答えは淡々としていた。

「一瞬で済みますので」

「……やはり入団――」

「殿下もどうぞ、騎士団の訓練にお戻りください。即位式に向け連日式典準備に追われているさなか、中隊長ともあろうお方がこのように職務を離れてよいはずがございません」

食い下がろうとしたところを、ぴしゃりと撥《は》ね除《の》けられる。

が、それに対してルーカスはにやりと笑ってみせた。

「どうせ今日はパレードの予行演習だけだ。鎧《よろい》をかぶれば誰が誰かはわからんから、俺の馬に勝手に乗ろうとした愚か者の新人を、罰として代役に立ててきた。やつも本望だろう。よって、今日の俺は正々堂々自由の身だ」

ぬけぬけとしたサボり工作である。

それは正々堂々とは言わないのでは、と、エルマがもっともなツッコミを入れようとしたところに、しかしそれは起こった。

「ルーカス様――――！」

聖堂の扉が慌ただしく開いて、少年が駆け込んできたのである。

そばかすの残った顔に汗の粒を浮かべた彼は、どうやら騎士団の小姓のようであった。ルーカスよりは色の浅い紺色の、紋章入りのベストを身に着けている。

「マルク？　どうした？　よくここがわかったな」

「よくわかったな、じゃありませんよ、めちゃくちゃ探しましたよ……！　逢引《あいびき》するなら、もっとそれっぽい場所にしてくださいよ、もう！」

マルクと呼ばれた少年は、あどけなさの残る瞳できっとこちらを睨《にら》みつけてから、表情を引き締め、拳を握った。

「トラブルです。ルーカス様の乗るはずだった馬が、パレードの演習中に突然暴れ出して人をふるい落とし――代役をしていたテオが、足の骨を砕かれました。はっきり言って……ひどい怪我です」

「なんだと――?」

ルーカスが眉を寄せる。

「今、慌てて聖医導師を呼びに行っていますが……ひとまず、ルーカス様もおいでください。そちらのお相手には悪いですけど――って、あ! エルマさん⁉」

険しい顔で報告していたマルクが、ルーカスの背に隠れていたエルマに気付き、声を上げる。彼は逢引などと言っていたくせに、ルーカスとエルマの恋仲を疑うことすらせず――あまりにありえない取り合わせだからだ――、ぱっと顔を輝かせた。

「エルマさん、よかったら我々と来ていただけませんか⁉ 聖医導師にもいろいろ派閥があって、今日はフェリクス殿下側のいけすかない新人しか駐在していないみたいなんです。彼が来るまでに、エルマさんが手当てをしてくれれば、少しは状態も――」

「馬鹿を言うな。それは聖医導師の領分だろう」

言い募るマルクを、ルーカスが遮る。彼は素早く踵《きびす》を返すと、早くも事件の現場へと足を向けはじめていた。

「ですがルーカス様。エルマさんなら、その辺の女性と違って血を見て卒倒することもないでしょうし——」

「言っておくが、俺だってこいつ相手に、男だ女だの問題を云々するつもりはないさ。だが、それほどの怪我だというなら、手当てなどしても意味がないだろう」

必要なのは回復魔法だ。

お姫様の看病で騎士が回復するのは小説や歌劇だけの話で、現実に今求められるのは、確実に傷を癒やすことのできる聖力である。

冷静に言い切ってその場を去ろうとしたルーカスだが、その背を、淡々とした声が呼び止めた。

「お待ちください」

眼鏡を反射させた、エルマである。

「二次元と三次元を混同させてはなりません。魔法で怪我が癒えるなどというものは、フィクションですらなくファンタジーだと、私は【貪欲】の兄に教わりました」

「なんだと？」

彼女は、人差し指でブリッジをくいと持ち上げて、さも常識を告げるかのような口調でこう言った。

「普通、大怪我をしたときに必要なのは、祈りよりも——外科手術《オペ》ですよね？」

「――……おぺ？」

耳慣れぬ言葉に、ルーカスとマルクは顔を見合わせた。

◆◆◆

あとはパレードの演習だけだからと、汗臭い模擬戦の救護活動から解放されたはずなのに、デニスが居室に「緊急事態だ！」と踏み込まれたのは、そのわずか一時間後のことだった。

聖力の連続行使は術者への負担が大きいため、聖医導師のシフトは事前に綿密に組まれている。聞けば、怪我をしたというのは平民上がりの騎士のようだし、担当の同僚が戻ってくるまで待ってもらおうとしたのだが、連絡に来た騎士に怒鳴りつけられ、現場に連行されてしまった。

（なんて野蛮な連中なんだ！）

むくつけき野郎集団に再び接近させられながら、デニスは内心で罵った。

貴族と騎士団の間には、かつては確固たる身分差があったはずだが、第二王子が入団などしたものだから、彼らはすっかり調子づいているのだ。曲がりなりにも男爵令息であるデニスを拉致するなんて、無礼千万である。

が、主張の結果、殴られてはかなわないと思ったデニスは、その怒りをかろうじて喉の奥に引っ込めた。そして、

「――……なんだ、これは」

連れてこられた訓練所近くの東屋――そこで横たわっている「患者」を認めた瞬間、その怒りを完全にどこかに見失ってしまった。

そこには、ある程度の怪我を見慣れているはずの自分でも、目を覆いたくなってしまうような惨状があった。

石造りの床の上には、デニスより少しだけ年上と見える青年が、右足のズボンを膝下から切り取られ、素足を剝《む》き出しにして仰向けになっている。いや、素足だったもの、と言ったほうがよいのかもしれない。

脛《すね》のあたりから肉がぎざぎざに裂かれ、足首は異様な方向に曲がっている。肉の隙間からは、ぬらりと光る筋ばったものと、白い骨が見えた。

あげく、膝のすぐ下で布を縛り、止血をしているというのに、時折奇妙に血が噴き出してくるではないか。

それは、単純な怪我というより――なにか、呪いめいた光景に見えた。

「呪具だ」

自分を連れて来た騎士のひとりが、そんなことを言う。

彼は、忌々しげに顔を歪《ゆが》めると、デニスにあるものを突き付けた。素手で触れぬよう、布で覆われた馬蹄《ばてい》である。

「こいつの乗った馬の蹄《ひづめ》が、こんなものにすり替わっていた。見た目は芸術品のようだが、しばらく歩くと砕けて、破片が足に突き刺さる。それで馬が暴れてこいつを蹴り飛ばし、最悪なことに、破片ごとこいつの足を踏みつぶしちまった。今、こいつの足の中では、その破片が呪いを撒《ま》き散らしてるんだ」

「そんな……」

誰がなぜそんなことを、と思う。

だが、横たわった青年が獣のような呻《うめ》き声を上げるのを聞き取り——なまじ痛みに耐性があるだけに、気絶もできなかったらしい——、デニスははっと我に返った。

今はとにかく、治療だ。

デニスは血だまりの広がった床に片膝を突き、青年の足にこわごわと手を伸ばした。

あまりに酸鼻な傷口に、生唾を呑み込む。新人だし、なにより祈りを唱えれば治してしまえるからこそ、このようにひどい現場は、デニスはこれまで遭遇したことがなかったのだ。

「て……天より降り注ぎたる、至高の光よ。我がいの、祈りに応え、その気高き、慈愛の灯《ともしび》にて、憐《あわ》れなる、ち、地上の子を――」

声が震える。

折しもそのとき、ふたたび傷口から血しぶきが上がり、

「うわあああぁ！」

デニスは情けなく悲鳴を漏らして腰を抜かした。

「馬鹿野郎！　医者のほうが悲鳴上げてんじゃねぇよ！」

とたんに、横たわった青年――テオというらしい――の傍らで必死に手を取って励ましていた仲間の騎士が声を荒らげる。

その怒声にデニスはびくっと肩を揺らし、なんとかテオに再び向き直ったものの、傷口はあまりにグロテスクで、とても直視できるものではなかった。

「あ、憐れなる、地上の子を、包み、い、癒やして――」

かざした手がわななく。師匠でもあるロットナー侯爵からは、聖力の発動にはイメージが必要なのだと聞いた。つまり傷を癒やすならば、その砕けた骨が繋《つな》ぎ合わさり、裂けた肉が塞がるところをありありと想像する必要があるということだ。

（む、無理……っ）

デニスは卒倒しそうになった。

だが、目の前のテオは、文字通り手負いの獣のように、脂汗を浮かべながら咆哮《ほうこう》を上げている。

痛いのだろう。苦しいのだろう。身分の貴賤《きせん》など関係ない。百姓上がりは頑丈なはず、などという薄っぺらい先入観を吹き飛ばすような、圧倒的なむごさがそこにはあった。自分が救わなくてはならないものの重大さも。

「包み、癒やして、祝福を、さ、授けたまえ……！」

初めて芽生えた責任感を燃料に、なんとか祈りの言葉を唱える。

だが――燐光《りんこう》を発して塞がるはずの傷は、一向に変化の兆しを見せなかった。

「しゅ――祝福を！　祝福を授けたまえ！」

なぜだ。

デニスは焦った。

「祝福を！　どうか……！」

喉が裂けんばかりに叫んでも、事態は変わらなかった。

いや、むしろ逆に、まるで聖言に抗うように、再びどぶっと血が溢《あふ》れだす。それを見て、デニスは絶望とともに悟った。

「呪具が……聖力を跳ね返している……！」

「なんだと……⁉」

周囲で見守っていた騎士たちがどよめく。

衝撃に青褪《あおざ》めながら、デニスは理解したままを震える声で伝えた。

「あ、足の中のどこかに食い込んだ呪具の破片が、聖力を跳ね返しているんだ。傷が癒術を受け付けない。こ……このままでは、彼は、全身の血を失って……」

死んでしまうだろう、とは、さすがの彼も口にはできなかった。

が、その場にいた全員がそれを理解したらしい。

人だかりをなしていた群れのうち、一番権限があると思《おぼ》しき人物――副中隊長が、ぐっと口を引き結んでから、低い声で告げた。

「――おまえら。テオの身体を押さえろ。あと、舌を噛まないように猿轡《さるぐつわ》も」

「……副長……」

ほかの騎士たちが、沈痛の面持ちでそれに頷《うなず》く。

真意を取り損ねたデニスだけが、怪訝な眼差しを副中隊長に向けた。

「いったいなにを……？」

「テオの足を切り落とす」

「な……っ！」

絶句する彼をよそに、副中隊長と呼ばれた男は、痛みをこらえるような表情で剣を抜いた。

「要は、呪具の破片さえこいつの身体から離してやればいいんだ。切断面を塞ぐくらいは、おまえさんもできるんだろう？」

「そんな……！　傷は塞げても、失われた足を戻すことはできないんだぞ！」

「じゃあほかにどうするんだ！」

一喝されてしまうと、それ以上の反論はできなかった。

無力感に打ちのめされながら、騎士たちが切断の準備を進めるのを見つめる。

（僕は……なにもできないのか……？）

彼らの会話が、膜を一枚隔てた向こう側で聞こえるかのようだった。

（呪具なんて……聖水を浴びせれば、それで効力をなくすのに。そんな初歩の初歩が、……僕が呪具を取り出せないために、できないのか……？）

だとしたら、なにが聖医導師だ。なにが癒術だ。

ただ、肉を元通りにくっつけるだけのことができたって、そんなの、粘土細工が得意なのと、なにが違うというのだ――！

視線の先で、副中隊長が騎士のひとりから蒸留酒のボトルを取り上げるのが見える。

彼はテオの傍《そば》に跪《ひざまず》くと、こわもての顔に、子どもに向けるような優しい表情を浮かべた。

「テオ、おまえ、こいつが大好物だろう。たんまり飲んでいいぞ。なあに、怖いことなんてないさ。俺の剣は、かなりの切れ味だ」

「うう……あ、あ……あり、が……」

テオは脂汗を浮かべながら、必死に頷く。呻《うめ》き声に紛れて、礼を述べようとしているようだった。

酒で痛みと恐怖をごまかしての、切断。

そんな拷問のような光景が、これから繰り広げられようとしている。

（僕では……救えないのか……！）

デニスは知らぬ間に涙を浮かべながら、拳を握りしめる。

と、そのとき。

「――お待ちください」

背後から、低く涼やかな、少女のものと思しき声が掛かった。

その場の全員が振り向く。

何十という視線を平然と受け止めた小柄な少女は、なぜかむき出しの両手を空中に掲げるようなポーズをしながら、淡々と告げた。

「その蒸留酒、もっと有効に活用しませんか。――具体的には、私の手の殺菌に使わせてください」

ほっそりとした白い腕と、素顔を窺《うかが》わせない分厚い眼鏡が、陽光を反射してまぶしく光った。


ルーカスは、目の前で粛々と「殺菌」とやらを進めるエルマを、真剣な表情で見守った。

事情を呑《の》み込めていないほかの団員たちが、もの問いたげな顔を向けてくるが、それを視線だけで封じる。

それほどに、現場には異様な緊迫感が満ちていた。

いや、異様といえば、真っ先に言及すべきは、エルマの恰好《かっこう》だろう。

彼女はルーカスとともに聖堂を飛び出し、まっすぐに東屋に向かうのかと思いきや、一度侍女寮に寄り、次に追い付いてきたときにはこの姿となっていたのである。

すなわち、全身を覆う長袖のエプロンに、ブリムではなくほっかむり、そして口布。袖を捲《まく》り上げている両腕はともかく、顔に関しては眼鏡の部分しか見えない。つまり、素顔はかけらも見えない。全身白っぽい布で覆われているわけだが、なぜだかそれは、頑強な鎧のようでもあった。

彼女は銅のトレイのうえに、なにやら見慣れぬ器具をずらりと並べると、さらに清潔な布を敷いて床の上に置いた。

そうして、この場の最高責任者――ルーカスを、じっと見つめて告げた。

「それではこれより、テオ・フェルスター様の脛骨骨幹部骨折《けいこっこつかんぶこっせつ》の手術を開始します。ご覧の通り開放骨折ですので、観血的整復術によってアライメントを戻し、かつ、筋肉内異物摘出手術、および靱帯《じんたい》断裂縫合術を行います。術後は速やかに抗生物質を投与し、感染症への罹患《りかん》を防ぎます」

「――……は？」

「ですから、テオ・フェルスター様の脛骨骨幹部骨折……」

彼女はもう一度繰り返そうとしたが、少し考えて、

「つまり、傷口を消毒して開いて、呪具の破片を取り除いたり縫い合わせたり薬を処方したりします」

物言いを改めた。ずいぶんざっくりとしたインフォームドコンセントだ。

だが、あまりに淡々とした自信に満ちたその様子に、誰もが言葉を失い、自然と患者の傍らの場所を譲りはじめた。剣に手をかけていた副中隊長までもが、戸惑いながらもエルマの動向を見守っている。

彼女はその隙を突くかのように、滑らかな動きでテオの傍に跪《ひざまず》くと、呻く彼にそっと話しかけた。

「フェルスター様。これより、右足全体に麻酔をかけます。十数えますから、吐き気を覚えるようでしたら教えてください」

「うう……あ……ま、魔水……?」

耳慣れぬ単語に、テオが困惑の呟きを漏らす。エルマはひとまずそれを了承と受け止め、素早く右足に麻酔を注射した。

変化は劇的だった。

「――い、痛みがなくなった……!」

「動きませんよう。これからしばらく酸鼻な光景が続きますので、目隠しをさせていただきます。――副中隊長様、恐れ入りますがお願いできますか?」

「あ、ああ……」

エルマは、なるべく自分の手の滅菌状態を保ちたいらしい。副中隊長に目隠しをさせ、テオの身体を固定させたほか、残りの騎士たちにも蒸留酒で手を消毒させ、ひとりひとつずつ医療具を握らせた。

「ではあなたは、私が『メス』と言ったらメスをください」

「お……おお！」

すっかり空気に呑まれた団員たちは、素直に従う。

呆然《ぼうぜん》としていたデニスが我に返ったのは、そのときだった。

「お……おまえ……！　さっきからなにをしているんだ！」

「オペですがなにか」

「なにか、じゃないだろう！　治療行為は医師か聖医導師の領分だ。侍女ごときが、なんの真似ごとか知らないが――」

自分は役に立たなかったが、だからといってそれは侍女の越権を許していいという理由にはならない。デニスは激しく糾弾しようと息を吸い込んだが、

「――臭い！」

拳よりも攻撃力のある言葉によって殴り飛ばされた。

「…………!?」

物理攻撃ではないのに、心と頭をがつんと抉《えぐ》られたような衝撃だ。

デニスが思わず絶句すると、跪いたままのエルマが、ぎらりとこちらを見上げてきた。

いや、ぎらりとしているのは眼鏡なのだが。

「恐れながらその香水、強烈に臭《くそ》うございます。衛生に障るレベルです。それに、親指をかじる癖でもおありで？　爪が一部ぎざぎざになっていらっしゃるようです。それで患者および傷口に触れようなど、言語道断。文字通り顔を洗って、ついでに爪を切り手指を清めておいでください」

「な……な、なな……なんて、無礼な……」

あまりの暴言に青褪める。

だが、デニスがぱくぱくと口を動かしていると、業を煮やしたらしいエルマが今度こそ吠《ほ》えた。

「人体に触れようってモンが、香水かぶって指しゃぶってんじゃねえよ常識だろう⁉　医導師の自覚があるなら出直してこい！　ねえなら引っ込め！」

「ひっ！」

団員以上にドスの利いた恫喝《どうかつ》に、思わず悲鳴を漏らす。いや、団員の声も複数重なっていたかもしれない。

あたりに、針が落ちる音すら聞こえそうな沈黙が訪れる。

静けさの中、デニスはしばらくテオとエルマを見比べていたが、やがて拳を握ると、勢いよく走り去っていった——水汲《く》み場の方角へ。

「失礼。取り乱しました。——眼鏡」

「は、はい！」

すると先ほどの怒声が嘘だったかのように、エルマが静かに告げる。眼鏡担当の騎士はよい子のお返事をして、わずかに下がっていた眼鏡のブリッジを、横からそっと持ち上げた。

そうして、デニスが香水を洗い落とし、手指を清めて再度駆け付けたときには、手術はほぼクライマックスに向かおうとしていた。

「メス」

「はい！」

「汗」

「はい！」

エルマが短く告げるたびに、それぞれの担当である騎士が腹から返事をして、従順に要望を適《かな》えていく。むくつけき男どもが、小柄な侍女に従う様子は異様の一言に尽きたが、当のエルマはといえば、こちらに背を向け、ただ黙々とテオの傍に屈み込み続けていた。

自分だって、聖医導師だ。治療の様子はきちんと把握している必要がある。

デニスは覚悟を決めて拳を握ると、恐る恐る、「おぺ」の現場に近づいていった。

(な……なんだこれは……!)

そうして、息を呑む。

視線の先では、恐るべき速さで侍女が骨の破片を繋ぎ合わせていた。

無残に砕かれていたはずの骨は、ヒビこそ走っているものの、本来あるべき姿でまっすぐに並び、ひどく裂けていたはずの肉も、繊維に沿う形を取り戻し、あとは縫い合わされるだけとなっている。

いや、それよりも異様なのは、侍女の腕の動きだ。

(な……っ! あまりに素早すぎて、残像しか見えない……だと……!?)

ピンセットとメス、そして鉗子《かんし》を器用に操る様子はあまりに素早く、残像が残るため、まるで手が四本、五本もあるように見える。

デニスは呆然としながら、何度も目を擦った。

これはおまじないに毛が生えた「女の手当て」などではない。治療の域すら超している。

これはもはや——芸術だ。

デニスは言葉を失った。

聖力を伴わない手技など、子どもの手当ての延長のようにしか思っていなかった。

だが、今、彼女の手から繰り出される奇跡的な治療術の前に、ただ圧倒され、感服している自分がいる。

現に、施術を見守る周囲の顔色は格段によくなり、むしろ興奮に目を潤ませている者たちまでいることに、デニスは気付いた。

「呪具、摘出。聖水」

「はい！　聖水をかけます！」

ピンセットで摘《つ》まみ上げた呪具の破片を、担当の騎士が持つ布の上に置き、即座にもうひとりがそれに聖水を振りかける。じゅっ……という小さな音が響き、破片が効力を失ったのがわかった。

「破片と馬蹄を照合し、完璧に一致するかを確認してください」

「完璧に一致しているな。破片はこれですべてのようだ」

「よし」

骨や肉を整えながら、呪具もばっちり摘出したらしい。馬蹄を検分したルーカス王子が告げるのを聞き取ると、侍女は静かに頷いた。

「それでは縫合します」

「縫合？　糸で縫うのか？　針がないようだが」

「ああ。風で飛ばされそうだったので、眼鏡のつるに仕込んだままにしていたのでした。取っていただけますか。蒸留酒で消毒してください」

怪訝そうなルーカスが問うと、エルマは手を動かしたまま答える。

「…………なんだっておまえは、眼鏡のつるに医療用の縫い針など仕込んでいるんだ」

「え？　麻酔や針のたぐいは、エチケットとして誰だって持ち歩きますよね？」

――持ち歩かねえよ！

不思議そうに問い返すエルマに、デニスは思わず叫び出しそうになった。

そして彼女の肩を揺さぶってやりたかった。まさか持ち歩かないのこの人、みたいな雰囲気を醸し出さないでくれと。トイレにハンカチを持っていくのとはわけが違うのだから。

そしてその思いは、さすがにその場の騎士全員に共通するものだったらしい。ルーカスはじめ、一同が微妙な表情に顔を引き攣《つ》らせていた。

「……そもそも聞きたかったんだが、これらの膨大な医療器具をおまえ、いったいどこに隠し持っていたんだ」

「もちろん鞄の中にですが」

それを聞いてつい視線を向けてみれば、たしかに彼女の傍らには小ぶりな布鞄がある。

どうやら、侍女寮から持ってきたものらしい。

だが、明らかに質量保存の法則を無視するような大きさだったので、ルーカスは眉間に皺《しわ》を寄せた。

「……なんでこの量が、こんな小さな鞄に収まるんだ？」

「女性は収納上手であれ、と育てられたのですが、もしやそれは普通ではないのでしょうか」

余談だが、ヴァルツァー監獄内では、「マリーの谷間か、エルマの鞄か」という格言がある。どちらも四次元に繋がっていて、突拍子もないアイテムを引き出してくるので、彼女たちがそこに手を突っ込んだときは注意せよという意味だ。

だが、そんなことを知るはずもないルーカスは、答えになっていない返答に曖昧に頷きつつ、追及を諦めたようだった。順調に進んでいる「おぺ」の邪魔をしてまで問いただす内容ではない。

「まあいい。針を取るぞ。どちら側のつるだ？」

「右です。レンズとの連結部分に小さな突起がありますので、それを――」

「ま……待ってくれ！」

そのまま縫合に移行しそうな展開に、デニスは慌てて待ったをかけた。

エルマがゆっくりと振り返る。

真意の見えない眼鏡の奥の瞳に、デニスは必死に話しかけた。

「待ってくれ。……その、ここからは、僕の出番だ」

「………」

「いや、領分や資格がどうというのではなく……呪具がない以上、骨を繋ぎ、肉を閉じることならば、糸で縫い合わせるよりも、癒術のほうが早い」

また怒鳴りつけられるだろうか。

ここまでまったく役に立たなかったではないかと、嘲笑《あざわら》われるだろうか。

だが、デニスとて、最年少の聖医導師として認められたプライドがある。ここで逃げ出したら終わりだと思ったし、――苦しむ患者《テオ》を前に、なにもできなかった自分のままでいたくはなかった。

デニスが言葉を選びながら訥々《とつとつ》と語ると、

「――……はい」

侍女は意外な返答を寄越した。

「もとよりそのつもりでした」

「…………は？」

「準備は整えました。聖医導師様。なにとぞ治療をお願い申し上げます」

そう言って立ち上がり、テオの隣の位置を譲るではないか。

デニスはぽかんとしていたが、エルマに再度声を掛けられ、慌てて彼女が座っていた場所に跪いた。

祈りを唱えようと両手をかざすと、隣からほっそりとした腕が伸び、自分の手を取る。

エルマは丁寧に、蒸留酒を染み込ませた布でデニスの手指を清めてくれた。

「癒術には必要ないのかもしれませんが、念のため。――爪、きれいに切っていらっしゃいますね」

「あ……ああ。その……おまえ……いや、あなたの言う通り、患者に触れるには、自分が清潔でなくてはと、思ったので」

一本一本を拭き取る、エルマの指は繊細で白い。そんな場合ではないのに、しかも全身を布で覆った異様な格好だというのに、ほっそりとした手指を這《は》わされて、デニスはどぎまぎとしてしまった。慌ててひとつ咳払《せきばら》いする。

「で……では、祈りを」

そう仕切り直して、改めて患部を直視する。

肉が割り開かれたそこは、しかしあまりにエルマが美しく施術していたので、もうグロテスクだとは思わなかった。

（こんなに……複雑な構造なんだ）

そっと手を近づけながら、そんなことを思う。

自分がただ「癒やすべき傷」としか考えていなかった部分には、骨があり、筋肉があり、それに張り巡らされた神経や血管があった。どれもが機能と役割を持ち、複雑に絡み合いながら「足」という一つの部位を形成している様は、豊かであり、美しさすら感じられた。

デニスは静かに目を閉じ、聖言を唱えはじめた。

「天より降り注ぎたる、至高の光よ」

光が傷口に降り注ぎ、穢《けが》れを祓《はら》っていくところをイメージする。

「我が祈りに応え、その気高き慈愛の灯を差し伸べたまえ」

傷ついた筋肉の繊維や骨をそっと温め、ゆるやかに、元の形へと溶け合わせていく。

「憐れなる地上の子を包み、癒やして、祝福を授けたまえ」

ぴんと通った骨を、頑強な筋肉が包み込み、神経、血管、そして皮膚が、繊細にそれを囲み込む――。

ふわ、と光が溢れる。

周囲に、「おお……！」という感嘆の呟きが漏れたのは、それと同時だった。

デニスが自分の手にこれまでにない熱を感じ、驚きながら目を開けたとき——そこには、すっかり元の通りに回復した足が出現していた。

「神よ……！」

「テオの足が戻ったぞ……！」

騎士たちから次々と歓声が上がる。

それに囲まれながら、デニスもまた、信じられない思いでテオの足を見つめていた。

傷跡ひとつ残っていない、「完治」。こんな完璧な癒術ができたのは、初めてだ。

「テオさん。足首を曲げられますか。右、左。上、下。はい。ありがとうございます」

横ではエルマが冷静に、回復ぶりをチェックしている。

痛みも違和感もなく、足全体が完全に元通りになっていることを確認すると、彼女は感嘆の溜め息を漏らした。

「——素晴らしい」

そうして、デニスに深々と頭を下げてくるではないか。

「さすがでございます。聖医導師様」

その、心底感服したかのような仕草に、慌てたのはデニスのほうだった。

「……な、なにを言うんだ。彼を治したのは、おま、あ、あなたじゃないか……！」

「なにを仰いますやら。私は単に異物を取り除くお手伝いをしただけ。リハビリも経ずに完全な機能回復を得る――まさに神の御業《みわざ》をもって彼を救ったのは、あなた様でございます」

「り……りはびり？」

耳慣れぬ単語に目を白黒させるが、エルマは頓着しない。

淡々と道具を片付けはじめた姿を見て、デニスは心を決め、口を開いた。

「あ、あの……エルマ。……エルマ、さん」

権力、身分、美しいコレクション。デニスはそういった、わかりやすいものばかりに平伏する性根の持ち主だ。だがそれはつまり、「すごいもの」「自分より強いもの」と認識した事物に対しては、素直にしっぽを振る性格だということでもある。

デニスは今、医学の枠を軽々と超えるような手技を見せ、あまつさえ、自分に栄誉を譲り、褒めてくれたエルマに対して、敬意を持つに至っていた。

「僕の癒術がこれだけの仕上がりになったのは、あなたが肉体の構造を示してくれたからだ。そもそも、呪具が食い込んだ状態では、癒術なんて無意味だった。彼を救ったのは、あなただ」

「……いえ。私はそんな。ただ、『皆様の力を借りて』、『少し器用な侍女として普通の範囲で』あくまでお手伝いをしただけで」

しかしエルマは、妙にあちこちを強調しながら、ぼそぼそと言い返す。

彼女は彼女なりに、「ひとりで手術を完結させるのが異常なら、みんなでするのは普通なのだろう」とか、「呪具を摘出するのは、まあ、目に入ってしまった睫毛《まつげ》を取ってやるようなものだろう」といった発想でこの手術に臨んでいたので、それを否定されたくなかったのである。負けず嫌いと踏んだデニスを焚《た》きつけて、仕上げを彼に譲ったのもそのためだ。あくまで、自分は侍女として「手伝い」をしただけだと。

しかしそんな理屈が、デニスに通用するはずもなかった。

「いったいなにを言っているんだ！　少し器用なんてものではないだろう」

「いえ。このくらい普通です」

「普通の人間が、あんなに滑らかに肉を開いたり骨を繋ぎ合わせたりできるものか！　縫合までしようとしていたくせに。あんなの、僕でも見たことがないぞ」

むきになったデニスが言葉を重ねると、エルマは、「そんな」と、ちょっとむっとしたような、困惑したような雰囲気を漂わせた。

「普通ですよね？　だって、積み木や針仕事の一環ですよ」

その、心底「なぜそう言われるのかわからない」といった物言いに、そばで聞いていたルーカスは「あ」と思った。

これは、来るぞと。

「普通、女子というのは、骨格標本の積み木で手指を鍛え、針仕事がうまくなるようにとの願いを込めて、三歳の誕生日には針をプレゼントされるものではないのですか」

「は……？」

「私の初オペは五歳のときでしたし、あれくらいの手術なら、少しの器用さがあれば誰でもできると思うのですが……まさか、シャバの方というのは、そのくらいのこともできないのですか？　医師でも？」

その場にいた全員が、ぽきっと小枝が折れるような音を聞いた気がした。

それはたぶん、暴言に頭と心を抉られたデニスが、今とどめに天狗《てんぐ》鼻を折られた音だった。

「…………っ！　…………っ！　…………っ!!」

デニスが涙目になって拳を握りしめている。

ルーカスはそっとその肩に手を置いてやりながら、小声でぼやいた。

そこまで言ってやるなよ、と。

だが、それでかえって奮起した少年医導師が、進んで平民たちの治療をこなして人体への理解を深め、やがて稀代《きたい》の聖医導師として大成することになるとは、――そのときはまだ、誰も予想さえしなかったのである。

◆

「いやあ、それにしても、見事な手腕だったな、エルマよ。感謝する」

今に見てろ、と叫びながらデニスが走り去っていってから、しばし。

ようやく時の流れを思い出した騎士たちは、めいめい、テオの回復を喜んだり、片付けを手伝ったりしはじめた。

そんな中、いかめしい顔に満面の笑みを乗せて話しかけたのは、短く刈った黒髪に、同色の瞳が印象的な巨漢――副中隊長・ディルクである。

彼は、その分厚い手でばしんとエルマの背を叩《たた》くと、ついで一部始終を見守っていたルーカスに目礼した。

「まったく、ルーカス。よくぞ彼女を連れてきてくれたものだ」

身分としては部下になるのだが、ディルクのほうが十歳以上年上であるのと、ルーカス自身がそう望んだため、彼は気安い言葉遣いをする。

ルーカスは軽く眉を上げると、肩をすくめた。

「ああ。俺の代わりにテオの足が持っていかれかけたと聞いて、生きた心地がしなかった。彼女には感謝の一言しかないよ」

まさか式典練習をサボったツケが、こんな形で現れようとは――。

そう述べたルーカスに、ディルクは深刻な表情で頷き返した。

「テオが無事回復したのは幸いだが、これは看過できない事態だぞ。癒術すら撥ね除ける呪具。それも、第二王子が乗るとわかっている馬にだ。まさかとは思うが、馬好きと噂の第一――」

「ディルク」

しかし、その声はルーカスによって遮られる。男らしい端整な顔には、いつも通りの皮肉っぽい笑みが浮かんでいるだけだった。

「そんな臆測にまみれた、生臭い話を女性の前でするものではない。だからおまえは無粋だと言われるんだ」

「……ルーカス」

女の好みにうるさいこの王子が、目の前のほっかむり眼鏡侍女を女性として見ていないことなど明らかだ。だが、あえてそのような物言いで咎《とが》めてきた意図までも理解し、ディルクは続く言葉を飲み下した。

「呪具の残骸は俺が預かる。形状が馬蹄だったということは、周囲に漏らすな」

「……承知した」

端的なやり取りで、今後取るべき姿勢を打ち合わせる。

ルーカスたちがちらりと視線を向けると、エルマは淡々と、

「私はなにも聞いておりません。ほっかむりをしていると、耳が遠くなるようで」

とだけ述べた。できた侍女である。

ディルクは感謝を込めて、再びエルマの肩をばしんと叩いた。

「改めて、感謝するぞエルマ。ところでそろそろ、そのほっかむりと口布を外してはどうだ。いい加減暑いだろう」

「はい。実は熱気が籠もり、なかなか不快でした」

「ははは。脱げ、脱げ！」

ディルクはその勢いのままに、先ほどまで消毒に使っていた蒸留酒を取り上げ、部下から巻き上げた銅マグにそれをなみなみと注ぎ込む。

そうして、背を向けてエプロンやほっかむりを脱いでいたエルマに、ずいと差し出した。

「ほれ、飲め！　喉が渇いたろう。最高にうまい水だ」

「お言葉に甘えます」

冷静なようでいて、その実、長時間集中し続けた疲労と、夏の気温に体力を奪われていたのだろう。エルマは匂いを嗅ぐことすらせず、口布を外したそのままの流れで、ぐいとマグを傾けた。

「…………」

数秒ののち、ぴたりとその動きが止まる。

一気に度数の強い酒を飲み干したエルマを見て、ディルクはひゅうと口笛を鳴らした。

「いい飲みっぷりじゃねえか」

「まったく、そんなところまで普通ではないのか」

ルーカスはもはや苦笑の態《てい》だ。十五の少女の飲みっぷりとは思えない。

が。

「…………」

ガロン、と銅マグが手から滑り落ち、石畳を転がりはじめた時点で、二人はぎょっと目を見開いた。

いまだ口布を剝がした状態で硬直している右手。

マグを取り落とした左手は、代わりにふらりとした動きで、少女の小さな口元を覆っている。

――ふらりとした動き？

呆然とする二人に、エルマはぼそりと告げた。

「…………わたし」

心なしか、いつもより滑舌が甘い。

「フランベ、や、消毒、に、使うくらいなら、平気なのですが」

その声は、まったくもって年相応の、少女のものだった。

「度数の、高い、お酒は……苦手で」

「お……おい！」

「大丈夫か⁉」

だらり、と両腕を下げたエルマに、男二人が血相を変える。

慌てて手を伸ばすルーカスたちに、彼女は奇妙に冷静な声で告げた。

「――恐縮ですが、あと三秒で……気絶します」

宣言通り、きっかり三秒後、エルマはルーカスたちの伸ばした腕の中で、どさっと崩れ落ちた。

＋＋＋

「ただいま戻りました」

東屋から走り去り、聖医導師の詰め所に向かうと、ちょうどほかの仕事を終えたのか、同僚や先輩の導師たちが珍しく勢揃いしていた。

最年少のデニスは、軽く目礼をしながら部屋に踏み入り、自席を目指す。

聖医導師は名誉職。先ほどまでのデニスのように貴族意識に凝り固まった人間も多いし、貴族社会そのもののような派閥闘争や、足の引っ張り合いもある。必要以上に馴《な》れ合わないのが吉だ。

と、指定された席に腰を下ろしたとき、入り口から呼びかける声があった。

「ああ、戻ってきましたか、デニスくん」

「侯爵閣下！」

侯爵にして司祭、聖医導師の顧問も務める、クレメンス・フォン・ロットナー侯爵である。

常に穏やかな後見人の登場に、デニスは慌てて立ち上がり、駆け寄った。

「なに用でございましょうか」

「いえ。君が急な案件で呼び出されたと聞いて、心配になったものでね。たしか今日は、すでに騎士団模擬戦の救護をお願いしていたはず。そこに重ねての対応で、負担は大丈夫でしたか？」

「は。過分なお気遣い、痛み入ります」

デニスは侯爵の思いやりに胸をいっぱいにした。

「噂でしかありませんが、なんでも最初、君の癒術が効かなかったそうじゃないですか。君の能力を疑うわけではありませんが、やはり相当無理があったのではないかと、そう思いましてね」

「ああ、それは――」

侯爵の言葉に、つい渋面を作ってしまいそうになる。善意とはわかっているが、「癒術が効かなかった」だとかのワードを、同僚たちの前で堂々と言わないでほしい。彼らは、クレメンスが席を外した途端、それを言いふらしてデニスの足を引っ張ろうとするに違いないのだから。

「私の能力云々というよりは、呪具のせいだったのです」

「呪具？　穏やかでないですね」

「はい。一見したところでは、まるで芸術品のような――」

そこまで説明しかけて、デニスはふと口をつぐんだ。

報告は重要だが、それはこのように、公衆の面前ですべきものだろうか。

(いや、呪具なんて話題を出せば、僕の失態なんかよりよほど、こいつらの噂の種になることは間違いないから、僕としては助かるんだが……)

数刻前までのデニスだったら、嬉々《きき》として呪具の形状や、それがいかに禍々《まがまが》しかったかを語っていただろう。すべてそれが原因であると。

さらには、思わせぶりに、馬蹄がまるで「第一王子の蒐集物《しゅうしゅうぶつ》のように」、質の良いものだったことも付け加えていたかもしれない。そうすればデニスは、不測の事態に役立てなかった無能者から、ゴシップを握るキーパーソンに早変わりだ。居心地としてはこちらのほうがよほどいい。

だが――。

(それって、どうなんだ。医師として)

先ほど怒声を浴びせてきた侍女の姿を思い出し、デニスは自問した。

彼女には、香水を浴びて悪臭をごまかし、爪を嚙んで苛立《いらだ》ちをごまかすことを、「常識がない」と叱られた。それでも医師かと。

ならばきっと、ゴシップを振りまいて己の技量不足をごまかすのも、理想からはかけ離れた振る舞いのはずだ。

馬蹄はルーカス王子が所持している。自分はそれをじっくり検分すらさせてもらっていないし、第一王子フェリクスがその馬蹄を持っていたかも定かではない。

そもそも、自分の本分は患者を治療することであって、その背景について、下世話に臆測を立てることではないはずだ。

デニスはつるりと切り揃えられた親指の爪をなぞりながら、自らの言葉を訂正した。

「――いえ。そうですね、僕の能力不足です」

「……デニスくん？」

「気に掛かる点もあったので、今回の治療法や、得られた知見も含めて、書面で改めてご報告させていただきます」

きっぱりと言い切ると、侯爵は少し目を見開いて、やがて頷いた。

「――そうですか。けれどももし書面にしにくいことがあれば、いつでも話を聞きますからね」

そんな言葉まで添えて。

侯爵の優しさに改めて頭を下げ、退室を見送ると、デニスは自席に戻ってペンを執《と》った。

て耳にしたのだろうかと。

最初、自分の癒術が効かなかったという噂を、この短時間で、侯爵はいったいどうやっ

す、と羽根ペンをインク壺《つぼ》に浸したところで、しかし彼はふと疑問を覚えた。

報告書をまとめるのだ。

◆

「まったく……こんなところだけ急に『普通の女の子』になってくれるなよ」

小柄な侍女を、寝台にそっと横たえてやりながら、ルーカスはぼやいた。

昼下がりの侍女寮。エルマの自室である。

気絶した後、幸い彼女はすぐに意識を取り戻し、その手の対応に慣れた若手の騎士に手伝われながら、大量の水を飲んだり吐いたりを繰り返していた。

そうして、なんとか症状が軽くなったと思われた時点で、疲れからか眠ってしまったのである。

医導師に診てもらえればよいのだが、内臓が損傷したなどの場合は別として、基本的に「酔い」は癒やしの対象とはならない。となると、できるのは「普通の医師」による診療

くらいなものだが、すでに応急処置は済ませてしまって、アルコールはほとんど排出したので、あとは寝かせてやるくらいのものである。

結局、それならば自室で休ませてやろうという話になり、しかしながら寮の四階まで侍女仲間に眠ったエルマを運ばせるのも不可能なので、ルーカス自らが運搬を名乗り出たというわけだった。

侍女長《ゲルダ》に話を通す前に侍女寮に踏み入ってしまったわけだが――まあ、事情が事情だし、相手はエルマだし、男女の間違いがどうとかいった観点で咎められることはなかろう。

ぐったりと横たわるエルマを、ルーカスはやれやれと見つめた。

エルマ。

監獄で生まれ、育った少女。

最初はただの哀れな弱者だと思っていた。

だが、蓋を開けてみれば、微表情を読むわ、まぐろを釣るわ、外科手術《おぺ》をするわ。

いったいどんな教育を施されれば、こんな仕上がりになるのか、ルーカスとしては監獄に立ち入り調査のひとつもしてみたいところだ。

が、「監獄内に極めて高度な教育を施せる人物がいる」という事実は、芋づる式に不都合な真実――たとえば、陰謀の存在に繋がる可能性がある。

享楽的な第二王子に徹することで、これまで地位や安全を守ってきた自分が、それをかなぐり捨てて陰謀を明らかにするというのには、いささかのためらいがあった。

あとは純粋に、彼女の監獄出身という出自を徹底的に抹消していることもあり、表立ってはそこに踏み込むことができないという事情もある。

ただ、ルーカスは、あの監獄について、たしかにきな臭いなにかを嗅ぎ取ったのだ。

違和感があり、いびつ。

実像を歪めているのは、こちら側の人間かもしれないし、——あるいは監獄側の人間かもしれない。

そう遠くない未来、自分がそのあたりの事情に介入せざるを得ないことを、ルーカスは予感した。

（……いずれにせよ）

首をゆるく振って、思考を切り替える。

目の前の現実として、寝台に横たわっているのは、幼く小柄な少女だった。

彼女の背景はきな臭いが、しかし、彼女自身は悪意のない人間であることを、これまでの付き合いで理解している。

やることなすこと突拍子がないし、すっかり自分自身、彼女を未知の生命体かなにかと思いかけている節もあるが、実際には、まだ十五の少女なのだ。

「……悪かったな」

小さく、詫《わ》びる。

意外なほどにきゃしゃな体の少女は、ただ眠り続けるだけだった。

ルーカスは、寛《くつろ》げられた襟元をなんの欲も覚えずに眺め——だって、冴えない外見の、性格的にもかわいげのない地雷めいた少女を、どうこうする気にはなれない——、ふと、あることに気付いた。

（……鎖骨の辺りから、肌の色が違う……？）

普段はメイド服の立て襟に隠された、胸元。その肌が、はっとするほど白いように思われたのだ。

（いや……待てよ。そういえば、手も……）

手術をするときから、妙に腕が白いなと思っていたのだ。そのときは、それ以上に気にすることが多すぎて、追求はしなかったが。

「…………」

ルーカスは無言で眉を寄せた。

今、むき出しになっている腕は、血管が青く透き通るような美しい色をしていて、とても偽物とは思えない。となれば、こちらのほうが「素」の肌だ。

（ということは……）

ルーカスは衝動的に、枕元にあった水の瓶を己の袖に傾けて、濡れた布で彼女の頬を強く拭ってみた。

――たちまち、真珠のような美しい肌が現れた。

思わず目を見開く。

エルマ。くすんだ肌に陰気な表情の、「ぱっとしない」はずの少女。

だが、そう。

以前、その唇の形が、美しいと思ったこともあったのだ。

ルーカスは、ゆっくりと眼鏡に手を伸ばした。

もはや顔と一体化しているような、印象の大部分を占める二つのガラス。

この下の素顔は、いったいどうなっているのだろう――。

（なにが素顔だ。ある程度は透けて見えているではないか）

どこか胸をざわめかせてしまった自分に、頭の片隅で苦笑しつつ、そっと眼鏡を外す。

そうして、息を呑んだ。

「――……！」

そこには、妖精か使徒かと言われても信じてしまいそうな、圧倒的に美しい顔があった。艶《つや》やかな黒い前髪の下には、ふわりと自然な山を描いた眉。滑らかな弧を描いた長い睫《まつ》毛《げ》に、高い鼻梁《びりよう》。化粧という名のくすみを落とした肌は、雪花石膏《アラバスター》のような透き通った白さだ。

眼鏡は、まるで計算しつくしたかのように、それらを最も無残な形に見えるよう歪めていたのだと、彼は悟った。

「——……うさま……?」

そのとき、すうっと瞼《まぶた》が持ち上がって、ルーカスははっと我に返った。

初めて見た彼女の瞳は、夜明けの色。

青とも、濃紺とも、紫ともつかない、深みのある、いつまでも見つめ続けたくなるような色だった。

エルマはその瞳をぼんやりとさまよわせ、やがてルーカスの黒髪を視線で撫《な》でるようにして眺めると、ぽつんと呟いた。

「おとうさま」

そうして、ふわりと、蕾《つぼみ》が綻ぶような笑みを見せた。

「——……………!」

どうやら、寝ぼけて父親と勘違いしたらしい。完全に心を許しきったその表情は、女馴れしたルーカスですら黙らせる破壊力があった。

「…………おい――」

「わたし。がんばって、きますから」

なにかを言いかけた、それをエルマに遮られてしまう。

彼女は、ふわふわと夢見心地の表情のまま、続けた。

「ふつうの、女の子というものを……理解して……はやく」

すうっと、また瞼が下りてゆく。

「はやく……おうちに、かえり……」

そして、再び眠りに落ちた。

しん、と、部屋に沈黙が満ちる。静かな空間の中に、幼い寝息だけが響いた。

「……嘘だろう」

つい、独白が漏れる。

ルーカスは、無意識に右手で顔の下半分を覆っていた。

ぱっとしない、突拍子もない、かわいげもない少女。いろいろと人外の域に差し掛かっている、人を混乱の渦に叩き込む存在。

なのに、不覚にも、

「……かわいいじゃないか」

好ましく、思えてしまった。

そのとき、階下から勢いよく階段を駆け上がる足音が聞こえてきて、ルーカスははっと顔を上げた。

意味もなく慌てて部屋を出る。こちらに向かってきていたのは、髪を振り乱したイレーネだった。

「エルマ！　あなた、倒れたっていったい——えっ？　ルーカス王子殿下!?」

扉が開いたのを本人と勘違いしたイレーネが、叫び声を上げかけ、それを詰まらせる。

事態を追及される前に、ルーカスは端的に、

「倒れたので運んだ。今は眠っているだけだ。俺は行くから、ゲルダによろしく頼む」

そう告げると、足早にその場を去っていった。

イレーネはしばらく扉の前で困惑していたようだったが、やがて、扉を開け直す音が響き——

「——……地上に天使がいるんですけどおおおおおおお!?」

ちょうどルーカスが階下にたどり着いたとき、寮全体を揺るがすような叫び声を轟かせ

た。

「あん、もう。忌々しい聖職者《ビショップ》だこと」

薄暗い監獄の一室。

贅をこらした居住空間へと造り替えられたそこで、ハイデマリーは今日もチェスに興じていた。

ただし、珍しく相手はギルベルトではない。

上等なソファに背を沈み込ませているのは、三十を少し超えるかというくらいの、鳶色《とびいろ》の髪の青年だった。くりっとしたはしばみ色の瞳に、不敵そうな口元。にやりと笑むと、まるでいたずら盛りの少年のような顔つきになる。

「いつまでも自分の天下だなんて思わないことだね、マリー」

「もう。ホルストったら、ゲームの勝利にまで貪欲なのだから」

拗《す》ねるハイデマリーに肩をすくめてみせたのは、仲間内からは【貪欲】のあだ名で呼ばれる人物――ホルスト・エングラーだった。

幼少期から奴隷や犯罪者を買い集め、人体実験を繰り返したかどで捕らえられただけあって、頭脳は明晰《めいせき》であるらしく、不敗を誇るハイデマリーを容赦なく追い詰めているのである。

「まいったわねえ。騎士《ナイト》はともかく、私のかわいい黒の女王《クイーン》まで危ないじゃないの」

「……気付いてると思うけど、その女王の立ち回りにこだわらなければ、あっさり勝ててたよね？」

「そんなことではつまらないじゃない」

不思議そうに返されて、ホルストは鼻白んだように顎を引いた。

「チェスにおいて、勝敗よりも優先するものってある？」

「欲しがるだけの坊やには、美学なんてわからなくってよ」

嫣然《えんぜん》と言い切るハイデマリーには、並みの男には太刀打ちできない迫力がある。

悔しくなったのか、ホルストは「はいはい」と両手を上げた。

「どうせ僕には、あなたの考えなんてさっぱりわからないよ。あんなにかわいい娘をあっさりと追い出してしまえる、残酷な母親の考えなんてね」

「あら」

細い指を唇に当てて考えていたハイデマリーは、その言葉にふと視線を上げる。

そして、猫のように目を細めた。

「やっぱり拗ねていたのね。しばらく実験室に閉じこもっていたのは、私と口を利きたくなかったから？」

「悪い？」

「いいえ。かわいいわ」

妹を大切にする兄って、とっても素敵だもの。

完璧な形の唇が紡ぐフレーズは、砂糖菓子のように甘い響きを帯びていた。

ホルスト・エングラー。またの名を、狂気の少年博士。

裕福な商家の妾腹《しょうふく》に生まれた彼は、その財力と頭脳を利用して次々と人体実験を繰り返した、精神異常者だと有名であった。だが、その実験の動機が、暴漢に襲われ昏睡《こんすい》状態になった妹にあったことを知る者は少ない。

少し目を離したすきに攫《さら》われ、壊された妹。当時かろうじて残っていた魔石と、独自に編み出した医療技術を組み合わせて呼吸と心臓の動きを維持し、意識を司《つかさど》る脳の機能を探求するために、ひたすら他人の頭蓋を開いた。

医者としてならば、そして対象が死者や罪人だけだったならば、あるいは黙認されたかもしれない行為。だが、かつて妹を襲った犯人を見つけ出し、高貴な身分であったその男の脳を蹂躙《じゅうりん》したことで、ホルストの実験の数々は「犯罪」の烙印《らくいん》を押されることになった。

彼の場合、逃げようと思えば逃げられたのだろう。それこそ、金の力を使うか、密かに蓄積させていた高度な医療技術を取引材料として。しかしそうしなかった。ある日、あっけなく、魔石の寿命とともに彼の妹は息を引き取ったからだ。

もう、なにもいらない。輝かしい未来も、命さえも。

そうやって水すら取らずに牢獄《ろうごく》に繋がれていた彼に、ある日ハイデマリーが話しかけたのだ。

――本当に？　かつて、神の領分をも冒して知識を、生を欲しがったあなたが、その貪欲さを燃え尽きさせてしまったというの？

無言で視線だけを向けたホルストの腕を摑み、ハイデマリーは己の腹に触らせてみせた。

――ねえ。ここ。ここではね。今、新たな命が育っているの。死者を生者へと蘇らせることはできなかったかもしれない。けれど、それにも匹敵する、無から有を生み出す奇跡が、ここで起こっているのよ。

彼女は、まだ少年であったホルストをそっと抱きしめ、まるで聖母のごとき声で囁いた。

――あなた、本当は償いたかったのでしょう。育て、慈しみたかっただけなのでしょう。

……いいわ。叶えてあげる。わたくしと一緒に、この子を育てていいわ。

育てていいだなんて、よくわからない労働を押し付ける、傲慢に過ぎる言葉。

なのになぜかそのとき、ホルストは全身で感じたのだ。

許された、と。

その後監獄を掌握し、ハイデマリーのお産を手伝い赤子を取り上げたとき、彼は久しぶりに涙を流したことを覚えている。

人間の技術を重ねてもはるかに及ばなかった神の御業。誕生。または生命。

大きな産声とともにこの世に現れた彼の「妹」は、まぶしいほどの力強さに溢れていた。

「――まあ、正直ここまで過保護になるとは思わなかったけれど」

「なに言ってるの？　僕はいつだって、かわいい『妹』に必要最低限の保護を提供しただけだよ」

チェス盤を眺めながらハイデマリーが嘆息すれば、ホルストは即座に言い返す。

のみならず、彼は心底心配そうに眉尻を下げた。

「ああ、エルマ。風邪を引いたりしていないかな。あれで結構うっかりしてるから、転んで擦り傷とか作ってなきゃいいけど。麻酔をもっと持たせてあげればよかった」

「ねえ。擦り傷に麻酔で対処するな、だなんて無粋な突っ込みをさせたいの？」

「悪い虫がついたらどうしよう。眼鏡の屈折率をいじって、かなり不美人に見えるようにしたつもりだったけど。護身用に毒針も仕込んどいたほうがよかったよね、絶対。大後悔だ」

「ねえったら」

ドラゴンを一撃で倒し、柄の悪い囚人たちのこともきっちりと締めていたエルマに言い寄る男がいたなら、それは随分と出来のよい虫である。

はあ、と切ない溜め息を漏らすホルストに、ハイデマリーは細い肩をすくめた。

「まったくもう。どうして兄から妹に向ける愛って、こうも暑苦しいのかしら。エルマはもう、はいはいしかできない赤ん坊ではなくってよ」

「僕からすればそんなようなものだよ。それに『兄から』とは言うけど、【嫉妬】の例を見たら、暑苦しさに性差なんてないと気づくはずだ」

小気味よく言い返すと、ハイデマリーは大げさに胸を押さえる。

「いやだわ、ホルスト。【嫉妬】が女性だとでも言うつもり？」

「男性ではないよね」

「女性でもなくってよ」

「でも自称、『監獄一のイイ女』らしいから。本人の意思は尊重しないと」

「まあ、監獄一ですって？」

ハイデマリーはそこでまた拗ねたように唇を尖《とが》らせた。

「彼ったら、そうやってなにかとわたくしを挑発してくるのだから」

「乗るような勝負でもないでしょうに」

「だって、女を懸けた争いと聞くと、つい無視せずにはいられないのだもの」

「知ってるよ。それに巻き込まれるのはいつもエルマだ、っていうこともね」

たとえば化粧の仕方。服の選び方。髪の結い方、香水の利かせ方、歌い方。

どちらがより女性美を体現できるかの勝負は、エルマが成長するにつれ、「どちらがよりエルマを女性として魅力的に育てられるか」の勝負になぜか変化していったのだ。

おかげでエルマは、あるときは蠱惑《こわく》的な魅力を振りまく娼婦《しょうふ》に、またあるときは清楚な笑みを湛《たた》える聖女に、と日替わりのようにイメチェンをさせられ、見守る側のホルストとしては気が気ではなかった。おそらくやらされている本人も、あれでは自分のキャラクターをどの方向に形成すべきか摑めなかっただろう。ホルストが「かわいそうに」と呟くと、麗しの元娼婦は、優雅に首を傾《かし》げた。

「でもおかげで、あの子はきっと、大国の王子様だって一瞬で魅了できる女に育ったと思うのだけど」

「マリーはさ、自分の娘をいったい何にしたかったわけ。僕の大事な妹に、変な教育しないでよね」

ホルストは半眼で突っ込む。

ここの住民は全員が全員、「自分が一番の常識人だ」と思っているあたり、救いようがなかった。

「あら」

ハイデマリーは、さも意外なことを問われたとでもいうように長い睫毛を瞬《しばた》かせる。

そして、盤上に佇《たたず》む黒の女王をそっと指で撫でながら、薄く笑みを浮かべた。

「決まってるわ。『普通の女の子』にしたかったのよ」

第4章

「普通」のダンス

エルマ流「普通」の餌やり（鶏）

「懐に入れて運んでいたら一斉に雛が孵ったので、
オス・メスに分けておきました」

クレメンス・フォン・ロットナー侯爵は、貴族らしい端整な面差しをした、穏やかな物腰の男性である。

壮年期には金色をしていた髪は、今は色だけを白く変えて豊かに頭部を覆い、皺《しわ》の刻まれた顔にはいつも柔らかな微笑がたたえられている。

人の心を解す能力と司教の資格を持った彼は、まさしく神の威光を担うにふさわしい、人格者といった様子であった。——少なくとも、表面上は。

(やれやれ、また呼び出しか。この凡愚《ぼんぐ》王子め)

クレメンスは内心でそう罵《ののし》りながら、外面は完璧な平静を装って、第一王子の居室に踏み入った。

が、肝心のフェリクスの姿が見えない。代わりに、ほっとした表情を浮かべた侍女が、いそいそとこちらに向かってくる。彼女は平身低頭し、クレメンスに経緯を説明した。

「申し訳ございません、侯爵閣下。殿下は閣下をお呼びになった後、突然模様替えをしたいと仰《おつしや》って……。お止めしたのですが、無理やり絵画や宝石やらの配置をご変更になって。今は埃《ほこり》まみれになりながら、ワインの棚の並びをご変更中です。急なお呼び立ても、また模様替えも止められず、申し訳ございません」

「いえ。あなたも大変でしたね」

クレメンスは誰に対しても穏やかな言葉遣いをする。それは、彼が真実柔和な性格の持ち主だからではなく、体のうちに溢《あふ》れる苛立《いらだ》ちや侮蔑を、外に気取らせないためであった。

この侍女は、彼の遠縁の親戚の娘で、最近王子付きに仕立てたばかりだ。フェリクスの即位に合わせて、家臣も侍従も侍女も、徐々に自分の息が掛かったものに「差し替え」ているところなのだが、第一王子の凡愚ぶりに慣れない彼らが、そのたびにあたふたしてしまい、クレメンスの手まで煩《わずら》わせるのは、腹立たしいばかりだった。

(だがまあ、虫けらに人間同様の働きを期待するほうが無理な話よ。ロットナーの家長たる者、これらの事態を含め、うまいこと「調理」できるようであらねば)

ロットナー侯爵家は、先王の時代よりその懐に寄生し、たっぷりと甘い汁を吸ってきた者たちだ。クレメンスの経験に照らせば、王は、そして使用人は、愚かであればあるほどよかった。傀儡《かいらい》にも、手先にも、考える頭などいらない。

――はずだったのだが。

「やあ、クレメンス！　遅かったではないか！　僕が相談したいというのに、おまえはいったいなにをしていたんだ！　おかげで、僕は部屋の模様替えなんて始めてしまったぞ」

滑舌の悪い、子どもっぽい不満声をかけられて、クレメンスはつい渋面を浮かべそうになってしまった。

振り返った先には、せっかくの美麗な衣装を埃で汚した青年が立っている。

高貴な人物らしからぬ出で立ちをした彼こそ、フェリクス・フォン・ルーデンドルフ——この国の第一王子であった。

正妃譲りの金髪に緑の瞳、すらりとした体つき。と、ここまでは、そこそこの貴公子ぶりだ。しかし姿勢は重心が定まらず、表情は緩み切って知性を感じさせない。彼と話すたびに、愚鈍さがこちらにうつってくるかのように思えて、クレメンスはげんなりするのが常だった。傀儡にしたって、こんな愚か者を主と仰ぐだなんてと嘆かずにはいられないほどに。

（即位式の準備だとも。おまえが望んだ、大々的な晴れ舞台の、な）

内心で鼻を鳴らしながら、クレメンスは申し訳なさそうに頭を下げる。ここで下手に反論しては、かえって事態をこじらせるだけだということはわかっていた。

フェリクスは先だっての「大願」で、「国中の人間を招いて盛大な舞踏会を開きたい」と言っていた。大層馬鹿げた話だ。

だが、そこは腐っても「大願」。フェリクスのお守り役と認識されているクレメンスは、好き勝手を言う馬鹿王子と、呆《あき》れて物も言えないでいる貴族たちの間に立って、如才なく実現可能なレベルへと願いを落とし込んでいった。

すなわち、「国中の人間」というのを「貴賤《きせん》や出自を問わない老若男女」と置き換え、その縮図が「宮中の使用人たち」としたうえで、彼らまでを即位式の舞踏会に招くこととしたのだ。

同時に、即位式当日を挟んだ三日間は、王城の外郭に限って市民への開放を約束。これで、警備問題や予算に頭を悩ませていた貴族連中もようやく安堵《あんど》し、フェリクスも満足したようで、クレメンスが報告を上げたときには「みんな喜ぶといいなあ」とにこにこしていた。

(なにが、「喜ぶといいなあ」だか)

改めてこの騒動にまつわる混乱を思い出し、クレメンスは苦々しく内心で吐き捨てた。

凡愚な君主は好ましいが、凡愚でありながら意志の強い人間はよろしくない。王というのは、常にロットナーの顔色を見ながら、「どうすればよいと思う?」と判断をゆだねてくるようでなくてはならないのだ。——先王のように。

(その点、ヴェルナー王は素晴らしかった)

意思がなく、気弱で、責任感も責任能力もなく。ロットナーはただ彼にそっと囁《ささや》くだけで、自らの手を一切汚すことなく望みを叶《かな》えることができた。

もっとも、そうするためには、彼なりに努力を払ったものだったが。

彼の権力の一番の源泉となったものは、ヴァルツァー監獄だった。周辺諸国を代表して建設費用を負担し、小国では手に余るような「犯罪人」を積極的に受け入れることで、彼は諸国の王室や権力機関に貸しを作っていった。ルーデン国内でも、都合の悪い人間は容赦なく冤罪《えんざい》をかぶせて投獄し、口封じを図ったものだ。

看守には、クレメンスの息が掛かった導師を置いてある。外見は豚のようだし、頭も悪いが、もう十五年以上監獄で任に当たっているというのに文句も言わない、使える駒だ。あるいは、着任時に美貌と評判の娼婦《しょうふ》を放り込んでおいたから、それが気に入ったのかもしれないが。

ヴァルツァー監獄はこの世の地獄。

獄内は不潔で、怨嗟《えんさ》に溢れ、凄惨な拷問を加えられた囚人たちの悲鳴が響き渡る。毎月上がってくる報告書は読むだに酸鼻で、クレメンスは大いに満足していた。不都合な真実は、檻《おり》の向こうで絶望の声に紛れ、けっして表舞台に上がることはない。

ただ、そこまで考えたとき、つい第二王子ルーカスのことまで連想してしまい、彼は口元を歪《ゆが》めそうになってしまった。

ルーカス・フォン・ルーデンドルフ。政治や権力に興味を示さず、剣の道を取った変わり者の色男。

これまでは「支配の美味がわからぬとは、愚かな男よ」と放置していたが、彼がフェリクスに代わって恩赦を施したことによって、状況は変わった。

クレメンスの聖域であり、権力の源泉であるヴァルツァー監獄。その内実――不都合な真実に、もしかしたら彼は触れてしまったのかもしれないのだ。

(今のところ、冤罪の囚人がいることも、獄内で虐待が横行している事実にも言及してはこないが……)

看守が上手くやっているため気付かなかった、というのは浅はかに過ぎる考えだろう。なにかを勘付いているからこそ、次の一手を考えているのかもしれない。第二王子は、あれで多少の知恵もあるようだ。

(恩赦の大願を、我々家臣に頼らず、独力で遂行したことがその証拠。少なくとも第一王子よりは有能のようだ。ふん……王子でさえなければ子飼いにでもするところだが、現状、邪魔なだけだな)

そして不要な駒は、同じく不要な駒を使って盤上から排除するのが、クレメンスのやり方だった。

当初はフェリクスを傀儡に仕立ててやろうと思っていたが、彼の愚鈍さと突拍子のなさは、クレメンスをあまりに苛立たせた。先王の時代には、「カウンセリング」のたびに相手を洗脳してきたものだったが――それこそがクレメンスの能力である――、フェリクスに向き合うと、その意味のわからない言動に、先にこちらの嫌気がさしてしまうのだから大したものだ。

第一王子と第二王子に殺し合いを演じさせて、どちらも引きずり落とす。その筋書きをクレメンスが練りはじめるのに、さして時間はかからなかった。

しかし――。

(グラーツ子爵夫人のブローチの入手は失敗。新しい料理長を孤立させることも失敗。どうも最近、巡り合わせが悪いようだ)

最初クレメンスは、ルーカスと懇意の侍女長のブローチを入手し、フェリクスを害した現場にそれを紛れ込ませることによって、第二王子による暗殺説を流布させようとしていた。

が、庭師の少年が愚かにもそれを仕損じて、しかもなぜか経緯について頑《かたく》なに黙秘するため、その筋書きは捨てざるをえなかった。王子暗殺に加担させられかけていると、まさか彼が気付いたわけもあるまいが、妙な怯《おび》えようだった。

それでは逆に、第一王子が第二王子を弑《しい》するという設定で、と思い、フェリクス肝いりの新料理長のもとで毒殺事件でも起こしてやろうと思っていたのだが、下準備として彼を孤立させていたら、いつの間にか風向きが変わって、活気あふれる厨房《ちゆうぼう》になってしまった。団結力のある組織には付け込みにくい。

極めつけに、先日のデニスの一件である。

男爵の息子ごときに、わざわざ第一王子のコレクションを見せて馬蹄《ばてい》の存在を刷り込ませてやったというのに、あの愚か者は、呪具が第一王子の差し金であるということを周囲に仄《ほの》めかしもしなかった。情報は、クレメンスを経由することなく拡散されなくてはならないというのに。

クレメンスは苛立っていた。

(舞台が必要だ。二人の王子が醜い殺し合いをしているのだという「事実」が、誰の目にも明らかになるような、盛大な舞台が)

そう。たとえば、即位式や、舞踏会のような——。

(舞踏会の最中の毒殺などどうだろう?)

王子の居室に掛けられた年代物の絵画を見て、クレメンスはふと思いついた。

画中では、この国の始祖が、自らの血の入ったワインを周囲に振る舞い、忠誠を誓わせている。これは「盟約の杯」と呼ばれる場面で、即位式の前夜に今でも再現される儀式だ。

たとえば舞踏会の場で、第一王子が振る舞ったワインによって、第二王子が倒れたとしたらどうだろう。そこに、呪具の噂《うわさ》も重ねて流せば、「第一王子の殺意」はかなり信ぴょう性が高まるだろう。神聖なる盟約の儀を汚したとなれば、世論の反発も必至なので、これはなかなかよい手だ。

もっとも、その場で開栓されるワインに毒物を混入するのは難しいので、実際には、ワインを飲むタイミングに合わせて「毒針を刺す」くらいのほうが現実的かもしれないが。

絵画の横に並んだ王子の宝石コレクション――「毒の王妃」と名高かった前妃の針付きの指輪を見て、クレメンスはそんなことを考えた。

「それで相談なのだが、クレメンス。舞踏会当日、やはり主役の傍《そば》には、相応の華やぎが必要だろう？　貴族のきれいどころは、基本的に僕の傍に侍《はべ》っているよう、触れを出しておいてほしいんだ。そうでもしないとルーカスのやつ、兄を立てずにすぐ女たちを攫《さら》っていくから」

「……さようでございますか。では、第二王子殿下の傍には、令嬢たちが近づきにくいよう下男たちで固めておくといたしましょう」

思考を巡らせる間にも、フェリクスは呆れた要求を寄越《よこ》してくる。ルーカスが女を奪っているのではなく、愚か者と評判の第一王子に女性が近寄りたがらないだけだと、本人は気付いていないらしい。

「相談」とやらの内容は、そんな幼稚なものだったかと天を仰ぎそうになったが、クレメンスはこれも利用すべきだと考えを改めた。

第二王子に毒針を仕込む役割は、下男の誰かにやってもらおう。美女がフェリクスの周囲に集まれば、冴《さ》えない王子とはいえ多少の注目は向けられる——つまり証人が増える。そのタイミングでフェリクスにワインを振る舞わせ、とたんに第二王子が倒れれば、舞台の盛り上がりとしてもなかなかだ。

「あと、この僕が主催する舞踏会だもの。歴史に残る、質の高いものにしたいんだよね。今手配している楽団ではなく、芸術の都・ヤーデルードから、最高の楽師を招きたいんだ。ほら。前に噂になっていた……ええと、スヴァルド？　とかいう音楽家がいたじゃない。彼とか」

「……ヨーラン・スヴァルド氏のことですか？　ですが彼は——」

「神に愛された天才ヴァイオリニスト、だよね。僕の舞踏会を彩るのにぴったりだろう」

超絶技巧を誇る、それも「孤高」と噂の天才ヴァイオリニストが、ダンスの添え物として、没個性的にひたすらワルツを刻み続けたがるわけがなかろう。舞踏会と音楽会は違うのだ。

クレメンスは喉元まで叫びかけたが、それも堪えた。

これも利用してやるのだ。スヴァルドには活躍の場を与えてやるとしよう。クレメンスが彼に合図をし、スヴァルドが目印となる音を奏でたその瞬間に、下男に毒針を刺させる。スヴァルドを間に挟めば、クレメンスは下男と視線を合わせる必要すらなくなるので、ますます彼に疑いが向くことはなくなるだろう。有能な人間というのは、馬鹿げた要求すらも織り込んで、自分の利益を確保するものなのだ。

(好きにほざくがいいさ、愚鈍王子よ。おまえの最期の望みだ、謹んで叶えてしんぜよう)

ここルーデンで、王族殺しは、たとえ王であってもご法度だ。第二王子を殺害したとなれば、フェリクスの王位剝奪、あるいはそれこそヴァルツァーへの投獄くらいありえるかもしれない。そうすれば次代となってもクレメンスの天下である。

業突く張りの老侯爵は、表面上は穏やかに王子に従いながら、腹の中では忙しく諸々の算段をつけはじめた。

「あ、あの、フェリクス王子殿下……」

クレメンスが去ったのち、掛け直したばかりの絵画に再び手を伸ばしたフェリクスを見て、侍女は恐る恐る声を掛けた。

「位置を調整なさりたいようでしたら、わたくしどもがいたしますので。どうぞ、これ以上このような仕事は――」

「調整してるんじゃないよ。捨てるんだ」

「は？」

わざわざ目立つ位置に引っ張り出してきた年代物の絵画を、今度は捨てるなどと言いだす。その真意を摑《つか》みかねて眉を寄せた侍女に、フェリクスは軽く笑って答えた。

「もう、こいつの役目は終わったからね」

「は……？」

相変わらず、言っていることがさっぱりわからない。

戸惑う侍女をよそに、フェリクスは腕まくりまでして、模様替えを再開した。今度は部屋の中央に、なにやら不要そうなものを集め出して、徹底的に捨てる作業をするつもりであるらしい。その不用品の中には、先ほどの絵画や、高価な宝石の付いた指輪まで入っている。

「あの、殿下……！　もう、どうか、このあたりで……！」

「えー。やだ」

取りすがる侍女に、フェリクスは相変わらず間延びした口調で続けた。

「僕はね。片付けは大嫌いだけど、するとなると——徹底的にゴミを出しきりたいタイプなんだ」

どこか遠くを見ているような、視点の定まらぬ緑の瞳。

けれど、よくよく目を凝らせば、そこにはぞっとするほど冴えた光が浮かんでいるようだった。

◆

シフトにもよるが、王宮付き侍女の仕事は、夜の鐘が八つ鳴ったあたりで終了する。

遅めの夕食を取ったら、その後は自由時間だ。明け方には起き出さねばならないので、たいていの者は早々に寝床についてしまうが、体力と話の種を持て余した若い侍女は、互いの寮室を行き来して、おしゃべりに興じることもある。

エルマはもっぱら早く寝る側の人間だったので、彼女の部屋は深夜ともなると寝息しか聞こえないのが常だったのだが、この日ばかりは様子が違っていた。

「さあ、エルマ。答えてちょうだい！　私との友情と、グラーツ侍女長との上下関係、そのどちらを優先するのかを」

「およしなさい、イレーネ。そういう言い方をするものではありませんよ。これは人間関係の問題ではなくて、単純にセンスの良し悪しの問題なのですから。――ねえ、エルマ？」

こぢんまりとした寮室に、イレーネと、そしてなぜかゲルダまでもが押しかけて、エルマに詰め寄っているのである。

彼女たちは二人とも、両手にドレスを握りしめていた。

「はあ……」

対するエルマはといえば、困惑気味である――といっても、分厚い眼鏡に覆われているため、よくわからないが。

就寝準備をすませたあとに、ふたりの女性に突撃された彼女は、不思議そうに首を傾《かし》げた。

「そもそもなのですが、なぜ私までもが、即位式前夜の舞踏会に出席することになっているのでしょうか」

その問いに、イレーネとゲルダは揃《そろ》って声を荒らげた。

「なにすっとぼけたことを言っているの！　凡愚王子——もとい、心優しいフェリクス王子殿下の思いつきのおかげで、王宮の使用人は全員舞踏会に参加できることになったということ、まさかあなた、知らないわけじゃないでしょう⁉」

「そうですよ！　若い娘や恋人のいない青年はもとより、わたくしのように社交界を離れた者たちだって、ちょっぴり、いいえ、かなりそわそわしているというのに」

そうなのである。

フェリクスおよびクレメンス・フォン・ロットナーの差配により舞踏会への参加が許された者たちは、ここ数週間というもの、ドレスや髪形、登場のタイミングについてずっと心を悩ませているのだ。特に、王宮付き侍女といえば下級貴族の子女も多い。彼女たちにとって舞踏会は、一気に「大物」を、しかも正々堂々と釣り上げるまたとないチャンスであり、その気合の入りようは凄《すさ》まじいの一言に尽きた。

「いいえ、ですが私は、当日はゲオルク料理長を手伝って、厨房にでも回ろうかと——」

「もちろん一番人気は、婚約者も高すぎる次期王の身分もない、気さくなルーカス王子殿下。けれど、あまりの人気の集中ぶりに、ベテラン婚活者《ハンター》たちは中級貴族や騎士団員に狙いを分散させはじめていると聞くわ……。出回りはじめたイケメン番付に貴族令息名鑑、夜な夜な秘密裏に特訓されているダンス・ステップに情報戦……よくって、エルマ。これは、女の闘いなのよ。私はあなたに、女としての勝利を味わわせてあげたい」

「いえですから――」

「なにもその場で殿方を釣り上げるばかりがゴールではありません。舞踏会の場で特筆すべき美貌や佇《たたず》まいを見せられれば、のちのちの縁談に有利になるばかりか、王宮内での立ち位置も向上し、給与の増分だって見込めなくはないのですよ」

エルマが冷静に遮ろうとするのを、その横からさらにふたりが遮る。

イレーネもゲルダも、それぞれよかれと思って参加を勧めてくれていることはよくわかった。

「ええと、ですが、舞踏会は強制参加というわけではありませんし、私としても、とくに縁談や給与増分を目指しているわけでもないので――」

「そこよ！」

丁寧に断りを入れようとしたら、びしりと指を突きつけられた。

顔を上げた先では、イレーネが猫のような緑瞳に真剣な表情を乗せて、こちらを見ていた。

「あなたのように有能で、しかも……信じられない美貌の持ち主が、どうしてそうやって夢を諦める必要があって？　天の采配ともいえる素質を持ちながら、女の頂点を目指さないなどという法はないわ！」

価値観の根底が武闘派だ。

どうも彼女には先日素顔を見られてしまったようで、以降執拗《しつよう》に「なぜ隠すの女性として他者を圧倒したくはないのいいえ目指しましょう女の頂点を！」的なお誘いを受けているのである。

いえですから、と再度説明を試みたところ、今度は手を握りしめられた。

「皆まで言わずともよくってよ、エルマ。私……本当はわかっているの」

「は？」

「あなた……ひどく厳しい修道院で、箱入りで育ってきたのでしょう？」

「……は？」

自分の出自について、なぜそんな設定が補完されているのかわからない。

エルマが思わず言葉を失っていると、イレーネは真顔で頷《うなず》きかけた。

「あなたがときどき言う『シャバ』という言葉。これって、俗世のことを指すらしいわね。つまりあなたは、俗世とは隔離された環境にいた。それも、教育水準に優れた、複数の導師《ファザー》がいた環境に、ね」

そうして、思いっきり決め顔で言い放った。

「過ぎた美貌は色欲に繋《つな》がるわ。ならばそれを隠すよう教育されたというのも頷ける。妙に世間知らずな態度。ときどき見せる行きすぎた遠慮。辺境の地には、修道女や孤児に虐待まがいの躾《しつけ》をして、取り潰しとなった修道院もあると聞くわ。間違いない——あなた、その修道院出身なのね？」

「あー……」

思いっきり外しているが、まあ、監獄出身というよりは思いつきやすい選択肢だったのだろう。

見れば、ゲルダは「とりあえずそういうことにしておきなさい」とさかんに視線で合図してくる。

そこで、エルマは曖昧に頷いた。まあ、箱入りというのが「ブタ箱」なら正解だ。

「……そうですね。そんな感じです」

「やっぱり！」

とたんに、イレーネがぱんと手を叩《たた》き合わせる。彼女はその後、改めてドレスを握りしめた。

「ならば、エルマ。私はあなたに何度でも言いたいわ。そこで詰め込まれた貞淑や謙虚のあなたの能力や存在が認められれば、世間もそれに従うということこそ世の定め。あなたの教えは行きすぎていると。生まれ持った美貌才覚は、活《い》かすことこそ世の定め。あなたのその美貌と才覚は、今こそ花開く時を迎えつつあるのだと……！」

「無理強いするものではありませんが、私も同意見ですよ、エルマ。あなた自身の能力や存在が認められれば、あなたの『出自』について人がなにかを言ってきたとしても、それを撥《は》ね除《の》ける盾になるのだから」

ゲルダまでもが言い添えてくる。

エルマ自身は、監獄出身であることについて後ろ暗く思うことなどなかったが、ゲルダがそのような反応を示すからには、きっと世の中では、監獄育ちという出自は隠してしかるべきものなのだろう。

エルマがちょっと黙り込んだのを了承と取ったらしく、イレーネとゲルダはますます勢いづいてドレスのプレゼンを始めた。

「――――で、天下一舞踏会で他者を圧倒するためのドレスなのだけど、私としてはやはりこの、深紅のマーメイドラインがいいと思うの。あなたの白い肌にはぴったりだと思うし、ルーカス王子殿下も、基本的に華やかな女性を好まれるからばっちりだわ」

「若いわね、イレーネ。よいですか。殿方というのはね、清楚な装いからほのかに漂う色香こそを求める生き物なのです。よってわたくしのお勧めは、この生成りのエンパイアライン。一見飾らない無垢《むく》なスタイルでありながら、背中は大きく開いたこのギャップ。それによってルーカス様のハートをねらい打つのです」

「いえあの、なぜそこで殿下……？」

エルマの眼鏡が困惑気に光る。

ふたりがエルマの態度を遠慮と捉え、目立たせようとしているのは理解できた。とはいえ、一介の侍女が、なぜ一国の王子のお相手を目指すことになっているのかと疑問に思ったわけだが、それをぶつけると、イレーネは呆れたように息を吐き出した。

「なによ、本人が知らないってどういうこと？　前妃殿下のお気に入りで、全方位に万能。海に出ればまぐろを釣り上げ、騎士に出会えば傷を癒やし、素顔は謎に包まれた歩くミステリー・エルマって、今ではちょっとした有名人よ。ルーカス王子殿下も気にしはじめたようだ、ってね」

「え」

「上位貴族の御令嬢たちって、私たち以上に嫉妬が激しいから、これでも私、貴族たちにはあまり噂が広まらないよう努力していたんだけど。でもあなた、この前殿下に抱きかかえられて侍女寮に運ばれたじゃない？　あれを、よりによって伯爵家のお嬢様がご覧になってしまったらしくって。彼女、ダンスが得意でこの舞踏会に懸けているものだから、取り巻きまで動員して、あなたに嫌がらせでも仕掛けてくるかもしれないわ」

かつての自分と重ねたのだろう、イレーネはそこでむうっと難しい顔になった。

「……心配なのよ、あなたのことが。頂点を目指してほしいのも事実だけれど、それ以上に、彼女たちを牽制《けんせい》というか、蹴散らしてほしいの。あなたたちなんか目じゃないわよって。まあ……かつて嫌がらせをしてしまった私が言うのでは、信じてもらえないかもしれないけれど」

「え……。嫌がらせなんてされましたっけ」

「………まずはそこから話し合いましょうか」

イレーネがあからさまに脱力する。

その様子にふとある懸念を覚えて、エルマは念のために尋ねてみることにした。

「つかぬことをお伺いいたしますが、床や靴に針を忍ばせておくというのは、『針仕事、頑張ってね（はぁと）』という激励の行為ではなかったりしますか？」

「は⁉　嫌がらせのモデル事例じゃないの！」

「では、行く先々で頭上から突如水が降ってくるのも、『今日は暑いから打ち水に使ってね（はぁと）』といった、心温かな行為ではなかったりしますか？」

「心を折る行為だわよ！　なにそのポジティブ！」

イレーネがぎょっとして叫ぶのを聞き、エルマは神妙な表情で頷いた。

「……なるほど、私はすでに嫌がらせに遭っていたようです」

針は回収して有効活用していたし、水も手近な鉢やバケツで受け止め、ありがたく水撒《ま》きに使っていたので、まさかそれが嫌がらせだとは気付かなかったのだ。

ふたりの懸念も、あながち的外れなものではないのだとひとまず理解したエルマは、質問の矛先を変えてみた。

「ご懸念は理解しましたが、堂々とした姿を見せつけるのが目的というのなら、別に殿下のお相手まで目指させる必要はないのでは。むしろ侍女長はよく殿下に女遊びを控えるよう忠言していらっしゃいますし、イレーネ。あなただって、殿下のファンなわけですよね？」

問うてみると、それぞれ苦笑交じりの答えが返った。

「わたくしは昔から、殿下が女性を手のひらで転がすところばかりを見てきました。乳母としてはそんな殿下が心配ですし、この機会に一度逆の立場を味わっていただき、彼に真っ当な殿方になってもらいたいのです」

「私も、以前の殿下は微チャラ俺様系キャラで一番の推しだったのだけれど、最近の殿下は苦労性タグが加わってもはやオカン属性っていうか微受けっていうか。ほら、私、リバって駄目な人じゃない？」

「……イレーネの主張がよく理解できなかったのですが、これは私の読解力に問題があるのでしょうか」

ゲルダにも「逆の立場ってなんですか」みたいな突っ込みを入れたかった気がするが、イレーネの暴投によって吹き飛んだ。

微妙な思いを噛《か》み締めながら尋ねると、

「この子の妄言は気にしないでよろしい」

「この世界の深淵を、やすやすと理解できるだなんて思わないことね」

両者からしたり顔で頷かれた。

と、いつまで経っても一向にドレス選びが進まないことに焦《じ》れたらしいイレーネが「それで」とおもむろに距離を詰めてきた。

「今一度聞くわ。どちらのドレスを着てくれるの？　言っておくけれど、参加資格も着ていくべきドレスもある以上、あなたに舞踏会を欠席する選択肢などなくってよ」

「ええ……」

「エルマ。わたくしからも言っておくけれど、舞踏会に出て周囲から見初められるというのは、普通の女の子ならば誰もが夢見る、王道の未来予想図ですからね？　貸した小説でも、そんなエピソードが多かったでしょう？」

普通、誰もが、王道。

最も有効な魔法のワードをちらつかされ、エルマが一瞬黙り込む。

手ごたえを感じたふたりが、一層前に身を乗り出したそのとき、

「――そうでしょうか」

しかし彼女はついと眼鏡のブリッジを押し上げた。

「え？」

「夫人には申し訳ないのですが、以前お貸しいただいたロマンス小説は、社会常識や情操教育の教本としては妥当ではないとの指摘を、ある方から受けまして。新たなルートから、別の教本を確保しました」

そう言ってエルマが布鞄《かばん》から取り出した「あるもの」に、ふたりは大きく目を見開いた。


「お美しいですよ、母上。瞳と同じ藍色のドレスが映えて、古《いにしえ》の神話に登場する海の精霊《セイレーン》のようです」

「ありがとう。ずいぶん不機嫌なのね？」

即位式前夜の舞踏会場。

メインホールへと繋がる大階段で、エスコート役として手を差し出してきた息子に、ユリアーナは眉を上げてそう答えた。

せっかくの褒め言葉も、わざわざ「古の」なんて付けては、遠回しに相手を年増だと批判しているようなものだし、そもそも海の精霊というのは、ほかの妖精とは違って怪物の扱いだ。

女性に対してはいつもそつなく対応するのに、と、不機嫌になるより心配になって首を傾げると、ルーカスはばつが悪そうに顔を顰《しか》めた。

「――失礼。どうも、ここ数日気が立っていたもので」

「珍しいこと。強力な敵でも現れたの？」

「そうですね。手ごわくて粘着質な敵でした」

滑らかな動きで階段を進みつつ、そんな答えを返す。

興味を惹《ひ》かれてユリアーナが追求すると、ルーカスはあまり乗り気ではなさそうに「毎夜襲撃されたのです」と説明を始めた。

ルーカス・フォン・ルーデンドルフは、男らしく端整な容姿と長軀《ちょうく》に恵まれた、武芸に秀でた青年である。貴族として求められる教養にも優れ、恵まれすぎた者に特有の冷淡さはときどきあるものの、誰とでも気さくに接して人望も厚い。しかも「第二」王子なので、結婚したとしても厄介な公務はなく、それでいてそこらの貴族と結婚するよりも高い地位が保証されるとなれば、女性が群がらないはずがなかった。

ルーカス自身、愛らしい女性との時間は大いに満喫するほうなので、これまでは大人の遊びと割り切れる相手に限って渡り歩いていたのだが、ここにきて、女性たちが急に目の色を変えてきたのである。

「……まあ、王宮内の全員や国内貴族が揃《そろ》い踏みする舞踏会で相手を務めれば、事実上の婚約者も同然ですものね」

「仰るとおりで」

そう。これまでのらりくらりとこの手のイベントを躱《かわ》してきたルーカスが、とうとう舞踏会に出るとあって、令嬢――どころか、平民出身の侍女までもが、一斉に着火してしまったのである。

遠回しな誘いや、手紙での嘆願くらいならかわいいものだ。

しかし、待ち伏せに夜這《よば》い、時に媚薬《びやく》付き、それも連日となると、さすがのルーカスも難儀しだした。結局、舞踏会では誰とも踊らず母親のエスコートに徹すると宣言して、なんとか切り抜けたのだ。

　未亡人の母を、未婚の息子がエスコートすることはなんら恥ずべきことではないが、十九にもなって親の力を借りねば女性を退けられないのかと、ルーカスは忸怩《じくじ》たる思いをしたのである。

「言って聞くような相手でもなし、かといって手を上げるわけにもいかない。これなら、魔獣の退治でもしていたほうがよほど楽なものだ」

　ぼやいた息子に、ユリアーナはちらりと視線を向けた。

「さっさと特定の誰かを作ってしまわないからよ。あなたなら、貴族令嬢だろうと他国の姫だろうと、いっそ平民上がりの娘だろうと、皆納得するでしょうに」

　王族としては異例だが、ルーカスの場合、すでに騎士団に身を置いている以上、平民とのロマンスがあっても「物語みたい！」と歓迎されるだろうことは想像に難くなかった。

「以前婚約を進めようとして、俺が拒否したことを根に持っているんでしょう。よしてください。俺にだって、一応考えはあるんですから」

「青臭い理想じゃないでしょうね？　もしそうなら、もっと現実を直視なさい。母親としては、たとえ身分が低くても、紅茶を淹《い》れるのが上手くて、語学堪能で、手先が器用で、意外性があって、毎日を刺激的にしてくれるような女性を推すわね」

「……誰だそれは、とは聞きませんよ？」

ルーカスは表情に悩みながら答えた。

以前ならば一刀両断していた類いの妄言だが、先日「彼女」の素顔と、思いもよらない頼りなげな様子を見てしまってからは、少々その心が揺らいでいる。

我ながら安直な、と嘆かわしく思うのと同時に、彼が長年抱いてきた「方針」もあって、ルーカスはなかなかエルマへの好意を認められないでいた。

「義兄上よりも先に、俺が特定の相手を作るわけにもいきませんからね」

冗談めかして、その方針を口にしてみると、ユリアーナは「なんですって」と一瞬目を見開いた。

「嘘でしょう。まさかあなた、フェリクス王子殿下に義理立てしているというの？　凡愚王子と評判の、あの方に？」

徐々に階下の人だかりが近づいてきたため、あくまで表面上はにこやかな顔をキープしたまま、小声で問いただす。

ちょうどそのとき、「ユリアーナ前妃殿下、ならびにルーカス王子殿下のおなり」と使用人のひとりが高らかに告げたため、方々から歓声が上がり、それ以上の会話は困難になってしまった。

「――あの人が凡愚王子だと、母上は思われますか？」

ルーカスの小さな呟《つぶや》きは、シャンデリアからこぼれる光の粒や、女性がまとった美しいドレスや香水の波に紛れて、誰の耳にも届かなかった。


神に愛されたと評判のヴァイオリニスト、ヨーラン・スヴァルドの機嫌は最悪であった。

頭上には粒揃いのシャンデリア、向かいのテーブルには趣向を凝らされた料理、視線の先には美しく装った貴婦人たちが行き交うが、そんなもの、彼の慰めにもならない。

いつだって彼が真に望むのは、己の技量を磨くこと、そして美しく研磨された音楽をぞんぶんに奏でることであって、無才のオーケストラと眠くなるような背景曲をなぞり続けることではないのだ。

隣に座るルーデン人の奏者が、またも音程を外したのを聞き取って、ヨーランはうんざりと顔を顰めた。

（あまりにレベルが低すぎる。やはりこんな話、受けるべきではなかったのだ）

もう何度目になるかわからない後悔を、胸のうちでそっと吐き出す。

三か国での音楽活動を支援する、との甘言に乗せられ、うかうかと舞踏会での演奏を承諾してしまった自分を、ヨーランは呪った。

（つまらない。最悪だ。こんなの、音楽への冒瀆《ぼうとく》だ）

ヨーランは若い。技量への自信もある。そのぶん、至らない他者を馬鹿にしてしまうような、才気走ったところがあった。ただしそれは、信仰ともいえる音楽への愛と裏返しでもあるのだ。

（音楽とは、言語や信じる神の違いすら乗り越えて人を跪《ひざまず》かせる、絶対の美。けっしてこんなふうに、へたくそな演芸の付け合わせのように、消費されてよいものではないのに）

決まり切ったステップを、ただ練習したとおりに踏むことのなにが楽しいのだ。音楽とは、ダンスとかいう猿芸の添え物ではない。もっと堪能され、称《たた》えられてしかるべきものだ。

だというのに、音楽家としてヨーランが本懐を遂げられそうな機会は、この舞踏会ではなさそうだ。いや、この誘いを寄越したルーデンの侯爵から、彼の合図に合わせて「至高のトリル」を披露してくれと言われているから、せいぜいそのときくらいか。

常人の何倍もの速さで素早く音階を駆け上がるヨーランのトリルは、神の恩寵《おんちょう》すら感じると評判で、彼の「売り」でもあるのだった。穏やかなワルツには必要のない技法だが、注目度は凄まじいものがあるだろう。こんな退屈な楽団との付き合いなどいつ捨て去っても構わないので、ヨーランは合図さえもらったら——ロットナー侯爵からは、最も注目が集まるタイミングで合図をくれると約束されている——即座にトリルを披露してやるつもりだった。

（だが……それにしても、つまらない）

ともに音楽の頂点を競い合うライバルか、さもなければ音楽を捧げたくなるミューズでも現れればよいのにと、ヨーランは思った。

会はつつがなく進行している。きれいどころの貴族令嬢たちや、主役であるフェリクス次期王はとうに登場を済ませ——意外なほどに存在感の薄い男で、これなら少し前に登場した第二王子のほうが、よほど王にふさわしいと思われた——、一度目の挨拶を済ませた後、これからは王宮の使用人たちが続々と登場するという運びである。

貴族以外を招くなど珍しいとは思うものの、使用人の中からミューズが現れる可能性などますますない。

ヨーランは諦めの溜息《ためいき》とともに、背景曲の最後のフレーズとなる音に手をかけたのだが——

——ざわっ

そのとき、場内の空気が大きく揺れた。

人々が一斉に大階段の先を注視する。ヨーランもとっさにそれに倣《なら》い、赤絨毯《じゅうたん》の敷かれた階段の先を見やった。

「――……！」

そして、思わず息を呑《の》んだ。

大階段の先には、天使が佇《たたず》んでいたのだから。

生成り色のドレスをまとった少女は、ほっそりとした肢体をまっすぐに伸ばして、静かにこちらを見下ろしていた。

その、遠くからでも人をくぎ付けにする、夜明けの空のような瞳。

肌はミルクのように滑らかで、品よく結われた髪も、ほんのりと色づいた唇も、控えめな鼻筋、影を落とす睫毛《まつげ》までも、そのすべてが繊細な美に満ち溢れていた。

胸のすぐ下で宝石付きのベルトで絞られ、あとは広がらずに足を覆うような控えめな裾のデザインも、彼女をとにかく無垢な存在に見せている。

穢《けが》れなく、はかなげで、この世の者とは思われないような美貌の少女。

彼女がゆっくりと階段を下りていくのに、誰もが目を離せない。ヨーランもまた、曲の最後の音を必要以上に長く弾き続けてしまった。いや、楽団の全員がそうだ。最後のフレーズだけがスローになっている。

彼女が、まるで洗練しつくされた旋律のように滑らかに移動するのを、ヨーランはしばし、呆然《ぼうぜん》として見守った。

そして彼女が視界から消えたのち、ようやく我に返った。

(なんてことだ……)

弓を下ろしながら、ぼんやりと思う。

この僕が、音楽以外のものに気を取られるだなんて、と。

恋の駆け引きにおいて、ルーカスはいつも勝者の側だった。

焦らすのも、引き寄せるのも、彼のほう。女性は向こうから近づいてくるのが常であって、自分は優雅に足を組んでそれを待っていればよい。甘えた声ですり寄ってくる女性を選び取り、抱き上げて口寄せて。飽きたら互いに肩をすくめて、笑顔で別れる。その繰り返し。

だから、佇む女性のもとに慌てて駆け寄るなどというのは、考えてみればこれが初めてのことだった。

「――おい」

少々焦りを含んだ声で話しかければ、相手はふ、と顔を上げて振り向く。

夜明けの色を瞳に宿した少女は、長い睫毛を伏せ、優雅に裾を摘《つ》まんで礼を取った。

「ルーカス王子殿下におかれては、ご機嫌麗しく」

その仕草には、一国の王女のように品がありながら、同時に、ごく淡い色香がある。

礼の瞬間、ほっそりとした肩や、むき出しになったうなじに周囲がごくりと喉を鳴らしたのに気付き、ルーカスは無意識に少女を囲い込むように腕を回した。

「なんだって、今日はそんな出で立ちなんだ。いつもの眼鏡はどうした、エルマ」

「おかしいでしょうか？」

「――いや……とても美しい、が」

つい歯切れが悪くなる。

美少女を前にして、それを称《たた》える言葉がすらりと出てこないなど、実に自分らしくなかった。ついでに言えば、エスコートすべき母親も放り出し、付き合いのあった女性や貴族令嬢を差し置いて一介の侍女に話しかけるなど、まったく理性を欠いているとしか思えなかった。

しかも、先ほど自分が彼女の名前を呼んでしまったことで、周囲がざわつきはじめている。

噂になりつつある「なんかすんごい侍女」と、目の前の美少女が同一人物だと気付いてしまったのだろう。

ルーカスは己の失態を悟って歯嚙《はが》みしそうになった。

「美しいが、……美しすぎる。先ほどから、周囲が義兄上すら差し置いておまえに注目しているではないか。目立つのは嫌いなのではなかったのか？」

「厳密には、目立つのが嫌なのではなく、普通でなくなるのが嫌なのです」

「……なんだと？」

淡々と返されて、ルーカスは思わず目を細める。

が、目の前の少女は、彼の疑問など歯牙にもかけない様子だった。

「勝負を挑まれたら、全力でそれに応える。拳を交わし合うようにして両者の共通する土俵で戦い合い、やがて理解と友情を深めていく――。それが、殿下もよく知る『王道』ですよね？」

「…………は？」

「正直なところ、ディルク様にお貸しいただいた教本までもが、この舞踏会への参加を示唆するものになるとは思っておりませんでした。が、女性《ゲルダ》の教本と殿方の教本、両者から『全力で晴れの場に臨め』と読み取れた以上、全力装備でこの場に参じるのが常識かと判断した次第です」

「さっきからおまえはなにを言っているんだ？」

エルマの言っていることがわからない。

が、なんとなく、――不穏な予感に満ちていることだけは、まざまざと理解できた。

腕を取ろうとすると、可憐《かれん》な妖精のごとき姿をした少女はひらりとそれを躱す。

「おっと。敵の出方がわからないので、いたずらに刺激するようなことはお控えください。ただし、戦いの火蓋が切られましたら――そのときは、力をお貸しくださいますと幸いです」

「だからおまえは、いったいなんの話をしているんだ⁉」

「友情と努力と勝利の話です」

そこが意味不明だというのに。

エルマはさっさと踵《きびす》を返してしまう。

ふわりと控えめに揺れる裾を、周囲の視線が追った。

『ねえ……！　今のが、エルマだというの⁉　すごい、素晴らしいわ！　想像以上よ！』

とそこに、興奮のあまりラトランド語で母ユリアーナが話しかけてくる。彼女は人の波を優雅かつ大胆に捌《さば》いていくエルマの後ろ姿を、うっとりと見守った。

『ああ……！　きれいな子だろうとは思っていたけれど、まさかこれほどだなんて。ゲルダにドレスや化粧道具を融通した甲斐《かい》があったというものだわ！』

「まさか母上が一枚嚙んでいたのですか？」

ルーカスがぎょっとして振り向くと、さらにそこに声が掛かった。

「おう、ルーカス。あれ、エルマなのか。凄まじいな。騎士団の若い連中が色めき立ってるぞ」

騎士団副中隊長・ディルクである。

いかめしい顔と巨軀を、めずらしくかっちりとした正規の衣装に包んだ彼は、ちょっと戸惑ったように頰を搔《か》いていた。

「ずいぶん、なんつーか……れっきとした『女』じゃないか。俺なんかつい、弟に接するような気持ちで、愛読書を貸しちまったんだが、ちょっと早まったかもしれんなあ」

「……なんだと？」

嫌な予感を覚えて、思わず剣吞《けんのん》な声で問いただす。

するとディルクは、あっけらかんと答えた。

「いや、エルマは、自分が教本としているものをおまえに否定されたのが、気になっていたらしくてな。一般教養となる、または全員の共有知のような書物を貸してくれと言われたので、俺的大ベストセラーを貸したんだ」

「…………」

そのベストセラーとやらの正体を聞くまでもなく、ルーカスは天を仰ぎそうになった。

ディルクは、努力家の主人公が天才系ライバルに全力で挑んで勝利したり、仲間と力を合わせて強敵を倒したりする「熱血もの」が好きだ。

(もし、「敵は全力で倒せ」が常識だと思われたら……まさかこの場で、決闘やら戦闘やら戦争やら、……起こったりしないだろうな?)

いっそエルマには、少なくとも戦闘シーンとは無縁のロマンス小説のほうを、「常識」と思わせておいたほうがよかったのではないか。そんな思いがちらりと頭をかすめる。

そしてそれを証明するかのようなタイミングで、人波の向こう、令嬢たちの集っているあたりでちょっとした事件が勃発した。

「エルマと言ったわね。あなた、侍女の分際で、少々調子に乗りすぎなのではなくって!?」

甲高い声とともに、カシャーン! と、薄いガラスの割れる音が響いたのである。

さほど推理力を働かせなくてもわかる。

男の視線をかすめ取られてしまうという脅威を抱いた、高慢なタイプの貴族令嬢が癇癪《かんしゃく》を起こしたのだ。

そして、このような場で良識も弁《わきま》えずに、容易にグラスを投げつけるような気性の持ち主に、ルーカスは残念ながら心当たりがあった。

ファイネン伯爵家の娘、カロリーネ。媚薬を使ってまで、ルーカスに近づこうとした少女だ。

「あらあ、手が滑ってしまったわ。生成りのドレスなんて、あなたにとっては大切な宝物でしょうに、ごめんなさいねえ。でも、侍女なら洗濯も得意でしょう？　ワインが一張羅の奥まで染み込まないうちに、持ち場にお帰りになったらよいのではないかしら？」

近づくにつれ、高慢を絵に描いたようなカロリーネの顔がよく見えてくる。

彼女はこちらを視界に入れたとたん、ぱっと態度を翻し、甘えるような表情になった。

「まあ、ルーカス王子殿下！　どうされたのです？　もしや、わたくしをファーストダンスのお相手としてお誘いに？」

変わり身の早さには、いっそ芸としての風格すらあるが、あいにく今のルーカスにそれを楽しむ余裕はなかった。

彼は心配だったのである。

「淑女同士の会話にはふさわしくない音が聞こえたようだったが。いったいなにが――」

「あん、お優しくていらっしゃるわ。このとおり、わたくしがうっかり彼女にワインを浴びせてしまったのです。でも、悪いのは彼女ですのよ」

カロリーネはこちらを遮らんばかりにすり寄ってくる。だがそれよりも、白いドレスを赤く染めて立ち尽くしている少女を見て、ルーカスはますます心配の度合いを深めた。

「彼女、出合い頭に詫《わ》びを要求してきたりするものだから、わたくし、すっかり怖くなってしまっていたのですが、殿下が来てくださったのならもう安心ですわ」

「おい」

「一曲踊ってくださいますでしょ？　わたくし、この日のために、得意のダンスに磨きをかけて――」

「おい、カロリーネ・フォン・ファイネン」

うきうきと世迷言《よまいごと》を続ける伯爵令嬢を、げんなりとした声で遮る。

「おまえ……自分がなにに着火してしまったか、理解しているか？」

「…………は？」

カロリーネがぽかんとしているが、ルーカスが解説するよりも早く、

――ぱしゃっ

軽やかな、水が弾けるような音が辺りに響いた。

ぎょっとして振り向けば、エルマがやはり無言で佇んでいる。

美貌の少女は、ほっそりとした手に空のワイングラスを持ち、その中身を、自身の白いドレスに浴びせていたところだった。

「…………!? あ、あなた、なにを――」

「カロリーネ・フォン・ファイネン様におかれましては、口でのお話し合いよりも、拳での語り合いがお好みとお見受けしましたので、紅白試合でも、と思いまして」

ようやく、エルマは静かに口を開くが、その言葉の意味がカロリーネにはわからない。

彼女はうっすらと冷や汗を浮かべながら、厚塗りした唇をぱくぱくと動かした。

「こ、こうはくじあい……?」

「ええ。僭越《せんえつ》ながら、わたくしエルマ、先攻の赤を務めさせていただきます」

「へ…………?」

絶句するカロリーネの前で、エルマはなんのためらいもなく、裾の一部を持ち上げ、右足のもものの辺りまで引き裂いてみせた。

「ええ……っ!?」

一瞬垣間見えた太ももの眩《まぶ》しさに、男性だけでなく、周囲の女性までもが赤面する。

しかしエルマはそれだけにとどまらず、清楚に結い上げていた髪に手を差し入れ、それを大胆に乱してみせた。

「――………っ！」

次の瞬間現れたのは、妖艶な赤の女王。

ゆるく波打つ黒髪をむき出しの肩に流し、物憂げな夜明け色の瞳で微笑む、とびきり華やかで、大胆で、蠱惑《こわく》的な――魔性の美少女だった。

「ご協力を、お願いできますか？」

小首を傾げながら、ルーカスに向かってすっと右手を持ち上げるその仕草。囁く声までもが、まるで蜜のように、甘い。

まるで傾国の娼婦のごとき、噎《む》せ返らんばかりの色香。

（勘弁してくれ……）

それに脳を溶かされるような錯覚すら抱きつつ、ルーカスは条件反射でその手を取ってしまった自分の腕を、絶望の思いで見つめた。

そうとも、彼は心配していた。

これから徹底的に鼻っ柱を折られるであろうカロリーネ嬢と、――それに付き合わされる自分自身を。

(なんて顔をしているんだ……)

今の少女の顔は、あらゆる男を陥落させる、煽情《せんじょう》的な美しさに満ちている。

満ちているが、それ以上に、

——よろしい。ならば戦争だ。

そう言わんばかりの、青年誌の主人公的戦闘意欲に満ち溢れていた。


情報や条件を緻密に組み合わせ、事前に完璧な筋書きを作り上げる。それがクレメンスの強みだ。

だが言い換えればそれは、想定を超える出来事が起こると、とたんに心の均衡を失うという弱みでもある。

今、彼は、目の前の光景を強張《こわば》った表情で見守っていた。

(なにが起こっているんだ……)

視線の先、人々が円形に取り囲むそこは、ダンスフロアである。

巨大なシャンデリアと鏡に彩られた舞踏会場では、使用人たちも加わった今、大勢の紳士淑女が入り乱れてワルツを披露しているはずであった。

が、

「ああ、見て……！　なんて美しいターン！」

「そして滑らかなスイング……。動きそれ自体が音楽のようだ……！」

実際には、踊っているのはたった一組――ルーカスと、謎の少女しかいない。当初踊っていた者たちは、二人のダンスのあまりの美しさに圧倒され、次々と会場を退いてしまったのだ。

滴るような赤いドレスを身に着けた美少女は、濃紺の騎士服をまとったルーカスにリードされながら、指の先まで繊細にワルツを踊る。

絡み合う視線、ときどき寄せられる頬、切なげに腕を滑る指先に交差する脚。そのすべてがどきりとするような色香に溢れていて、女性を工作の駒としか考えていないクレメンスでさえ、注視せずにはいられないほどだった。

（これはまるで、物語だ……。そう、たとえば、美貌の娼婦と清廉な騎士が織りなす、胸を引き裂かれるような悲恋と、そして再会の物語……）

そう。きっと舞台は、引っかき傷のような三日月が浮かぶ青褪《あおざ》めた夜。身分の差と悪意ある運命によって引き離された美しき娼婦が、夜露に濡れた草木に足を取られてその場に崩れ落ちる。響く嗚咽《おえつ》、こぼれ落ちる涙。しかしそこにそっと差し伸べられる手。細い肩をわななかせ、見上げた先には、甘い瞳をした精悍《せいかん》な青年。呆然とする娼婦の手の甲にキスを落としながら、彼は熱に浮かされた表情のまま囁く。

恋の翼に、乗ってきました――

(――って、違うわ!)

クレメンスは近くの壁に頭を叩きつけたい衝動に駆られた。

妄想の翼を広げている場合ではない。自分の計画が大幅に狂おうとしている、これは緊急事態なのだ。

当初の予定では、このワルツが一段落した後に、フェリクスが注ぎ分けた盟約のワインを配って回り、乾杯する――つまり、そこでルーカスの毒殺はなされるはずだった。

ということは、このワルツの間に、「フェリクス自らがワインを取り出し、開栓し、注ぎ分けている」現場を、多くの者たちに印象付けておかねばならない。

だというのに、この場にいる者たちは、全員が全員フェリクスではなく、ルーカスと少女のふたりに熱視線を送っているではないか。せっかく、美しいと評判の娘をフェリクスの周囲に配置しているにもかかわらず、である。

（いや、目撃情報は後からでも工作できる。最大の問題は、タイミングだ）

目立ちたがりの異国の音楽家には、クレメンスが鼻を擦《こす》ったら「トリルの準備をせよ」のサイン、そして耳に触れたら「トリルを弾け」の合図だと打ち合わせてある。

それに合わせて「至高のトリル」が披露され、それを聴き取った給仕係――クレメンスが弱みを握った下男――が、毒針を仕込んだ靴でルーカスの足を踏む、という流れなのだ。

これであれば、クレメンスはルーカスたちと距離を置いていても、彼が盟約のワインを口にしたタイミングで毒殺を決行させることができる。

――が。

（おい！　ヨーラン・スヴァルド！　こちらを見ぬか！）

先ほどからしきりに鼻を擦ってみせているというのに、ヨーランがいっこうにこちらに気付かないのである。

どうやら孤高の音楽家は、依頼主のことなどすっかり忘れて、この美貌の少女にくぎ付けになってしまっているようであった。

（なるほどたしかに、この娘のダンスには人を惹きつけるなにかがある。テンポを髪一筋も外さないステップ。旋律のニュアンスを余すことなく表す表情。そう……いわば、音楽そのものを体現したダンス、彼の音楽を舞踏へと転じるミューズ――って、だからそうではなく！）

ヨーランが夢中になってしまった理由を解説している場合ではない。

クレメンスは必死になって鼻を擦った。

（ヨーラン・スヴァルド！　気付け！　おい！）

「いやあ。なんて美しい子だろうねえ」

とそこに、背後から間延びした口調で話しかけてくる者がある。

ぎょっとして振り向けば、それは夜会用の華やかなチュニックに身を包んだ青年——フェリクス王子であった。

「ああいうきれいな子こそ、僕の傍にって言ったのにさあ。集めてくれた子たち、みんな話もつまらないし、ついでに言うと香水もきつすぎるよ。クレメンス。君の今回の仕事ぶりはイマイチだったね？」

あはは、失敗、失敗。

そんな風に笑いながら、フェリクスはどぼどぼと手持ちのグラスにワインを注ぐ。見れば、それこそ古めかしいラベルの貼られた年代物のボトル——盟約の杯に使うはずのワインであった。

（こいつ……いつの間に開栓しおった！）

神経を逆撫《な》でするような発言も許しがたいが、打ち合わせていた進行を無視して、早々にワインを注ぎはじめているフェリクスに、クレメンスは激高しそうになった。

ワインの開栓は、あくまで自分が合図をした後、会場の注目をぞんぶんに集めた状態で行われるべきものだ。

だがフェリクスは、事前に打ち合わせたはずのその段取りに、まったく頓着する様子もなく、貴重なワインをどばどばと水のように注ぎ込む。そうして、クレメンスを見てへらっと笑った。

「踊ると喉が渇くだろうからさあ。ちょうどこれを差し入れてあげようと思って。そこから、あの子を口説いてみよっかなって。あの娘、エルマって言うんだって。最近ちょっと噂だよね。知ってた?」

「……いえ、お恥ずかしながらここ最近、ずっと式の準備にかかりきりでしたので。……グラスですが、身分がありますから、弟君に先にお渡しくださいね」

ぎりぎりと歯ぎしりしそうになるのをこらえて、なんとかクレメンスは告げた。ひとまずフェリクスがルーカスにワインを飲ませさえすれば、当初の予定通りだ。

だが、いよいよタイミングが差し迫っている。クレメンスはさりげなさを装いながら、必死に音楽家に向かって鼻を擦り続けた。

（おい！　気付け！　ヨーラン・スヴァルド！　出番が近いぞ！）

「あはは、どうしたの、クレメンス。鼻血が出そう？　興奮しちゃった？　よしなよ、老いらくの恋なんてみっともない」

ぶわりと殺意が溢れそうになったのも、致し方ないことであろう。

ほとんど睨《にら》みつけそうになっている視線の先、人だかりの向こうでは、今も美しいワルツが展開されている。

ダンスもいよいよ終曲部。一番の盛り上がりに差し掛かろうというところだ。

だが、踊り手の表現する世界に対して、楽団の奏でる音楽がもうひとつ及ばない。惜しいものよ、と誰かが溜息をこぼしかけたそのとき、ひたすらパートナーを見つめていた少女が思いもよらない行動に出た。

すなわち、楽団に視線を投げかけ、すいと腕を伸ばしたのだ。

まるで、誘うような仕草。

もっと盛り上がりを。もっと調和を。

その艶《なま》めかしい手つきは、まるでこう叫んでいるようにも見えた。

楽団のみんな。私に力を――――！

（なんなのだこの娘！　仲間と力を合わせて敵を倒す主人公かなにかか！）

自分でアテレコしてしまった内容に、クレメンスは自分で突っ込んでしまったが、実際、変化は劇的であった。

とたんに、ヨーランを筆頭とした楽団員たちが目の色を変え、渾身《こんしん》の音を奏ではじめたのである。

緊張をはらんだ低音。すすり泣くような旋律。大きな感情のうねりが、楽器を、奏者を突き動かし、ひとつの世界を創り上げていく。それは舞台の真ん中でステップを踏むふたりと融合し、とてつもなく壮大な物語を出現させた。

踊る少女の向こうに、美貌の娼婦の姿が見える。彼女が愛した青年と、ふたりが育み、そして燃やし尽くした愛の炎が見える。

「ああ……」

誰ともなく、感嘆の声が漏れる。涙を流す者もあった。

ひときわ高く鳴り響く音とともに、完璧なスローアウェイ・オーバースウェイ――。

王子の腕の中に崩れ落ちるようにして、大きく背をしならせた少女に、誰もが美貌の娼婦の愛と死、そして祈りを幻視した。

しん、と会場が静まり返る。

呼吸三つ分ほどの沈黙ののち、誰かが、思い出したように手を打った。

それが引き金となったように、一斉に拍手の波が広まる。これが舞台だったなら、まさしくスタンディングオベーションといったところだ。

踊り切った少女は、しかし称賛にちらりとも心を動かされた様子はなく、むしろ周囲を見回して、真っ青な顔で佇んでいた貴族の娘相手になにか話しかけている。

いったいなにを告げたのか、隣の王子が慌てたような表情で素早く少女の口を塞いだところで、やりとりを見ていたフェリクスがのんびりと言った。

「いやあ、すごいなあ。ちょっと僕、このワインを差し入れてくるよ」

「――………！」

まずい。

合図役のヨーランとは、まだアイコンタクトすら取れていないというのに。

（おい！　ヨーラン・スヴァルド！）

クレメンスはもはや縋《すが》るような思いでヨーランに視線を向け、そこでぎょっと目を見開いた。

「――ミューズよ」

なぜならば、己の音楽の才に慢心しきっていたはずの若き音楽家は、

「私の本気と、あなたの本気。ぶつけては、みませんか」

まるで最高のライバルを見つけた少年のごとく、たぎるような挑戦心をその瞳に燃やし、おもむろにヴァイオリンをかき鳴らしはじめたのだから。

◆

ワルツを一通り踊りきり、会心のフィニッシュを決めたあと、ルーカスは内心でやれやれと溜息をついた。

(おーお、真っ青な顔で……)

人の輪に紛れてこちらを凝視しているカロリーネに視線を向け、同情を覚える。

ダンスにかけては右に出る者がいないと豪語していた彼女だ。こんなにも完璧な演技を見せつけられては、言葉すら浮かばないだろう。はっきり言って格が違う。

王子として、これまで熟練の芸妓を目にしてきた自分とて、こんな見事なステップを踏む娘は初めてだったのだから。

いや、素晴らしかったのはダンスだけではない。

彼女が誘いかけた瞬間、明らかに楽団の士気が高まり、音楽の質が変わったのを、ルーカスは肌で感じていた。

おそらくだが、エルマなしにこの演奏のクオリティを維持するのは難しいだろう。

彼女は、最高の音楽と最高のダンスで、至高の美を体現してみせたのだ。

(なにもそこまでしなくても、という感じではあったが……)

ルーカスの見立てでは、カロリーネは最初の五秒ですでに戦意を喪失していた。

だというのに、腕の中の可憐な狂戦士《ベルセルク》は、いまだに戦闘姿勢を崩さない。

それどころかカロリーネの姿を見つけ出すと、真顔で彼女に話しかけた。

「お待たせいたしました、カロリーネ・フォン・ファイネン様。次はあなた様の番です」

「あ……え……、ええ……あ」

踊れと言うのか。この状況で。

カロリーネがさあっと血の色を失い、もはや昏倒《こんとう》しそうなのがわかる。

「エルマ、よせ。並の令嬢にこれほどのダンスができるものか」

加害者はたしかカロリーネのはずだったのに、と思いながら彼女に助け舟を出してやると、エルマは怪訝《けげん》そうに首を傾げた。

「これほど?　ですが今のは、一番簡単な部類のワルツでしたよね。もしやシャバ――」

「やめろ。言うな。もうそれくらいにしてやれ、頼むから」

例のセリフで息の根を止めにかかるエルマの口を、慌てて塞ぐ。

しかし彼女はその手を払うと、不本意そうにこちらを見上げてきた。

「なぜですか？　これはおかしなことですか？　仲間の力を借りながら、強大な存在に挑みにいく。これは一般的な展開というものではないのですか？」

「挑むのを通り越してすでに叩きのめしている。いいか。おまえがディルクから借りて読んだ書物、あの内容はすべて忘れろ」

「ですが――」

エルマなりに、今度こそようやく常識の拠《よ》り所《どころ》になると思った内容を否定されるのは、腑に落ちなかったらしい。拗ねたような表情――無駄に、凄まじくかわいい――を浮かべるのを見て、ルーカスは溜息をついた。

「なら、こう思え。書物の中の主人公は、背中を見せて逃走する敵には手をかけなかったろう？　来る者は拒まんでいいが、せめて去る者は追うな。それが良識というものだぞ」

「ああ……」

エルマはぱちぱちと目を瞬かせる。

そうして、カロリーネがじりじりと後ずさっていることに今更ながら気付き、ようやく納得の様子を見せた。

「そうですね」

これでようやく一段落、とルーカスが緊張を緩めかけたとき、しかしそれは起こった。

「――ミューズよ」

異国風のニュアンスが残る言葉で、ヴァイオリンを構えた青年が話しかけてきたのである。

「私の本気と、あなたの本気。ぶつけては、みませんか」

彼は言うさま、手の中の楽器を高らかにかき鳴らしてみせた。

それは、これまでとは明らかに一線を画した、至高の響き。音楽家が、己の生命を懸けて紡ぎ出す、まさに渾身の音色だった。

「ヨーラン・スヴァルド殿？」

王子として、青年の正体に心当たりのあったルーカスが、戸惑いながらつぶやく。

天才と評判の――つまり、こんな舞踏音楽など片手間でこなしてしまえるだろう彼が、なぜ今エルマに挑むような表情でヴァイオリンを奏ではじめたのかと首を傾げ、すぐにその答えにたどり着いた彼は、顔をわずかに引き攣《つ》らせた。

――一番簡単な部類のワルツ。

おそらくは、さっきのエルマの言葉が、彼の心に着火してしまったのだ。

先ほど、エルマは演奏を自在に「操って」いた。音楽を、ダンスを引き立てるための道具として利用し、乗りこなしていた。それは、音楽こそを至高と思う彼にとっては屈辱的だったのであろう。

ヨーランは、本気の演奏を突きつけることで、エルマの傲慢をただそうとしているのだ。

「本来の音楽とは、しなやかで、誰にも囚《とら》われぬ、いわば野生の暴れ馬。あなたにそれが——乗りこなせますか？」

そう告げて彼がかき鳴らしたのは、はっと胸を打つ、それだけに変則的なフレーズ。とても踊るのには適さない、生々しい旋律だ。

困惑する周囲をよそに、エルマは真顔で告げた。

「——ルーカス王子殿下」

「…………なんだ」

「新たなライバルの出現です。向こうから来たので、拒まないのが良識ですよね」

「…………」

どうしてそうなる。ルーカスの率直な感想だった。

「いや、それは——」

どうしたら矛盾なく説得できるか。脳裏で素早く思考を巡らせる。

「もう一度、お力を貸してくださいますか。闘いましょう、ともに」

しかしそのわずかな時間が仇《あだ》となったらしい。エルマはさっとルーカスの手を取り、再びダンスホールに飛び出していってしまった。


（ああ……ああ……！　なんて……なんという……！）

ヨーランは歓喜していた。

身体のうちから溢れ出る音楽。全身を満たす興奮。

ヨーランは、異国の地で運命の出会いを果たせたことを、神に感謝していた。

（すごい……素晴らしい……僕の音楽に、小麦一粒のずれもなく寄り添ってくる……いや違う、超越してくる……！）

幼少の頃から彼の音楽への愛は深く、その解釈や表現は、常人に理解できる範囲から逸脱していた。

たった一音からでも、彼は無限の物語と色彩を感じ取り、表現することができるというのに、他人にとってはただの一音。自分の音楽的感覚と、他人のそれは、あまりに粒度が違いすぎる。ヨーランにはずっとそれが不満だったのだ。

ところが今、目の前の少女は、ヨーランが音に込めた意図をあますことなく理解し、表現してくる。音色に込めた哀愁、テンポをごくわずかにずらした遊び、余韻に含ませた緊張感――それらを、指先の動きひとつ、背中のそらし方ひとつで、見事に体現してみせているのだ。

ヨーランは、自らが音楽に込めた情景が、寸分たがわず少女に伝わっているのを感じた。そしてまた、彼女によって身体的な動作を得た音楽が、広大な物語となって描き出されるのを理解した。

（ああ……見える……！　僕の音楽と、彼女のダンスが溶け合ったその先に……無限に広がる世界が……！）

ヨーランは、演奏しているその楽曲に、ある国の芽生えと滅亡を描き込んだつもりだった。

澄んだ空の下、穏やかに草をはむ動物と、それを世話する心優しい人々。集落は村となり、やがて緩やかに周囲と融合しながら、ひとつの大きな国を成す。大きな石の建物。実りの季節。しかし突然、敵はやってくる。

一方的な蹂躙《じゅうりん》、逃げ惑う人々。飛び交う戦火、満ちる怨嗟《えんさ》と絶望の声……。

ありふれたワルツなどでは到底表現できない、感情を激しく行き来する情景だ。

しかし少女は、時に軽やかにフィガーを刻み、また時に大胆にターンを決め、悲しい宿命を帯びた国の行く末を、鮮やかに表現してみせた。

(ふ、なるほど、伸びた指をだらりと下げていくことで、不穏な未来を暗示してみせたか……。だが、これはどうだ? おお……なんて大胆なジャンプ……パートナーの手を離れ、風に煽《あお》られた木の葉が舞うように回転する……ままならぬ運命の表現か……! 音楽より一歩踏み込んだ解釈……くそっ、見事だ……! ならば次は……!)

フルオーケストラなんていらない。世界を表すのには、ひとりの奏者と、そしてひとりの踊り手さえいればいい。

だが——主導権を握るのは、どちらか。

ヨーランとエルマは、時に視線を絡み合わせながら、はるかなる高みを目指し続けた。

(おい! いつまでやっているのだ、ヨーラン・スヴァルド!)

一方、それどころでない人物がひとり。

皮膚が擦り切れんばかりに、必死に鼻を擦っている、クレメンスである。

彼は、先ほどからヨーランがまったくこちらを見ないことに、強い危機感を抱いていた。

「す……すごいわ! なんて鮮やかなシャッセ!」

「おい見ろよ……あんな高速のウィンドミル……! す、すごい風だ! すごい風速だぞ!」

「ああっ、摩擦熱でフロアから煙が！」

観客からは、舞踏会というより武闘会でも見ているような感想が次々に上るが、クレメンスはそれどころではなかった。

（なにを恍惚《こうこつ》とした顔で演奏しておる！　うつけめが！　おまえは、トリルさえ弾けばよいのだ！）

段取りが。完璧に整えた計画が崩れていく。

とそのとき、口元に不敵な笑みを浮かべたヨーランが独特の構えを見せたので、クレメンスはぎょっと目を見開いた。

まさか。

「あ。これ、ヨーラン・スヴァルド名物の、『至高のトリル』のポーズじゃないかなあ」

ワイングラスをくるくると傾けながら、フェリクスがのんびりと呟く。

それと同時に――空気を震わせるほどに激しく、高音のトリルが響き渡った！

（今ではないわ、うつけがあああああ！）

クレメンスはその場に崩れ落ちそうになった。

冷や汗を浮かべながら視線を転じれば、ルーカス王子の踊る近くで、必死にその動きを捕らえようとしている青年がいる。間違いなくそれは、クレメンスが弱みを握り、毒針を仕込んだ靴でルーカスの足を踏み抜くよう命じた下男であった。

が、王子たちのステップが速すぎて、まったく足を踏み出すタイミングが摑めないらしく、先ほどからかくん、かくん、と中途半端に顎と片足を突き出している。

(長縄に入れない子みたいになっているではないか！)

実に挙動不審だ。

というか、今毒針を仕込んでもらっては困るのだ。あくまで、「フェリクスが手渡したワインによって倒れたように見える」ことが狙いなのだから。ワインとは無関係に毒殺されてしまっては、かえって面倒なことになる。

(くそっ、ひとまず今回の計画は取りやめだ。下手にあやつが口を割らぬよう、私が直々に始末して――)

作戦中止の合図を決めておかなかったのは痛恨のミスだった。

どうせ使い捨ての駒だからと、再利用することを端《はな》から想定していなかったのだ。

クレメンスは下男に近づき、それこそ指輪に仕込んだ毒針で彼を「処分」してしまおうかと腕を持ち上げたが、それよりも早く、興奮したらしいヨーランが再び「至高のトリル」を奏でた。

「――……！」

トリルが鳴ったら刺す、としか仕込まれていない下男は、それでいよいよ焦ったらしく、もはや自然さなどかなぐり捨てて、高速で回転しているルーカスたちに勢いよく突進していく。

クレメンスが人込みの中から伸ばした腕は空振りして、代わりに、下男の足が、ルーカスの足をめがけて振り下ろされた――！

「オ・レ！」

――ぱんっ！

次の瞬間、掛け声とともに、空気を引き裂くような鋭い手拍子が響く。

眼前に広がる光景に、クレメンスは目を疑った。

まるで、トリルをその手拍子によって封じ込めたような、奇妙な沈黙。

頭上で両手を重ね合わせた少女は、まっすぐに背筋を伸ばし、同時に、一方の足だけをぴんと外側に跳ね上げていた。

つま先までしなやかに伸びたその足は、下男の足をしっかりと持ち上げている。

そう。少女が、毒針を仕込んだ靴ごと、刺客を蹴り上げたのだ。いったいどんな力学が働いているのか、片足を少女に持ち上げられた下男は、びくびくと震えながら、奇妙なポーズのまま静止していた。

「う……あ、ああ……」

「ダンスに割り込むなど無粋ですよ。殿方の足を踏んでよいのは、パートナーの女性だけです」

少女は神妙な表情で諭していたが、ふと下男の靴底を見ると、「おや」と不思議そうに首を傾げた。そうして、三秒ほどじっくりと、給仕係の顔と、彼の視線の先を見つめた。

「あの。もしや――」

『見事だった』

だが、彼女がなにかを言うよりも早く、異国の音楽家がその場に立ち上がり、拍手をしはじめる。少女が振り向くと、その拍子に給仕係は尻もちをつき、それからわたわたと逃げ出した。

ヨーランはそれには一瞥《いちべつ》もくれず、おもむろに美貌の少女に近づくと、その場に跪いて熱っぽく彼女を見上げた。

『僕と対等に渡り合える音への感受性、解釈の深さ、そして豊かな表現力。音楽と並び立つ芸術があるのだということを、今日僕は初めて理解した。魂ごと奪われるような見事なダンス……特に、トリルと同時に披露してみせた錐《きり》もみ回転のようなステップからは、物理的にも神の息吹を感じた』

捲《まく》し立てるようなヤーデルード語。興奮のあまり、母語が出ているのだろう。

諸国との交流があるクレメンスですら、断片的にしか聞き取れなかったが、異様なことに少女は難なくそれを聞き取っているようだった。

『いえ。音楽と、パートナーのリードあってのダンスですから。素晴らしかったのだとしたら、それはひとえに音楽と殿下のおかげです』

あまつさえ、流暢《りゅうちょう》にそれに返しすらしている。

どうやら謙遜しているようだが、それを遮るようにヨーランは激しく首を振った。

『なにを言うんだ！　君のそのダンスの技術は、僕がこれまで見た誰より卓越している。いや、はっきり言って人知の域すら超えている！』

『え、いえ、別にこのくらい、割と普通の――』

『神よ！　これが普通などと言うのなら、僕はなにを信じればいい。それともそうか。君が神《ミューズ》か。神だから、こんな異能、異常、いや、奇跡をなにげなく扱ってしまえるのか！』

『異常……いえ、あの――』

ルーカスは乱れた息を整えながら、珍しく圧《お》されているエルマを見て、おやと片眉を上げた。

（珍しく「これくらい普通でしょ爆弾」は炸裂しないのか）

いつもその心ない発言で、すでに敗北を認めている相手の心をごりっと抉《えぐ》っていくのが常だったのに。

さすがにこんなに熱烈に称えられては——完全には聞き取れないが、それでも意図は伝わってくるぐらいの熱量である——、そんな気も起きないのかと思いかけたが、それにしても様子がおかしい。どこかそわそわしているようである。

「どうした、エルマ。珍しく殊勝に褒められているじゃないか。とうとう、自分が普通ではないという事実を、受け入れる気になったか？」

「普通ではないという事実？　そんな」

ルーカスとしては、ずば抜けたダンスを披露したエルマを持ち上げる意図も込めて、そのように軽く言ってみたのだったが、彼女の反応は予想とは違った。図星を指された人のように、気まずそうに視線を逸《そ》らしてみせたのである。

ついで彼女は、俯《うつむ》いたまま抗議した。

「あんまりです、殿下。私はどうやら常識外れらしいと自覚しているからこそ、侍女長や副中隊長の価値観に準拠して、懸命に『普通』を探っているのに。これは本当に『普通』なのだろうかと疑問に思うときでも、きっと世の中ではこちらが正しいのだろうと、疑念を押し殺して、愚直に『普通』に沿おうとしているのに」

「だとしたら、愚直が過ぎる。ロマンス小説も武闘派小説も、教本になりえないと薄々気づいていたなら、その時点で引き返してくれ、頼むから」

思わずルーカスが突っ込んでしまうと、エルマはちょっと怯《ひる》んだように顎を引いた。

そして、再びちらりと人の波に視線を投じてから、小さく溜息を落とし、覚悟を決めたように顔を上げた。

「――あの、殿下」

「なんだ」

「こんなことを言いだすのは、『普通』ではないかと思われたため、ためらっていたのですが、やはり私個人の価値観に照らせば――その価値観こそが普通ではない可能性も否めないのですが――、それでもここはひとつ、一言もの申し上げるべきかと愚考しました次第でして……」

彼女なりの規範を冒そうとしているのか、どうも歯切れが悪い。

「これまでのように、個人の能力を披露するくらいのことならばまだしも、一介の侍女が陰謀を暴く展開というのはちょっと行きすぎといいますか、いかにも普通ではないですし、殿下も先ほど『去る者は追うな』と仰ったなか、執拗に追及するようなことを申し上げるのも良識外れの振る舞いのような気がして心苦しいのですが――」

「なんなんだ。端的に言え」

「王子殿下は、毒殺されかけていたようです」

本当に端的に言い放ったエルマに、ルーカスは硬直した。

「――は？」

「下手人は先ほど私が足を蹴り上げました給仕係。凶器は靴に仕込んだ毒針。そして黒幕は、今その給仕係を追いかけて、毒針付きの指輪を振り下ろそうとしている――」

エルマは素早く靴を脱ぎ取り、びゅっ！　と斜め後ろに向かって投擲《とうてき》した。

――どご……っ！

「うぐあっ！」

とたんに、靴が鈍く人体にぶつかる音と、苦悶《くもん》の叫びが響く。

その場にうずくまった人物を指さしながら、エルマは続けた。

「クレメンス・フォン・ロットナー侯爵閣下です」

舞踏会場の空気が凍りつく。

しん、と静まり返った空間に委縮したように、エルマは視線を逸らした。

「三秒で陰謀を暴くというのは、やはり普通……ではない、ですよね……」

消え入りそうな声だった。

「コールは？」

ハイデマリーが駒を動かしたとたん、向かいに座る男性がむすっとした顔で言い放った。

「え？」

「王手《チェック》でしょ。きちんと言いなさいよ。マナーよ」

はすっぱな女言葉で告げられ、ハイデマリーは長い睫毛を瞬《しばた》かせる。

彼女は盤面を眺めてから、「あら」と首を傾げた。

「本当ね。もうチェックだったわ。やあね、こんなに早く仕留めるつもりはなかったのに」


「なによ。あたしが弱いって言いたいわけ？」

男性がとげとげしい声で問うと、ハイデマリーは苦笑して肩をすくめた。

「どうしたの。ご機嫌斜めね、リーゼル？　お化粧のノリが決まらなかった？」

「はん？　今日もあたしの玉の肌は輝かんばかりよ。いちいち神経を逆撫でする女ね」

本人の言う通り、リーゼルと呼ばれた人物は、女性のように化粧をしている。

細く整えた眉に、滑らかな肌。それらは、長めに伸ばした髪や、中性的に整った相貌と相まって、不思議な自然さと、独特な美しさを帯びていた。

年は、三十代の半ばを過ぎた頃か。ぴったりとしたパンツにゆったりとした白いシャツを合わせていて、その装いは線の細い男性のようにも、または乗馬服をまとった快活な女性のようにも見える。

ただ、皺のまったく見えない衣類や、品よくコーディネートされた小物、さりげないが高級なアクセサリーの類いから、彼がそこらの女性よりも数段優れたセンスの持ち主であることは明らかだった。

リーゼルは、美しく手入れされた指先で唇の下を擦ってから、不機嫌そうに頬杖を突いた。

「ああ、本当にイライラするわね。なにこの盤面。あんた、なにがしたいわけ？　引っ掻きまわすのは、取り巻きの男たちだけにしなさいよね、この性悪女」

「……ギルベルトを押しのけて、勝負を名乗り出てきたのはあなただったと思うけれど、リーゼル。あなたって、本当にわたくしのこと嫌いよね」

「あったり前でしょう。あたしはね、愛情のない母親っていう生き物がこの世で一番嫌いなんだから」

呆れたようにハイデマリーが言うのに、リーゼルはふんと鼻を鳴らす。そのやりとりは、男女の会話というよりは、反りの合わない女同士のそれだった。

リーゼル・エストマン。

芸術の都と名高いヤーデルード出身のこの人物は、かつて王侯貴族の子女を次々と誘拐したかどで投獄された。

ただ、誘拐した本人は「あたしが攫ったほうが幸せになれると思った」と主張し、攫われた令嬢たちも、「リーゼルお母様のお傍にいられて幸せでした」と口を揃えたのが異常ではあったが。

リーゼルは、生まれながらにして女性の心を持つ男性であった。

そこらの姫君以上の「女性的魅力」を身につけつつも、自らではけっして子どもを産めないということに絶望した彼は、まるでその埋め合わせをするように、虐げられていたり、容姿に恵まれず委縮していた少女たちを見つけては連れ去り、女の英才教育を施していたのである。

肌の手入れから、メイク、歩き方、話し方、ダンスに刺繡《ししゅう》、はては誘惑の仕方まで。時に過酷を強いる鍛錬は少女たちの精神をも作り替え、彼女たちは至高の美を手に入れるのと同時に、リーゼルへの忠誠心を刷り込まれた。それはさながら、雛鳥《ひなどり》が親鳥を一心に慕う姿のようだったという。リーゼルもまた、一心に捧げられる「子どもからの愛情」の虜《とりこ》となり、徐々に意識的に、洗脳を施すようになっていったのだが。

「失礼な人ねえ、リーゼル。いくらエルマという素晴らしい娘に恵まれたわたくしが妬ましいからといって、人をさも冷酷な母親のように言うのはよしてちょうだい」

「エルマが最高の娘ってのは事実だけどね、あたしが育てたようなものだし。でも、あんたが冷酷な母親ってのも事実でしょ？」

嫉妬、という罪業を含ませるように言えば、リーゼルは即座に言い返す。

「あんなにかわいいあの子を、あっさりと手放してしまえるんだから」

その声音は、軽妙なやり取りに似つかわしくないほど、冷え冷えとしていた。

「ねえ、リーゼル――」

「ハイデマリー。あんた、なにを考えてるわけ？」

駒を置き、ソファから身を起こしかけたハイデマリーを遮り、リーゼルは吐き捨てるように続けた。

「言っとくけど、せいぜい拗ねて不満を言うくらいでとどまってるほかの連中と、あたしは違うわ。彼らはしょせん『父親』。あたしは、あの子にとって姉であり、『母親』だもの。愛の深さが違うのよ。今回あんたがエルマを追い出したこと、心底信じられないと思ってるし、心底あんたに怒りを覚えるわ」

高貴な猫のような瞳と、美しく化粧の施された瞳とがぶつかり合う。

リーゼルはゆっくりと瞬《まばた》きをし、次にその目を開いたときには、それまでかろうじて維持していた「チェスについての応酬」という体裁すら投げ捨て、踏み込んだ会話をすることに決めたようだった。

ハイデマリーが先ほどまで動かしていた黒の女王を見つけると、それを摘まみ上げる。

それから彼は、駒を透かし見るようにして娼婦の姿を睨みつけた。

「――ねえ、ハイデマリー。あんた、ルーデンの属国の生まれよね。三国一の娼婦と謳《うた》われ、その国の王に見初められたのを、けんもほろろに断って、逆鱗《げきりん》に触れた。結果、魔族の生き残りと通じたなんて噂を立てられて、それをかばった勇者――ギルベルトともども、このヴァルツァー監獄に放り込まれた。そうよね?」

「…………」

ハイデマリーはなにも言わない。ただ、優美な眉を、器用に片方だけ持ち上げた。

「むちゃくちゃな話よね。実際に魔族の子なんて宿そうものなら、即殺されているはずだし、そもそも魔族なんてとうの昔に衰退した種族。生き残りだなんて、小説の世界の話よ。つまり、魔族云々《うんぬん》はでっちあげ――あからさまな、冤罪《えんざい》」

リーゼルは器用に駒を投げ、それを空中でキャッチしてから、ゆっくりとハイデマリーのもとに歩み寄った。

「ギルベルトだって、王女との婚約が控えていた中あんたに肩入れしたのはまずかったろうけど、別に投獄されるほどの罪状じゃないわ。ほとんど言いがかりよね。馬鹿正直なやつだから、おおかた、国のお偉方の腐敗でも責め立てて、厄介がられてたんじゃないの？」

豪勢なソファ。それを後ろから回り込み、背もたれに手をついて、背後からハイデマリーを覗《のぞ》き込む。座ったままの彼女がちらりと視線を上げると、リーゼルはその細い顎を掴み、ぐいと上に持ち上げた。

「荒唐《こうとう》無稽《むけい》な罪状。腹いせのような投獄。でも、そんなものが可能になったのは、大国ルーデンの王が、当時の各国に貸しを作るべく手を回したからだわ。そうでしょ？」

リーゼルはそっと顔を近づけ、「ねえ」と、まるで誘惑するように囁いた。

「あたしたちはこれまで、あんたを【色欲】、ギルを【憤怒】と呼んできたけど、本当は逆よね。実際のところ、ギルは色恋に溺れて、せっせとあんたに住みやすい監獄《いえ》を整えてやった愚か者。そしてあんたは、十五年経っても怒りを忘れられない、執念深くて救いようのない復讐者」

薄暗い部屋で、リーゼルの瞳がきらりと光る。

彼は、子を守る獣のように、険しい声でハイデマリーを詰《なじ》った。

「あんた……ルーデンを引っかきまわすために、エルマを送り込んだんじゃないの」

「…………」

ハイデマリーはなにも言わない。

見つめ合うふたりの傍らでは、王手の掛かった盤面が沈黙を貫いていた。

第5章

シャバの「普通」は難しい

エルマ流「普通」の餌やり（豚）

「鼻歌を歌いながら世話していたら、
豚の肉質が柔らかくなったようです。
今日はポークソテーにしましょう」

擦り切れた絨毯《じゅうたん》に、粗末なソファ。

シャンデリアはもちろん、燭台《しょくだい》すらなく、あるのは天井近くの小窓から差し込む月光だけ。

そんな貧相で薄暗い一室で、クレメンスはもう何度目になるかわからない溜息《ためいき》を漏らした。

「――……なぜだ……」

口からは、溜息とともに唸《うな》り声が漏れる。

こちらも何度反芻《はんすう》したかわからない、憤りにまみれた言葉を、クレメンスは飽かず呟《つぶや》き続けた。

「なぜだ……なぜ……」

王城の一室である。

しかし、司祭にして宰相でもある侯爵にはまったく似つかわしくなく、尖塔《せんとう》の一つにしつらえられたその部屋は、ひどく居心地が悪かった。

もっとも、有罪との判決が下りる前までの軟禁部屋と考えれば、妥当な環境なのだろう。しかし、クレメンスは、「自分が」そこに囚《とら》われているという事実が受け入れられなかった。

舞踏会の場で、エルマという名の侍女が自分を告発してから、わずか数刻。

クレメンスは衛兵に取り押さえられ、身体をくまなく調べられ、従順に査問に臨むとの誓書にサインさせられ、この部屋に放り込まれた。まさしく、あっという間の出来事だった。

「なぜ……」

自分の理解をはるかに超える事態に直面し、ただ呆然《ぼうぜん》としていたクレメンスだが、ひとりソファに腰を下ろし続けて、今になってようやく思考能力が戻ってきた。

とたんに溢《あふ》れ出したのは、ただひたすら「なぜ」という言葉から始まる大量の疑問だった。

なぜ、エルマは自分が黒幕だと見破った。

なぜ、周囲はあっさりとそれを信じた。

なぜ、こんなにもスムーズに一連の手続きがなされているのだ。

(いや……)

あの侍女がクレメンスの殺意にたどり着いたのは、下手人の男に手を掛けようとする自分を見とがめたからだ。

そして周囲があっさり彼女の告発を信じたのは、取り押さえられたクレメンスから、様々な物証が出てきたからだった。

たとえば、毒針付きの指輪。それと同一の成分を塗りつけた、下男の靴底に仕込んだのと同じ針。下男を脅すのに使った手紙。

それに加え、畳みかけるように周囲が次々と証言しだしたのだ。

たとえば、侯爵はたびたび使用人を脅していたようであるとか、第一王子の部屋から馬蹄《てい》を持ち出していたようであるとか。自分はかつて侍女長のブローチを盗むように命じられたことがあるとか、異国の音楽家と二人きりで打ち合わせをしていたようであるとか。

ひとつひとつは些細《ささい》な噂《うわさ》。けれど、それらが組み合わさったとき、人々はそこに不動の「真実」を見出す。身分の上下を問わない王城中の人物が集まる中、証言者が一斉に証言を始めれば、事態は一気に動き出す——。

これはもともと、「フェリクス黒幕説」を既成事実化するために、クレメンスが描いていたはずの筋書きであった。

けれど蓋を開けてみれば、その筋書きによって、今まさに自分の首が絞められようとしている。

「なぜだ……」

最も解せないのは、進展のあまりのスムーズさだった。

一国の宰相が、王となる第一王子を騙《かた》って、第二王子を弑《しい》そうとしたのだ。それも即位式の前夜に。だというのに、それが発覚したという割には、周囲は実に混乱なく、手際よく、クレメンスを捕縛し裁くための手はずを整えていった。

（まるで……誰かがあらかじめ仕組んでいたみたいに……）

おかしいではないか。今この国の頂点には、自分がいなければなにもできない凡愚《ぼんぐ》王子しかいないのに。

フェリクス。頭が悪くて、人を苛立《いらだ》たせて、現実的な段取りがなにひとつできぬ浅慮な王子。

だが、そう。

あの侍女がこちらを指さしてから、彼は即座にクレメンスの捕縛を命じた。戸惑いも、ためらいもなく、実に淡々と――。

「やあ、クレメンス。気分はどう？」

そのとき、なんの前触れもなく声が掛かって、クレメンスはびくっと肩を揺らした。

月が落とす青い影のもと佇《たたず》んでいたのは、彼が今まさに思い描いた人物――フェリクスだった。

だが、いつもとなにかが違う。

奇妙な胸騒ぎを覚えながら目を凝らし、クレメンスは気付いた。

背筋が、ぴんと伸びている。

「もうすぐ夜が明けるよ。即位式は十時から。でも、僕の新しい時代が始まる前に、古い汚れはすべて落としておきたいからね。君の査問は、その前にねじ込むことにしたよ。つまり、夜明けとともに開始だ」

フェリクスが滑らかに話すのを聞いて、クレメンスは愕然《がくぜん》とした。

そう、滑らか。彼の口調には、滑舌の甘いところなどまったくない。

一歩一歩近づいてくるその顔は引き締まり、目にはまぎれもない知性が覗《のぞ》いていた。

「あんまり大勢を叩《たた》き起こすのも忍びないから、査問はごくごく内輪で執り行うつもり。民をいたずらに混乱させたくもないしね。こういう優しさって、上に立つ者にとって重要だと思わない？」

そして、ぞっとするほどの残酷さも。

「――……あ……」

口からぽろりと、呟きが漏れる。だが、なにを言いたかったのか、自分自身でもわからなかった。

ソファから腰を浮かせたまま、呆然と相手を見つめるクレメンスに、フェリクスはにこりと笑いかけた。

「どうしたの？　びっくりしちゃった？」

「………………」

「そうだね。君は、僕を凡愚王子に仕立て上げてくれた、立役者のような人だったから」

彼はまるで、優美な猫のように歩く。

そうしてクレメンスの目の前までやってくると、とん、と指先でこちらの胸先を押した。

それだけで、クレメンスはたちまち足が溶けてしまったかのような感覚を抱き、どさりと力なくソファに崩れ落ちた。

「そうだな。君は突発的な事態に弱いようだから、これまでの恩に報いて、経緯と今後君を待ち受ける状況を説明しておこうか？」

王子からは、相変わらず甘ったるい花のような、奇妙な香りが漂っている。それを吸い込んだ瞬間、クレメンスは頭の片隅が鈍く痺《しび》れたような気がした。

「どこから話そう。……そうだなあ、君が父王を駒にして、いろいろ権力の蜜を堪能していたこと、僕は知っていたよ。王の子どもたちを見比べて、僕が一番御しやすそうと踏んで、後見を決めたことも。第三、第四王子を手際よく国外に追い出していったことも」

フェリクスは穏やかに話すが、その内容はほとんど頭に入ってこない。

クレメンスは、ただ馬鹿のように硬直して、彼を見上げていた。

「でもそれらはね、僕としては問題なかった。のんべんだらりと過ごしていれば、自動的に君が僕を押し上げてくれるんだもの。文句なんてないよね。ただ、頂点まで上ってしまえば、もう君の働きはいらなくなる。それに君……僕の馬具を使って、ルーカスを殺そうとしたよね。それはちょっと、やりすぎだった」

「……ルーカス、王子殿下……」

「そう。あの男をね、僕はなかなか買ってるんだ。彼は――野性の勘みたいなものかなあ、ずいぶん昔から、僕の本性に気付いてるみたいなんだよね。ああいう男は、女か親かを使って縛り付けてでも、ぜひ子飼いにして手元に置いておきたい。それを、君ごときが手出ししちゃ、だめだよ」

話を聞きながら、クレメンスはぼんやりと、いつからこの王子の性質を見誤っていたのだろうと考えていた。

先王のときには、クレメンスは「カウンセリング」の名のもと、少しずつ聖力を流し込み、彼を洗脳していった。フェリクスに対しても、同様に接していたはずだ。

――いや、違う。彼と話すと、苛立ちばかりが募って、先にこちらの嫌気がさしてしまうのが常だった。

(そうだ……王子と話すと、いつも心が乱れて……いっそ、王子を弑《ころ》してしまおうと……はやく……はやく、と)

思えば、どうして自分は感情を優先して、王族殺害などという大胆な方策を選んでしまったのだろう。失敗があってもろくに作戦を練り直すことすらせず、拙速にことを運ぼうとしたのだろう。

だが、……そう。自分が「こうせねば」と決め込んだのは、決まって、フェリクスと会話を交わした直後だった気がする。

ゆら、と視線を上げると、フェリクスは優しく目を細め、頷《うなず》いた。

ただ、それだけだった。

「さて。君への査問だけれどね、君がかつて都合の悪い人間を監獄に放り込んでいったときと、同じ方法を採ろうと思ってる。つまり、被告人が『自供』すれば即判決。証人は裁く側が用意し、弁護人は立候補がない限り用意しない。五分で片付きそうだね。だって君は、すぐ『自供』してくれるから」

「な、にを……」

自分の罪状や手口がすべて明らかになっていること以上に、フェリクスから漂うえもいわれぬ迫力に、クレメンスはたじろいだ。

身動きが取れない。フェリクスの腕が、その甘ったるい香水かなにかをまとわせた腕が、ゆっくりとこちらに近づいてくる。

「さあ、僕の掌《てのひら》をよく見て。大きく息を吸い込んでごらん。今回の顚末《てんまつ》、仕組んだのはすべて——」

「私でございます」

そのとき、月光しか差さなかったはずの空間に、突如として燭台を掲げ持った人物が現れて、クレメンスはぎょっと目を見開いた。

同時に、金縛りにあっていたようだった身体が緩み、自由に動かせるようになったことに彼は気付いた。

「おまえは——！」

慌てて視線を上げて、クレメンスは再度絶句する。

暗がりの中、蠟燭《ろうそく》の炎に頰を寄せて佇《たたず》んでいたのは、艶《つや》やかな黒髪をゆるく背中に流し、メイド服に身を包んだ少女。舞踏会で彼を告発した、美貌の侍女だった。既に周囲に知られているからなのか、その美しい素顔を晒《さら》すことにしたらしい。

「……エルマと言ったね？　どうしてこの部屋に入ってきたんだい？」

「侯爵閣下に蠟燭をお持ちしました」

「動機じゃない、手段だ。扉の前には騎士団の精鋭を複数立たせていたはずだよ」

「お眠りいただきました」

フェリクスが面白がるように声を掛ければ、エルマは淡々と返す。

彼女は真意を窺《うかが》わせない顔つきで、クレメンスに向かって蠟燭を掲げてみせた。

「灯のない部屋は心細いもの。『罪なくして囚われた』状況ならば、なおさらでございましょう。僭越《せんえつ》ながら、希望の明かりを届けにまいりました。さあ、閣下。この火をよくごらんください。心が落ち着くでしょう？」

「え……？」

罪なくして囚われた、の言葉に、クレメンスはのろのろと顔を上げた。

そしていつもの習性で素早く思考を巡らす。この娘は、自分を「無実」だと思って、助けに来たというのだろうか。

(だとしたら……こやつを利用せぬ手はない……)

そもそも、ならばなぜこの侍女は自分のことを犯人呼ばわりなどしたのだ、というもっともな疑問が頭をかすめるが、それは蠟燭の火と同様に、ゆらりと揺らいで退いていった。

だって現に、彼女自らが助けようとやってきてくれているのだ。

こんなにも美しい少女が。その夜明けの色のような瞳に、うっとりするような慈愛と力強さをにじませて。

深みのあるエルマの瞳、そしてその近くで揺れる炎を見つめていると、フェリクスに向き合ったとき以上に、頭がぼんやりとする感じを覚えた。

「あなたはなにも悪くない。そうでしょう？　だって、あなたは栄えあるルーデンの宰相にして、敬虔《けいけん》な司祭。犯罪人として捕らえられるような人物ではない。大それた犯罪など、思いつくはずもありません。あなたは悪くない。あなたが今ここにいるのは、誰かに仕組まれたから。そうでしょう？」

「あ……ああ……」

そんなはずがないとは思うが、部分々々は真実を突いている。

そうとも、自分は悪くない。自分は権力者だ。司祭だ。捕らえられるのはおかしい。自分には犯罪など思いつかない――

真実であるはずの部分を反芻しているうちに、クレメンスはだんだん訳がわからなくなってきた。

自分には犯罪など思いつかない。そうであったろうか。

眉を寄せようとしたとき、エルマにじっと瞳を覗き込まれて、クレメンスは全身の力を抜いた。

そうか。そうかもしれない。きっとそうだ。

頭が痺れる。いや、溶けてしまいそうだ——

「ちょっと」

今度はフェリクスの声が引き金となって、クレメンスは我に返った。

焦点の定まりにくい視線を向けると、彼はむっとした様子で両手を広げていた。

「さっきからなにをしているんだい、君は」

「洗脳ですがなにか」

「質問じゃなくて非難だよ。なに、いけしゃあしゃあと判事の前で自供内容を魔改造しようとしてるの」

「言った者勝ちで判決が下されるとお聞きしまして」

質疑は、嚙《か》み合っているようでいて微妙に嚙み合わない。

フェリクスは呆《あき》れたように鼻を鳴らすと「なにそれ」と呟いた。

「だからって、暗示で強制的に自白を引き出すなんて、そんな外道な!」

「あなたがそれを仰《おつしや》いますか」

会話は非常識人対決の様相を呈しはじめていた。

「というか、そもそも君がクレメンスを犯人だと見破ったんだろうに、いったいなんで彼をかばう展開になっているのさ。君、彼の隠し子かなにか？」

「いえ。実際のところ、私は本来かばい立てするほど閣下のことを存じ上げません。かといって被害を受けたり憎んだりしているわけでもないので、正直なところ、彼の動機や真の罪状、ついでに処刑されるかどうかについても、さほど興味はありません」

「え」

フェリクスとエルマの間で、首を振りながら会話のラリーを追いかけていたクレメンスが顔を引き攣《つ》らせる。

が、この場でそれに頓着してくれる人物はいなかった。

「判決は自供に基づく。証人も限られたごく内輪の査問。つまり、その幾人かの証人を抱き込んだうえで私が『自供』さえすれば、見事私は犯人ですね？」

「……まあそうなるけど」

「王族に殺意を向け、あまつさえその罪を一国の宰相になすりつけようとした。実行犯ではないし未遂なので処刑まではいかないけれど、これだと判決としては監獄送りですね？」

「……君は起訴すらされてないけど？」

「はい。なので『自首』して自ら起訴します」

押しかけ女房ならぬ、押しかけ被告人に、フェリクスが怪訝《けげん》そうに眉を寄せる。

エルマはひとつ頷くと、いけしゃあしゃあと自らの罪状を告げた。

「えー、私は、実はルーデンの先王によって監獄送りにされた娼婦《しょうふ》の娘で、実はルーデンへの恨み骨髄に徹していました。そこで、獄内で育った間に身に着けた洗脳の技術で侯爵を操り、復讐として、実は憎んでいた第二王子を殺害し、この国を混乱の坩堝《るつぼ》に叩き込もうとしました」

「実は」が連発されているあたり、打ち切りの小説を急遽《きゅうきょ》畳むために無理やり設定を付け加えたような、後付け感バリバリの自白である。

しかしエルマは、これ以上ないほど真剣な顔で燭台を床に置くと、フェリクスに向かって、神妙に両手を突き出してみせた。

「さあ」

そのポーズだけは、妙にしおらしい。しかし逆に言えば、それ以外は実に堂々としていた。

「重罪人として、速やかに私を監獄送りにしてくださいませ」

それはまるで、実家に帰らせていただきますと三くだり半を突きつける妻のような、たいそう腹の据わった様子であった。

◆◆◆

「沈黙は肯定とみなすわよ」

豪奢《ごうしゃ》な、けれど薄暗い部屋に、リーゼルの這《は》うような声が響く。

答えがないのを確認すると、彼は摑《つか》んでいたハイデマリーの頤《おとがい》をぱっと放し、忌々しげに舌打ちした。

「……あたり、ってわけ。見損なったわよ、ハイデマリー」

娼婦の肌に触れていた手を、汚らわしいとでもいうように服に擦《こす》りつける。

化粧を施したアーモンド形の瞳には、今や溢《あふ》れんばかりの軽蔑の色が浮かんでいた。

「昔、監獄《ここ》を乗っ取ったとき、あんたは『お腹の子どもに快適な環境を作るため』って言ってたじゃない。あたし、感心したのよ。大した女だと思ったわ、だから協力したの。なのに、なんなの。エルマはしょせん、あんたにとっては駒でしかなかったってわけ?」

――がっ!

背もたれの後ろから、勢いよくソファを蹴り上げる。

細身でありながら、彼のひと蹴りで重厚なソファは大きく揺れた。

「ざっけんじゃないわよ。あんたにエルマの母親たる資格なんてないわ。よくって？　エルマの母親の座はあたしがもらう。あの子はこの家に帰ってきて、あたしたちと幸せに暮らすの。そして、あんたには出て行ってもらうわ」

「……エルマは帰ってこないわ――」

「いいえ、帰ってくる」

ようやく口を開いたハイデマリーを、リーゼルは素早く遮ってみせた。

そうして、再び背もたれに手を突き、背後からハイデマリーに頬を寄せた。

「あんた、あの子に『普通の女の子がどういうものかわかるまで、帰ってきちゃだめ』なんて言ったらしいわね？　ひどい話よ――あたしたちに育てられたあの子が、普通になんてなれるわけないのに。……でも、大丈夫。あたしが、ちゃあんとフォローしといたから」

「……なんですって？」

ハイデマリーがぱっと振り返る。人形のようだった白皙《はくせき》の美貌に、とうとう険しい表情が浮かんだのを見て、リーゼルはせせら笑った。

『言い聞かせて』おいたのよ。『普通になんかなれなそうだと思ったら』『マリーの命令なんて無視して』『どんな手を使ってでも』おうちに帰ってらっしゃい、ってね」

刷り込み――暗示をかけておいたということだ。

ハイデマリーがその猫のような瞳に、はっきりと苛立ちを浮かべたのを認めて、リーゼルはますます笑みを深めた。

「愛しい我が子を突き放すなんて母親の所業じゃないわ。世間に馴染《なじ》めない子どもすらも、温かく迎え入れる、そういう場所を作ってあげるのが母親の――ってうおぉあああ！」

が、その文尾はどすの利いた雄たけびに焼かれた。

「痛ぁあああ！　あんたっ、なに、すんのよ！」

「香水を吹きかけただけでしょ。目に」

「どっから出てきたその香水！」

「谷間よ」

しれっと答えてから、ハイデマリーは気だるげに肩をすくめた。

「ブランデーだったら失明していたかもしれなくってよ。軽いアルコールしか含まない香水で、残念、もとい、幸運だったわね」

「至極無念そうに言ってんじゃないわよおおお！」

目を押さえながらリーゼルが絶叫すると、それを聞きつけたのか、居室のドアが開いた。

「どうした？　討ち入りか？」

席を外していた、ギルベルトである。

「いいえ。ただのご乱心よ」

ハイデマリーはひらりと片手を上げて答え、それから、少し拗《す》ねたように付け加えた。

「【嫉妬】ったら、わたくしの母性と賭けの行方を、思い切り否定してくるものだから」

「それは」

精悍《せいかん》さを含んだ理知的な顔に、面白がるような色が浮かぶ。

ギルベルトは整った唇の片方だけを持ち上げると、わずかに首を傾《かし》げてみせた。

「無謀だな」

「なによ……」

ようやく目の痛みが落ち着いてきたリーゼルは、充血した瞳をハンカチで押さえながら、ぎらりとふたりを睨《にら》みつけた。

「この女に十分な母性が備わっているとでも？　賭けってなんのことよ」

「エルマがすごすご帰ってきてしまうかどうかの賭けよ。ちなみにわたくしは、『帰ってこない』にすべてを賭けてる。あの子を信じているから」

「はあ？」

怪訝な様子を隠しもしないリーゼルに、ハイデマリーは小さく微笑んだ。

「そして、わたくしはこれまでどんな賭けにだって、負けたことはないわ」

「――その賭けに関連してだが」

とそこに、ギルベルトが切り出す。

彼はそのたくましい手の片方に、一枚の便箋を持っていた。

「我らが看守殿のもとに届いた手紙によれば、近々、この監獄《いえ》に新入りが来るそうだ。罪状は、王族の殺害未遂」

「あら。久々じゃない」

「――それで？」

リーゼルが目を瞬《しばた》かせるのをよそに、ハイデマリーは静かに問う。

彼女は膝の上で両手を組み、じっとテーブルの上のチェス盤を見つめていた。

「いったい、誰が来るのかしら」

「ああ、それが――」

ギルベルトはちらりと彼女に一瞥《いちべつ》を向け、それからおもむろに口を開いた。

普通とはなんだろう、というのが、エルマのここ最近の疑問だった。

みんなと同じことが普通。あるいは、平均であることが普通。

けれどだとすれば、普通というのはつかみどころのない雲のような存在だ。

だって、エルマは彼女の「家族」と同じこと、監獄内では当然だったことをしているだけなのに、シャバの人たちには驚かれてばかりなのだから。

かつてはエルマだって、あまりに厳しい鍛錬に、「本当にこれは普通なの？」と「家族」に尋ねたものだった。しかし彼らが実に堂々と、「これくらいできなくてどうする」と返すので、てっきりそれが正しいのだろうと信じていたのだが。

【怠惰】の父モーガンからは、人の表情を読むことと、おいしい紅茶の淹《い》れ方を教わった。

【暴食】の父イザークからは、調理と狩りを教わった。

【貪欲】の兄ホルストからは人体の神秘を、【嫉妬】の姉――本人は母と主張しているけれど――リーゼルからは女性としての嗜《たしな》みを。

エルマが一番大好きな父、ギルベルトからは、実はなにか特別な技術を受け継いだわけではない。ただし彼は、いつも穏やかにエルマのことを見守り、微笑みを向け、頭を撫《な》でて褒めてくれた。たぶん彼からは、「父親」というものを一番多く教わった。だからエルマはギルベルトのことを、ただ「お父様」とだけ呼ぶ。

そして、彼女がただ「お母様」とだけ呼ぶ、エルマの生みの母——ハイデマリー。

あの美貌の女性が、いったいなにを考えているのかというのは、実はエルマにもよくわかっていない。微表情を読み取ってさえも、だ。

彼女はエルマが「家族」からの教えを器用にこなすと、ひどく複雑な顔をする。

それは、驚いたような、不安がるような、いや、ほっとするような、面白がるような。

けれど、気まぐれで冷酷にも見える彼女が、本当は驚くほど愛情深いことをエルマは肌で理解しているので、彼女が言うことを、できるならば守りたいと思っていた。

——「普通の女の子」がどういうものか、世界を見ていらっしゃい。それがわかるまでは、おうちに帰ってきちゃだめよ。

監獄からの「解放」を言い渡されたとき、ハイデマリーはエルマにそう告げた。

そしてエルマは、そんなの簡単なことだ、と思った。思っていた。

が、蓋を開けてみれば、それは予想をはるかに上回り困難なことだった。

勤務初日だからと、少々張り切って紅茶を淹れれば驚かれた。

あまり凝った料理を作りすぎないようにと、あえてラフな料理を振る舞ってみせたら──しかも勝ちは相手に譲ったのに！──その調理法に慄《おのの》かれた。

なにごともひとりでやっては驚かれるからと、聖医導師に仕上げをお願いしつつ「手当て」をしたら、それでもやっぱりショックを与えてしまったらしい。

この辺りでいよいよ自分の非常識さを猛省し、常識人と評判のディルクから教本を借り直しまでしたのに、「王道」通りライバルに勝負を挑んだら、ルーカス王子から「それ以上人を追い詰めるな」といった具合にたしなめられた。彼から叱られたのは二回目だった。あげく、舞踏会で踊るだけならまだしも、流れで陰謀まで明らかにしてしまった。自分なりの正義感に基づいて告発したわけだし、後悔はしていないが──これまでに読んできた百冊近い「教本」のどれにも、出会って三秒で犯人を言い当てる主人公は出てこなかった。やはり、自分は、「普通の女の子」の能力が著しく欠如した人間なのだろう。

（普通というのは、なんて難しい……）

舌に苦味を感じるかのようだった。何度やっても、うまくいかない。努力したり、自分なりに考えれば考えるほど空回りする。外見上は平静を装っていたが、本当は周囲からドン引きされるたびに、顔から火が出る思いだった。穴を掘って埋まりたかった。

人生で初めて味わう挫折だった。

「お願いでございます。私を、監獄送りにしてくださいませ」

お縄頂戴、のポーズで神妙に両手を差し出す。

もうおうちに帰ろう、と思った。

(申し訳ありません、お母様……)

本当なら、普通の女の子というものを理解して、大手を振って監獄に帰りたかったが、自分が揚げるのは錦ではなく白旗だ。

だが――それでも監獄では、「あの人」が自分を待ってくれている。

負け犬でも、きっと温かく受け入れてくれるあの人が。

だから、自分は帰らなくてはならない。

普通になんてなれないと痛感した自分は、母の命令さえ無視して、どんな手を使ってでも――。

エルマの脳裏に、彼女のものでない言葉が交ざりだす。

しかし、それに気づくこともなく手を差し出し続けていると、

「……ええと」

フェリクスが、微妙な表情で口を開いた。

「ちょっと、君の主張を確認させてもらうけど」

「はい」

「獄内で娼婦から生まれたって――ああ、そう。うん。たしか十五年くらい前に監獄送りになった傾国の娼婦がいたよね。ってことは、君の主張のうち経歴の部分は事実だとして……わあお、ってことは君、かのヴァルツァー監獄で育ったってこと？　まじ？」

「まじです。先ほどからそう申しております」

エルマが真顔で頷くと、フェリクスは興味深げな表情でとんとんと顎を叩いた。

「なんでそれが今頃になって――ははあ、なるほどねえ。ああそうか、だからルーカスのやつ……ふうん。僕の情報網にも気取らせないで保護するなんて、やるじゃない」

ぶつぶつ呟きながら、凄《すさ》まじい勢いで情報を照合しているようである。

視線を宙の一点に固定して素早く思考を巡らせる姿は、【貪欲】のホルストにも通ずるものがある。おそらく彼と同様、ものすごく情報処理能力が高いのだろうと、エルマは内心でそんなことを思った。

「――で」

だが彼は、顎に当てていた手をほどくと、それを困惑したようにひらりと翻した。

「君が監獄育ちだっていうところまでは信じるとして、以降の主張がさっぱり理解できないんだけど――」

フェリクスとエルマが、クレメンスをそっちのけにして会話を進めようとしたとき、それは起こった。

「なにがあった！」

鋭い声とともに、扉が蹴破られたのである。

長い脚で勢いよく蝶番《ちょうつがい》ごと扉を弾き飛ばしたのは、騎士服をまとった精悍な青年。小姓のマルクを伴ったルーカスであった。

剣を構えていた騎士兼第二王子は、部屋に佇む異母兄と侍女を見るなり軽く目を見開き、それから眉を寄せた。アテレコするなら、「うわ……」みたいな、げんなりとした顔だった。

「乱暴だなぁ、ルーカス。ノックもなしに急に扉を開けられては、びっくりしてしまうよ」

「ですが蝶番を弾き飛ばしているぶん、扉にはさほど傷は付いていないようです。これなら修理も容易ですね。さすがです」

「……義兄上に、エルマ。念のため常識として突っ込ませてもらうが……王族殺害を目論《もくろ》んだ容疑者の居室で、見張りまで気絶させて、いったいなにを？」

ろくでもない予感しかしないけど、といった様子で、ルーカスが低く問う。

対するフェリクスの答えはあっけらかんとしていた。

「いやまあ。即位式前に迅速に査問が済むよう、彼の心を折りがてら洗脳しておこうと思って」

いけしゃあしゃあとした洗脳宣言にルーカスは半眼になり、「またそんな、あくどい手段を……」と静かな非難を漏らした。

「あれ？　君、意外に冷静だね。もっとこう、『まさか愚鈍と噂のこの義兄が⁉』みたいな反応を期待しなくもなかったんだけど」

「……第三・第四王子たちや悪意ある家臣など、あなたと利益が対立する人間に限って、実に自然に『退場』していったのを見て、もしやと思っていたので」

「あれま。やっぱり」

フェリクスは、異母弟が自分の本性を理解しているかを確認したかっただけらしい。

「それに義兄上からは、いつも妙に胸が悪くなるような、甘ったるい――暗示の香の類いですかね？――そんな匂いがしましたので」

「言うねえ。君だって甘ったるい女の香水ばかりまとわりつかせていたくせに」

ルーカスが補足すると、軽く苦笑した。

「ま、そこまでわかってるなら話は早い。僕は僕なりによき治世を目指しているだけだし、君のことも無下《むげ》にしないつもりだよ――僕の邪魔をしない限りはね」

「……馬具の件は」

「あれはこいつの暴走。だから僕が罰する」

「なら結構です」

その短いやり取りで、ふたりはおおよそをわかり合ったらしい。

肩をすくめると、続いてルーカスはエルマに向き直った。

「――で、エルマ。おまえはなにをしているんだ」

「はい。今回のルーカス王子殿下暗殺未遂事件の黒幕は私であるということを、侯爵閣下に申し出て、『ご理解いただこうと』しておりました」

「……なんだと?」

「そういうことにして、監獄送りにしてほしいんだってさ。被告と証人を洗脳しちゃえば、弁護人なんていないし、どうとでもできると思ったみたい。自称、母親を投獄された復讐として、国を混乱させようとした犯人なんだって」

エルマの主張をフェリクスが要約して伝えると、ルーカスはちょっと眉を寄せて、それからちらりとクレメンスに一瞥をくれた。

「……なるほど。それで、義兄上とエルマがふたりして、相反する内容の暗示を彼にかけた結果、こうなったと」

侯爵は先ほどから会話を遮ることもなく、なにをしていたかといえば――

「よーし皆の者、見ておれ、長縄はな……、鋭角……鋭角から勢いよく踏み込むのだ……サイドスイングのクレメンスと呼ばれた私に……不可能はない……」

精神と時の間に籠もって、ぶつぶつと内なる自分と対話していた。どうやら、強力な暗示を続けざまに掛けられて、頭のねじが多少緩んでしまったらしい。ときどき「ふふっ」と笑ったりして、少々不気味だ。

ルーカスは溜息をつくと、控えていたマルクに何ごとかを言い含め、部屋から追い払った。人払いのようだ。

ついで、彼はエルマを正面から見つめた。

「エルマ」

「はい」

「おまえ洗脳までできるのか、などという愚問は、もはや口にする気もない。おまえが騎士の精鋭を昏倒《こんとう》させる技量を持っていても、突如として被告人の部屋に出没しても、一国の王子の本性をしれっと見抜いていても、まあエルマだしなと思うだけだ」

「……………シャバの人はそれくらいのこともできないのですね……」

ルーカスの副音声に込められた、「もはやおまえに常識とか普通とかは期待しない」といった趣旨に、エルマはぼそぼそと相槌《あいづち》を打ちながら、内心でがっくりした。

やはり自分には「普通」などというのは過ぎた目標だったのだ、と忸怩《じくじ》たる思いを噛み締めていると、ルーカスは真剣な表情で続けた。

「ただ、ふたつだけ聞かせてほしい」

「はい」

「ひとつ。おまえにとって……監獄からの解放は、迷惑だったか？　こちらの世界は、厭《いと》わしいだけだったか」

その問いに、エルマはふと顔を上げ、まじまじと相手のことを見つめた。

わずかに持ち上がった左の口角に、下がった視線。詐欺師にして【怠惰】の父・モーガンからの教えによれば、それは――罪悪感を示す微表情だ。

「――……いえ」

少し考えてから、エルマは首を横に振った。

たしかに、ヴァルツァー監獄は快適だった。愛情深い家族と贅《ぜい》を凝らした便利な環境。まるで胎児を包み込む羊水のように、どこまでも優しく温かい空間だった。

できればそこから出たくないと思ったし、王城に上がってからしばらくは、しきりと帰りたいと思っていたのも事実だが――

(でも、こちらの生活も楽しかった)

はじめて同年代の友人ができた。「家族」以外に自分を指導してくれる人に出会った。自分は失敗してばかりだったし、はじめての挫折は苦々しいものだったけれど、「普通」を模索して挑戦する日々には張り合いがあった。……と思う。

そこまで考えて、ふと胸に違和感がきざすのを覚える。

――ではなぜ、自分はこうもしゃかりきになって、監獄に帰ろうとしているのだろうか。

(それは……「普通になんてなれない」と痛感したからで)

そうだ。「普通になれないことがわかったら」、自分は「母の命令を無視して」「どんな手段を使ってでも」監獄に戻らなくてはならないのだ。

エルマは無意識に額に手を押し当てて、自分に言い聞かせた。

「ただ……そう。私は帰らなくてはならないのです。『普通』になんてなれなかったから。私には『普通の女の子』の才能が欠如していると、わかったから」

しっぽを巻いて家に帰るのだ。そうして優しい【嫉妬】の姉にして母・リーゼルに、よしよしと慰めてもらう。

エルマはなんだか、ものすごく情けなくてみじめな気持ちになってきた。

「……しょせん私は落伍者《らくごしゃ》です……。皆さまと同じようにすることができない、まさに外れ者……。努力を重ねても、いっこうに『普通』が理解できない。どころか遠ざかっていくばかり。紅茶を淹れても料理をしても、手当てをしても踊っても、人々にドン引きと冷や汗をもたらす、痛い女です……」

「——ちょっと待て」

額にやっていた手を滑らせ、どんよりとした表情で頰に手のひらを押し当てていると、ルーカスが真顔で制止してきた。

「おまえ、どういうことだ？　微表情まで読めるくせに、なぜそういう解釈になるんだ⁉」

「ああ、それは呆れの微表情……私、またなにかやらかしましたでしょうか」

「文脈で理解しろ、馬鹿めが！」

ルーカスは一喝したが、エルマが表情を敏感に読み取れてしまうがゆえに、かえって真意まで解釈しようとしない性質であることを理解した。同時に、真意を読み取らせない眼鏡の下で、彼女がそんなにも懊悩《おうのう》していたのだということも。

「馬鹿……初めて言われました……」

眼鏡を外し、素顔をさらしたエルマは、いつもよりずいぶんと感情豊かに見える。悄然《しょうぜん》と項垂《うなだ》れた肩は小さく、伏せられたまぶたは哀しげだ。抑揚のない声と眼鏡のために、いつも超然とした雰囲気をまとっていた彼女だが、その内側では、いつもこのように、感情を揺らがせていたのだろう――それこそ、年相応の少女のように。

俯《うつむ》いてしまったエルマに、無意識に手を差し伸べながら、ルーカスは気づけば告げていた。

「……なんだ。おまえも、そういうところはかわいらしいではないか」

「――……え？」

「自己認識はさておき、『自分は至らない』だとか『ままならない』だとか思い悩む様は、いたって真っ当で普通の娘のように見えるが」

なんとなく顎をすくい、顔を上げさせたら、その夜明け色の瞳が大きく見開かれた。

「普通……。本当ですか……？」

瑠璃《るり》色のようだった瞳に、ほんのわずかに朱が混じり、宝石のような紫がかった色になる。

目は潤み、頬は上気し、淡く色づいた唇をほんの少しだけ開いた様子は、数多《あまた》の美女を見てきたルーカスにも、実に可憐《かれん》に映った。

「ああ。今のおまえは、……かわいげがある」

好ましい、と素直に言うのは少し癪《しゃく》で、そんな風に告げてみせたら、エルマはとろけるような笑みを浮かべた。

「――……！　殿下……！」

傍《はた》から見れば、この一連のやりとりは、口説く男とそれを喜ぶ娘の図だ。

行儀よく沈黙を守っていたフェリクスは、興味深そうにやりとりを見守っていたが、珍しくふたりの間に発生しかけた甘やかなる空気を、しかしエルマは次の一言で粉砕してみせた。

「ならば私は、大手を振って監獄に帰れますね！」

「――……なんだと？」

ルーカスは愕然とするが、エルマは気にしない。彼女は心底、これまで自分に「異常」の烙印《らくいん》を押してきた男から、見事「普通」のお墨付きを得てみせたことに歓喜していた。

「ああ、よかった。とても嬉《うれ》しいです。これほどの達成感を噛み締めたのは、ドラゴンを素手で倒して以来です」

気分が凄まじい勢いで浮上していく。先ほどまで頭を占拠していた霧のようなもの思いが一気に晴れ、いじけた気持ちや、一刻も早く逃げ帰らねばという強迫観念が溶け消えていた。

「おい、なんだと？　ドラゴン……？」

「それでは私、無事に約束も叶《かな》えられそうですので、監獄に帰りますね。どうせ侯爵閣下もほどよい具合に壊れてしまっていらっしゃいますし、もう筋書きとしてはこのまま、真犯人の私が監獄送りになる、ということで」

「おい待て」

心が弾む。

早く逃げ帰らねば、という切羽詰まった思いは消えていたが、代わりに、いそいそ帰って「家族」に自慢したい気持ちで満ち溢れていた。

シャバの暮らしは思ったより楽しかった。新しい出会いも、張り合いのある生活も愛おしかった。だが――やはり、実家の居心地のよさには敵わない。

自覚こそなかったが、エルマは根っからの引きこもり気質だった。

リーゼルの暗示は、かなり強力にエルマの帰還を促していたが、たとえ暗示がなくとも、エルマは監獄に帰る気満々だったのである。

フェリクスもまた、にやにやとしながら、厭味《いやみ》ったらしく告げる。

「ねえ、ルーカス。君の女性を引き留める力なんていうのも、大したことないね？」

「…………」

ルーカスは無言で青筋を浮かべたが、そこで、事態は急展開を迎えた。

――ばたばたばたばたっ！

「エルマ！」

騒々しい足音を響かせて、イレーネが飛び込んできたのである。

彼女は、すでに扉として機能していない木の板を蹴り飛ばすと、その勢いのまま部屋に踏み入ってきた。

「あなた、ルーカス王子殿下暗殺未遂事件の犯人として、濡れ衣を着せられそうになっているって本当⁉」

「は？」

やって来るなり叫んだその内容に、エルマはきょとんとする。

が、「いったいなにを――」と言い返す前に、さらに複数の人物が部屋になだれ込んできた。

「エルマ！　なにがあったのです！　殺人犯としての自白を強要されているですって⁉」

「ねえエルマ、信じられないわ！　あなたが愚息に殺意を持っていただなんて与太話を吹《ふい》聴《ちょう》しているのは、どこの誰なの⁉」

『おう、なに変な事件に巻き込まれてんだ、エルマ。おまえは明日――いや、今日だな、今日の即位式正餐会《せいさん》の仕込みを手伝うっていう重要な仕事があんだろうが』

「エルマさん！　侯爵に騙《だま》されていた僕が言うのはなんだけど、あなたがこんな陰謀に巻き込まれるだなんて、信じられない！　こんな嫌疑、早く晴らしてしまわなくてどうするんだ！」

『ミューズよ！　君がこんな美しくない事態を甘受しようなど！　神が許してもこの僕が許すものか！』

順に、ゲルダ、ユリアーナ前妃、ゲオルク料理長、デニス聖医導師、そしてヨーランである。興奮のまま、母語も交えて話す彼らの背後には、やりきった感を前面に浮かべたマルクもいる。

就寝中に王子付きの小姓によって叩き起こされたらしい六人は、全員、着の身着のままといった様子で、その瞳にだけ燃えるような怒りと闘志を宿していた。

「は……？」

やけに張り切っている彼らの姿に、エルマは嫌な予感を覚えた。

珍しく彼女がなにも言えずに立ち尽くしていると、それをどう受け取ったものか、イレーネを筆頭とした六人は素早く彼女に近づき取り囲む。そして肩に手を置いたり、腕を取ったり、抱きしめたりした。

「まったく信じられない話だわ。まさか無実の人間に罪をなすり付けて、悪名高きヴァルツァー監獄に送り込もうなど。つくづくロットナー侯爵は見下げた男だわ」

「いえあの……悪名高いといいますか、ヴァルツァー監獄は私の実家なのですが……」

「そこよ、エルマ！　あなたの非常識はだからだったのね。けれど、監獄育ちだから罪を着せられても問題ないだろうだなんて、おぞましい発想だわ！　聞けば、あなた、監獄出身の人間にどのみち未来はないなどと脅されたのですって⁉」

「え」

ユリアーナやイレーネが捲《まく》し立てる内容に、思わず思考が停止してしまう。

彼女たちの話を総合すると、エルマは「環境劣悪な監獄で育ったところを恩赦によって解放されるも、出自を知った侯爵に『監獄出身のおまえに未来はない』と脅され、ルーカス殺害未遂の罪を押し付けられかけている」ことになっているようだった。

なんだそれは。

「いえ……あの、そうでなくて、私は本当に自身の意思で監獄送りを希望していて……その、侯爵をも利用して殺害をもくろんだ、この事態の黒幕……」

「それが侯爵の書いたシナリオなの？　まったく、あなたがわざわざ他人を利用して殺害をもくろむだなんて、荒唐無稽《こうとうむけい》としか言いようがないわ」

「え」

「そうですよ。あなたほどの能力があれば、ルーカス様のような隙だらけの殿方など瞬殺できようものを、どれだけあなたのことを見くびっているのだか」

神妙に反論すると、ユリアーナとゲルダから速攻でそれを封じられた。

どうやらエルマは、「彼女がそんな（人道的に）悪いことをするわけない！」という文脈ではなく、「彼女がそんな（効率の）悪いことをするわけない！」といった方向で信頼されているらしい。

少々の虚しさを覚えて、エルマは一瞬黙り込んだ。

「……いえあの、それほど私を買ってくださっているなら、なぜ侯爵に利用されたなどという発想に……？」

「だってあなた、頭はよさそうなのに、ひどくずれているんだもの！」

「おまえ、常識、なさそうだしな」

「突拍子もない理由で監獄行きを受け入れていそうだと思ったもので」

『ミューズよ。君の話すルーデン語もひどく音楽的だね』

粘ってみると、今度はイレーネやゲオルク、デニスから、エルマの「普通」をディスられた。ちなみにヨーランはルーデン語を解さないため、明後日の発言をしている。

エルマは世の無情を思い、再び沈黙を選んだ。

とそこに、

「大丈夫よ、エルマ。わたくしが弁護団を作ってさしあげる。この国の前妃として、いいえ、ラトランドの人脈を使ってでも、優秀な弁護人を確保して、あなたの無実を世に突きつけてみせるわ」

整った相貌を自信で彩ったユリアーナが、力強く頷きかける。

それにつられたように、その場にいた一同が次々と親指を立てはじめた。

「微力ながら、私も心ある下級貴族くらいまでなら動かせます。フットワークの軽さに定評のある下級貴族の底力を、今こそ見せつけてやろうではありませんか」

「若手侍女たちへの根回しなら、このイレーネに任せてちょうだい」

女性陣がきらっと瞳を輝かせれば。

「俺だって、この城の、胃袋を、握っている。全員、おまえの、弁護人にしてやるぜ。モンテーニュ人は、美人の味方だからな」

「僕は騎士団に顔が利く。これまで治療してやった患者たちも全員動員してあげるよ」

男性陣もまた自信に満ち溢れた様子で胸を叩く。

『ところで、僕を招いた侯爵が犯人ということは、僕への支払いはどうなるんだろうか。

演奏代も支払われないようなら、友人の国際弁護人を通じて訴えようと思っているんだけど』

ヨーランだけはやはり頓珍漢なことを口にしているが——いや、国際弁護人へのツテを持っているあたり、ほかの五人よりよほど厄介な存在かもしれない。

王族だって雇えないだろうというような、大規模で国際的で網羅的な弁護団の登場に、エルマは顔を引き攣らせた。

特に「大規模」というのが問題だ。査問が行われるまでの数時間で、これだけの人数を洗脳、または説得するのは、エルマの能力をもってしても困難である。引き換え相手はといえば、持ち前の行動力で、今この瞬間にでも、自分の仲間を召喚しそうな様子だ。

「こんなに手厚く弁護されては、起訴など不可能だな。監獄行きは諦めろ」

静かに結論を言い渡され、エルマは青褪《あおざ》めながらルーカスを振り返った。

「いえ、あの……弁護など不要といいますか……私はただ、家に帰りたいだけで——」

「エルマ」

珍しく動揺しているエルマを、ルーカスは実にいい笑顔で遮った。

「おまえ、まだ理解していないようだな」

「な……にを、でしょうか」

表面上はにこやかな第二王子の、その瞼《まぶた》や頬の筋肉がごくわずかに強張《こわば》っていることを見て取り、エルマは冷や汗を浮かべる。

この微表情はなんのサインだろうか。

怒り、いや、興奮、いや、愉悦。そのすべてのような気もするし、どれも微妙に異なる気もする。

ただなにかこう、自分が彼の導線のようなものに着火してしまったことだけは、理解できた。

そしてなぜか、この瞬間になって、かつて母ハイデマリーが自分に告げた言葉をエルマは思い出していた。

――愛にはね、エルマ。

彼女は完璧に整った唇を、苦笑の形に歪《ゆが》めていた。

――愛には……好意には、友情には、善意には、よくよく注意しなくてはならないわ。一度それらに絡め取られたら、絶対に逃がしてもらえないから。

なんの話をしていたときだったか。

そう、罪の名を持つ「家族」の中で、誰が一番たちが悪いか、といった話題で盛り上がっていたときだった気がする。

彼女は困ったような、諦めたような笑みを浮かべて、少し離れた場所に佇むギルベルトを見つめていた——

「シャバにはな。七つの大罪よりもよほど執念深くて、厄介な美徳があるんだ——愛だとか好意、と、俺たちはそれを呼ぶがな」

ルーカスがにやりと笑いながら告げた言葉で我に返る。

脳内のものとぴったり一致したその単語に呆然としていると、彼はぐっと腰をかがめ、睦言《むつごと》を囁《ささや》くように唇を耳元に寄せた。

「俺たちからこれだけ好かれておいて……そう簡単に放してもらえると、思うなよ？」

聞きようによっては、口説かれているようにも思えるせりふ。

しかしエルマには、恫喝《どうかつ》か最後通牒《つうちょう》のように響いた。

呆然と固まっていたら、その空気を解すように「えー」とフェリクスが片手を上げて切り出した。

「話を戻すけど。そこのエルマ嬢が今回の犯人でないことは自明だし、本人が言い張ったとしても、強力な弁護団に囲まれて不起訴濃厚だから、もう無視しちゃっていいかな？で、当初の予定通り、クレメンスを対象に査問するということで」

すでに被告人が自供内容を刷り込まれている時点で、なんの意味もない査問である。

だがその場には誰ひとりとして——クレメンス本人も含めて——異議を唱える者はいなかった。

「え……え……」

ただエルマだけが、現実を受け入れられないとでもいうように視線をさまよわせる。

それを見てルーカスが、「そういえば」と片方の眉を上げた。

「すっかり話が逸《そ》れてしまったが、聞きたいことのもうひとつはな、エルマ。おまえ、いくら監獄に帰りたいからといって、この男をかばうような真似をしてよかったのか？」

「……と仰いますと？」

話が呑《の》み込めず怪訝な顔をするエルマに、ルーカスはやはりと頷く。

それからくしゃりと彼女の頭を撫でて、「おまえもまだまだだな」と嘆息した。

「人の顔や物事の表面だけ見るからそうなるんだ。おまえ、この男——ロットナー侯がなにをしてきたのか、知らないいんだろう」

「あ、やっぱりそうなんだ。道理でねえ」

ルーカスが呆れたように告げれば、フェリクスが得心したように手を打つ。

「彼がなにを……？」

眉を顰《しか》めたエルマに向かって、ふたりの王子はそれぞれゆったりとした仕草で頷き返した。

「今回の件をきっかけに、侯爵の居室を捜索したらな。監獄を材料として諸国と取引を重ねた履歴が出るわ出るわ……この男は、宰相の地位と、暗示の能力を利用して、罪なき者を次々と監獄送りにしてきた大罪人だ」

「王の誘いを断っただけの娼婦、王女との婚約を拒否して腐敗政治を批判しただけの英雄。ほかにも何人もいるようだけど……君の母親が美貌の娼婦だというなら、つまり彼は——君の仇《かたき》だね」

え、と夜明け色の目が見開かれる。

ルーカスはそれを見て、にやりと口の端を持ち上げてみせた。

「無実の姫君は仲間の協力のもと仇に復讐し、監獄送りになるのは悪人だけ。これがシャバの『普通』というものだ。——おまえには、そのくらいのこともわからないのか？」

今度こそ、エルマはぽかんとした顔になった。

◆

「クレメンス・フォン・ロットナー？」

新たに監獄送りにされることとなった人物の名を聞いて、リーゼルは化粧を施した目を見開いた。

「え、それって、豚看守に偽の報告書を送らせてる相手でしょ？　この監獄の統括者よね。なんでまた」

「王族の殺害未遂、そして、権力と引き換えに諸国の無辜《むこ》の民を監獄送りにしてきた罪だそうだ。たとえば――一国の王からの召し上げを拒んだだけで、魔族と通じた姦婦《かんぷ》として投獄された娼婦、とかな」

ギルベルトが分厚い手紙に視線を落としながら告げると、リーゼルは長い睫毛《まつげ》を瞬かせる。

「無実の人間を監獄送りにしてきたのは、ルーデンの王ではなく、宰相の仕業だったたの……？」

しかし、当事者であるはずのハイデマリーは、それらの情報をまったく気にする様子はない。ただテーブル上のチェス盤を見つめたまま、ギルベルトに問うた。

「エルマは？」

慎重さの滲《にじ》む声だった。

「あの子は、ここには帰ってこない？　……うまく、やっているのかしら」

「ああ」

応じるギルベルトの声には笑いが含まれていた。

苦笑、といってもよいかもしれない。

「なんでも、このロットナー侯を告発したのはエルマだそうだ。侯爵の余罪を洗っているうちに、彼が仕掛けようとした罠を彼女が先回りして防いでいたことがわかって、城では今、エルマがちょっとしたヒーローになっているらしい」

看守に手紙を寄越《よこ》したのは、捕縛されたクレメンスに代わって、一時的に監獄関連の業務を補助することになったデニスという若い聖医導師だが、彼はよほど「ヒーロー」に傾倒しているのか、クレメンスについての情報よりもよほど紙幅を割いて、エルマについて描写していた。

「エルマはすっかり、シャバで人気者ということだ。……おめでとう、マリー。今回の賭けも君の勝ちだな」

「……よかったわ」

ギルベルトが祝うと、ハイデマリーはそっと笑って組んでいた両手をほどく。

それからソファに沈み込むようにして、しみじみと繰り返した。

「本当に、よかった」

あからさまに緊張を解き、幸せそうな表情を浮かべているハイデマリーとは裏腹に、リーゼルはすっかり会話に取り残されていた。

「どういうこと？　賭けに勝って……あの子が帰ってこないことの、なにがそんなに嬉しいのよ。っていうか、ロットナーこそがあんたの仇のわけでしょ？　そこをあっさりスルーしていいわけ？」

彼は混乱していた。

ハイデマリーの投獄は冤罪《えんざい》だろうとは思っていたが、その主犯が王ではなく宰相だったというのは少々驚いたし、それ以上に、その相手が捕まったというのに、なんの反応も示さないことが不思議だった。

いや、しかし考えてみれば、ハイデマリーは以前から、自分の冤罪を晴らそうなどとはしなかった。彼女が執着したのは、ただ快適な住空間を整えることだけ。そう、だとすれば、今更エルマを使って復讐を企むというのも、少々違和感のある仮説だ。

すっかり自説に自信をなくして、途方に暮れたような表情をしたリーゼルに、ハイデマリーはふふっと笑いかけた。

「ねえ、リーゼル。特別に答え合わせをしてあげるわ。あのね。わたくし、ロットナー侯爵には、どちらかといえば感謝しているのよ」

「……なんですって？」

ますます話が見えない。

リーゼルが整った眉を寄せると、ハイデマリーは対照的に穏やかな笑みを浮かべて、すっとソファから身を起こした。

「わたくしに掛けられた嫌疑。魔族の生き残りと通じ、その子を宿した。それはね――真実なの」

「…………は？」

つい素の声で答えてしまったリーゼルに「やだわ、低い声」と朗らかに指摘しながら、ハイデマリーは優雅に身をかがめる。そうしてチェス盤に手を伸ばし、艶やかな黒の駒を拾い上げると、完璧な形の唇でキスを落とした。

「驚くことではないでしょう？　だって、もともと私はそういう触れ込みでこの監獄に来たわけじゃない。あなただって、ほかの皆だって、エルマを魔族の子と半ば信じて接していたはずよね」

「いえ、それは……まさに『半ば』というか、半信半疑というか……」

エルマの図抜けた才能に、人ならざる要素を感じることはしばしばあった。が、それ以上に突き抜けてしまった師匠たち、もとい「家族」がいたため、「人間の身でもこれくらいのことはできるのだな」とも思っていた。

どのみち、人の道から外れた者たちが集う監獄において、エルマが魔族の血を引いていようがいまいが、そんなことは些事《さじ》でしかなかった。だからリーゼルたちは、エルマの本性を追及しようなどとは思いもしなかったのだ。

それをもごもごと指摘すると、ハイデマリーは「まさに」と頷いた。

「まさにそれこそが、わたくしの望んだことだったの」

「なんですって……？」

「木を隠すなら森の中。人外を隠すなら——人の道を外れた者たちの中に、ってね」

彼女は、愛おしさを感じさせる手つきで、黒の駒を撫でた。

「エルマの父親はね、魔族の最後の生き残りだった。魔族なんていう恐ろしい名前がいけないのね。彼自身は、そこらの人間の男よりずっと優しくて、穏やかな男性だったわ。魔族というだけで幼い頃から蹂躙《じゅうりん》され、息を潜めて生きてきた……少々器用で、力持ちなだけの、ただの男性だったわ」

人ならざる者。脅威たる存在。その本性にかかわらず、魔族であると判明すれば、異端だと退けられ石を投げられる。

愛した魔族の子を宿したとき、ハイデマリーは喜びとともに、我が子に降りかかるだろうその悪意を恐れた。

そして思いついたのだ。頑強な揺りかごを確保することを。

異質な者たちの中に異質な我が子を隠し、「普通」の愛情を注いで育て上げることを。

ハイデマリーは、ギルベルトにちらりと一瞥をくれると、遠い昔のことを思い出したように微笑んだ。

「女ひとりが監獄を掌握しようだなんて、無謀だと思うでしょう？　けれどわたくしにはギルがいた。心優しき英雄がね。ギルは、エルマの父親――魔族というのが単に人間に虐げられた存在だと真っ先に気付き、剣を下ろして友誼《ゆうぎ》を結び、彼が死を迎えたときには、代わりに妻の面倒を見るとまで宣言してくれたわ。……もっとも、そのせいでギルは英雄の名を奪われたわけだけれど」

「……は。そういう、ことだったの」

脛《すね》に傷持つ者同士、あえて深くは踏み込もうとはしなかった過去。

はじめてその詳細を語られて、リーゼルは曖昧に頷いた。

ハイデマリーは「ええ」とだけ答えると、再びチェス盤に視線を落とした。

「愛情深い、そして独特な『家族』に囲まれて、おかげでエルマは自分を異質だと思うことも、迫害されることもなく過ごしてこられた。完璧な揺りかご。満足だったわ。わたくしを監獄送りにした王だか宰相だかには、感謝したくらいだった。けれど、ルーデン王が崩御したと聞いたとき、気付いてしまったの」

美しく紅を引いた唇から、悲しそうな吐息が漏れた。

「富と権力に身を固めた王でさえ、寿命には勝てない。親は、子どもよりも長くは生きていられないのだと」

あまりに当たり前の事実。

けれど、常識からかけ離れた場所で暮らしを積み重ねているうちに、すっかりそのことを忘れてしまっていた。

もし自分が死んでしまったら、きっとこの揺りかごは、「家族」の誰かが引き継ぎ束ねる。けれどその人物も死んでしまったら、エルマはどうなる？

人生の大半を過ごした後にいきなり俗世に放り出されて、そこに交じってゆこうと足掻《あが》くのか。それとも、家族の誰もいない揺りかごで、ひっそりと息絶えてゆくのか。

そのどちらの未来も、ハイデマリーは娘に許したくはなかった。

「それにあの子、なにしろ【傲慢】でしょう？　他人を深く理解しようとはしないし、自分の持つ物差しが絶対のものだと思い込んでいる。わたくしたちがいびつな愛と、価値観を注ぎ込み続けたからだわ」

家族の情は注いだ。過剰なほどに。

けれど、一方的に愛されすぎる環境は、彼女から他人への興味を奪った。

そしてまた、家族の愛は捧げられても、男女の情や、友情を注げる人物は、この監獄内にはいなかった。

手探りしながら関係を築くこと。

愛の優しさだけでなく、恐ろしさや煩《わずら》わしさを知ること。

自分の「普通」が他者の「普通」とは異なるのだと理解すること。

それらはやはり、どうしても、揺りかごの外でしか学べないことだ。

エルマという人間が完成してしまってからでは遅い。

今のうちに彼女を親元から離し、この監獄とは異なる「普通」を学ばせて、人の輪に溶け込ませる。

そう決めたのだ。

「身勝手とも、浅はかとも、どう罵ってくれても構わないわ。けれど、それがわたくしの考えつく最善だった。あの子をこの監獄から放ち、彼女が無事、人々から受け入れられることをただ祈り――」

ハイデマリーは、黒の女王の駒を、チェス盤の真ん中にとん、と置く。

「そうしてわたくしは、賭けに勝ったわ」

それから、ずっと沈黙を守っていたギルベルトに向かって、優雅に腕を差し出した。

「――待たせたわね、ギルベルト。わたくしの賭けはこれでおしまい。エルマの巣立ちを無事見届けられたから、もう、思い残すことはなにもないわ」

告げた瞬間、ギルベルトがはっと息を呑む。

彼はまじまじとハイデマリーを見つめた後、囁くように問うた。

「……ハイデマリー。では……」

「ええ。あなたの求婚を受け入れる」

立ち尽くしたまま、相手の腕も取れずにいるギルベルトのために、ハイデマリーは自ら一歩近づき、骨ばった彼の手にそっときゃしゃな手のひらを重ねた。

「十五年よ。……きっと彼も、許してくれるわ」

触れ合った肌の温度を確かめるように、そっと手を持ち上げて、甲にキスを落とす。

まるで長年連れ添った夫婦のような、自然な愛情のにじむ仕草だった。

会話に置いてきぼりを食らったのは、リーゼルである。

彼は、穏やかに微笑むハイデマリーと、感極まって言葉を失っているギルベルトを交互に見つめながら、「え？　え……？」と手を髪に差し込んだ。

「なにそれ……あんたたち、とっくの昔にデキてたんじゃないの？　え？　なに？　っていうことは、ギル、あんた、自分の女でもなかったマリーのために、この監獄の掌握に協力してたってこと？」

「ああ」

生真面目なギルベルトは、おそるおそるハイデマリーを抱きしめながらも、神妙な顔でリーゼルに解説してくれた。

「俺はマリーに一目ぼれだったが、そのときすでに、彼女は友の妻だったからな。友の死後も、やはり友への義理があったし、彼女もまた母親であることを優先したいと言っていたから、エルマが一人前になるまでは、と話し合っていたんだ」

「引き延ばして逃げ切るつもりだったんだけれどね。十五年ずっとこの調子なんだもの。いい加減、絆《ほだ》されるわ」

抱擁を受け止めながら、美貌の娼婦が苦笑を刻む。

強く腕に力を籠めてくるギルベルトをそっと宥《なだ》めながら、彼女はいたずらっぽくリーゼルに目配せをした。

「ねえ、リーゼル。あなたはわたくしのことを『執念深くて救いようがない』なんて言ったけれど、彼《ギル》のこの色欲というか、愛情のほうが、よほど救いようがないと思わない？」

「……そうね。ギルはあたしたちの中で一番地味というか、真っ当だと思っていたけど、今この瞬間から認識を改めるわ」

常識と道徳心の塊みたいな顔をしておきながら、妻でもない女のために平気で英雄の肩書きを捨て、十五年もの間、監獄の王の地位に君臨してみせるとは。リーゼルが呆れて肩をすくめる。

すると、ふたりから処置なしとの烙印を押されたギルベルトが、複雑な顔で反論を寄越した。

「……好ましい女性を、粘り強く手に入れようとすることの、どこがおかしい。愛は監獄の外では称《たた》えられるべき美徳だし、好きなものを好きでい続けるというのは、――いたって普通のことだ」

むっとしたような、困惑したような声に、ハイデマリーはくすくすと笑う。

そして、彼の胸に顔をうずめながら、歌うように呟いた。

「だとしたら、シャバの『普通』というのは、なんて難しいのかしら」

エピローグ
Epilogue

「ふぁああ……」

広々とした王の私室に、間延びしたあくびが響く。

大陸の覇権を握る大国ルーデンの新王、誰より威厳に満ち溢《あふ》れてしかるべき人物――フェリクスは、しかしながら南国に棲《す》むナマケモノのごとき鈍い動きでソファの背もたれに体を預け、そのままずりずりと座面に沈み込んだ。

王の居室にふさわしく、白を基調とした豪奢《ごうしゃ》で明るい部屋には、至る所に未処理の書類が溢れている。それらは、彼が即位してからのこの二か月で、続々と溜まっていったものだった。

しかし、塔をなす書類に囲まれながらも、フェリクスがそれらに手を付けようとする気配は一切ない。

それどころか彼は、先ほど新たに運び込まれた書類の束をざっとめくり、一枚、二枚だけを取り出すと、あとはぽいと放り投げて、新たなる塔を建築した。

「仕分け、仕分け」

効率に美を見出す彼は、余計な仕事になど一切手を煩《わずら》わせる気はない。

重大なもの、彼に益をもたらしそうなものは「匂い」でわかるし、煩雑なものは放っておけば、業を煮やした誰かが片付けてくれるからだ。そのために彼は愚鈍を演じ続けてきたのだし――有能で使い勝手のよい駒も、きちんと手に入れてある。

「今日も平和だねぇ……」

即位を機に、クレメンスを筆頭とした逆臣どもを一挙に引きずり落としてからというもの、彼の身辺は実に「清潔」で穏やかである。フェリクスにしては少々働きすぎたと言ってもいい。あまりに順調に基盤固めが進んでしまったものだから、愚鈍の仮面を被《かぶ》り直すのに苦労するほどだ。

「駒の有能さを考慮するなら、ちょっとくらい、トラブルの種を残しておいたほうがよかったかねぇ……」

軽薄を装いつつもその実まじめな義弟や、予測不能なとある人物を脳裏に描き、フェリクスは苦笑を浮かべる。

すると、ちょうどそれが聞こえたかのようなタイミングで、窓の外から使用人たちの悲鳴が上がった。

「きゃあああっ！　騎士団の訓練場から魔獣が逃げ出したわ!!」

「――と思ったらエルマさんが素手で仕留めたあああ⁉」

「うわあああっ！　隣国からの重要書類が風に紛れてうっかり焼却炉の中にいいい！」

「――と思ったらエルマさんがすかさず拾い上げて、燃えかす部分も繋《つな》ぎ合わせて解読したあああああ⁉」

「………………」

フェリクスは悲鳴の内容を聞き取ると、少々遠い目になった。

どうやら、トラブルの種は存在していても、発芽する前に徹底的に摘《つ》み取られてしまっているらしい。

「……あの娘は、あれで本当に『普通』を目指しているつもりなのかねぇ……」

よいしょ、とソファから身を起こし、窓の外を覗《のぞ》き込んでみる。

地上では、お団子頭に眼鏡姿の冴《さ》えない侍女が、目にも留まらぬスピードで疾走していた。義弟ルーカスが、「せめて外見くらいは目立たぬよう努力してくれ」と懇願した結果、あの姿を再採用したようだが、フェリクスが思うに、その努力はまったくの徒労に終わっているようだ。

「皆から『普通』のお墨付きをもらえるまでは、帰らない――ねえ？」

ふと、即位式前夜に交わした会話を思い出し、意地の悪い王はにんまりと笑みを浮かべる。

そう、あの日、城の皆から引き留められて動揺していたエルマに、彼は囁《ささや》きかけたのである。

――ルーカスただひとりから「普通」と言われただけで、君は満足なのかい。なにしろ「普通」とは大勢と同じということだ。大勢の人間に「普通」と思われてはじめて、やっと「普通」の極致にたどり着くということなんじゃないのかな？

そのときの自分の顔には、有能な駒として彼女を手元に置いておきたいという願望もにじみ出ていただろうが、同時に、実際今の彼女を「普通」と思っているわけでないこともまた伝わったのだろう。

エルマは、しらばく途方に暮れたように周囲を見回していたが、やがて同僚のイレーネや、ユリアーナ前妃、ゲルダ侍女長などに再度熱く引き留められると、ちょっと唇を嚙《か》み、やがてこくりと頷《うなず》いた。

――はい。承知しました。

と。

戸惑いに、恥じらい、そしてかすかな照れ。

あの娘は間違いなく、周囲に絆《ほだ》されたのだ。もう少しこの地で頑張ってみようと、そう決意するくらいには。

「擦れた男には初心《うぶ》な娘を、初心な娘には強引な友を、ってね」

見事、両者をそれぞれの弱点でもって、自らの領域に縛り付けてみせたことに満足し、フェリクスはにっと唇の端を持ち上げる。

彼はしばらく窓枠にもたれかかって侍女を見下ろしていたが、やがてくるりと踵《きびす》を返すと、再びソファに腰を下ろした。

そうして、指の先に触れた書類に気付き、おもむろにそれを摘まみ上げた。

「フレンツェル辺境伯領にて領主の奇行あり。魔と契約しての謀反の可能性、および領主一家への反発に由来する領民一揆《いっき》の恐れ、ね……」

報告書に書かれた概要を呟《つぶや》き、ふむ、と目を眇《すが》める。

「フレンツェル、フレンツェル……魔を祓《はら》う聖なるぶどう酒の名産地にして、監獄を擁する辺境の地か。――ああ、これは少々難儀だねえ」

簡潔にまとめられた文章から、彼は優れた頭脳を駆使し、いくつもの可能性を掬《すく》い取る。

唇に指を当て思案することしばし、フェリクスは伏せていた瞳をすっと上げると、やがてうっすらと笑みを浮かべた。

物だらけのテーブルの上に、報告書をひらりと投げ捨てる。

彼は、置きっぱなしだったチェス盤から無造作にいくつか駒を摑《つか》むと、それらを書類の上に載せてみた。

騎士《ナイト》と、黒の女王《クイーン》。あとはおまけで歩兵《ポーン》も。

「――さぁて、色男の騎士殿に、美貌の侍女殿。新たな出番だよ」

フェリクスはテーブルの上に頰杖を突き、くすくす笑いながら駒のひとつを指でつつく。

まるで愛を囁くように、彼は紙面に佇《たたず》む女王の駒に話しかけた。

「ぜひ、『普通』の戦果を挙げてきてね?」

閑話
「普通」のあそび

エルマ流「普通」の読書

「図書室の書籍をすべて読み終えましたので、
宝物庫の石碑を読んでおりました。
え?　未解読の古代文字のはず?　面白かったですよ?」

「きょうは、雨……」

始まりは、そんな一言だったのだ。

この世の地獄、ヴァルツァー監獄。

切り立った崖や鬱蒼《うっそう》とした森に囲まれ、昼なお暗い牢獄《ろうごく》から、ふと窓の外を見た少女がぽつんと漏らした、それは呟《つぶや》きであった。

窓枠に両手を掛け、背伸びして外の光景を覗《のぞ》いていたのは、幼い少女。

切り揃《そろ》えた髪は黒檀《こくたん》のような艶《つや》を帯び、頬だけをほんのり染めた滑らかな肌は、穢《けが》れを知らぬ白雪のよう。遠くを望む瞳は、まるで夜明けを迎えんとする空のように深みのある色を湛《たた》え、可憐《かれん》な唇は咲き初《ぞ》めの薔薇《ばら》のようだった。

見る者がはっと息を呑《の》むような繊細さと、けれど同時にふらりと手を伸ばしたくなる、ごくわずかな蠱惑《こわく》の色をまとった少女――彼女の正体こそ、このたび五歳を迎えたエルマである。

「おさんぽには、行けませんね……」

しょんぼりと続いた声は、いかにも悲しげだ。

その悲哀を帯びた独白を聞き取った瞬間、すぐ傍《そば》のソファ――獄内であるということを忘れるほどの豪奢《ごうしゃ》なものである――に背を預けていた人物は、がばっと身を起こした。

「やだわ！　そんな悲しい声を出すんじゃないわよ、エルマ！」

中性的ながら美しく整った相貌に、細身の身体をした青年。仲間内からは【嫉妬】と呼ばれ、このエルマの「第二の母」を自任する、リーゼルである。

独特な女言葉を操る彼は、ぱんぱんと手を打ち鳴らして周囲に呼び掛けた。

「ちょっとちょっと！　あんたたち、あたしのかわいいエルマが嘆き悲しんでるっていうのに、なにをのんべんだらりと紅茶を啜《すす》ってるわけ？　行動なさいよ、行動！」

はきはきとした指令を受け、薄暗い居間でそれぞれの時間を楽しんでいた囚人たちがゆるりと動き出す。

最初に「そうは言っても」と肩をすくめたのは、完璧な色と温度でサーブされた紅茶に、暴力的な量の砂糖を加えて溶かしていた、鳶色《とびいろ》の髪の青年であった。

いたずらっぽいはしばみ色の瞳に、皮肉気な笑みを刻む顔。

人体実験を繰り返したかどで投獄され、【貪欲】のあだ名で呼ばれるホルストである。

「そりゃ、かわいい妹のためなら、雨雲くらい爆散させてあげたいけどさ。残念ながら、雲まで届く爆薬は未開発だよ」

医学に化学に物理学。さらには、錬金術にまで一通り手を出した彼は、監獄きっての発明家でもあるが、それでもなお、気象を操ることはできないらしい。

当然といえば当然のことだが、リーゼルはつんと顎を上げ、「普段大口を叩《たた》くわりに、使えない男よねえ」と鼻を鳴らした。

「じゃあ【暴食】。あんたがドラゴンを大気圏くらいまで投げ飛ばせばいいんじゃないの。前にも倒した――というか、食べたことあるでしょう、雨を司《つかさど》る竜の一匹や二匹」

「それは、あるが……」

次に水を向けられた男――広々としているはずのソファに窮屈そうに腰かけ、黙々とクッキーを頬張っていた彼は、特徴的なぶつ切れの口調で答えた。

「あいつらは、鳴き声で、雨雲を呼ぶ。投げ飛ばす過程で、むしろ雨が強まるが、それでもいいならば」

真顔でとんでもない答えを寄越《よこ》すその正体は、聖獣や魔獣を見境なく屠《ほふ》り、たったひとりで千の軍を壊滅させたと言われる狂戦士《ベルセルク》。イザークである。

凶悪な外見に反し、朴訥《ぼくとつ》とした性格の彼は、「今すぐ行こうか？」と席を立ちかけたが、リーゼルは「ダメに決まってるでしょ」とそれを制止し、矛先を他へと改めた。

「じゃあ発想を変えましょ。【怠惰】、あなた、エルマの認識を変えることはできないわけ？　今は雨じゃない、むしろ晴れだ！　ハッピーだ！　みたいな感じに」

「おや」

ひとりソファセットとは離れた暖炉ぎわに佇《たたず》み、紅茶を啜っていた人物は、片方の眉を上げる。

丁寧に撫《な》でつけられた髪、皺《しわ》ひとつない清潔な装いに、理知的な顔立ち。名家の執事と言われても違和感のない彼の正体は、如才《じょさい》ない話術で国家を丸ごと破綻させるほどの金を巻き上げてみせた詐欺師、モーガンだ。

彼は、いかにも残念そうな仕草で両手を広げ、リーゼルに応えてみせた。

「愛娘《まなむすめ》のためなら労は惜しまぬ私ですが、なにせ『説得』というのは面……メンタルの形成に悪影響を与えかねませんので」

「面倒、って言いかけたくせに、それっぽくごまかしてるんじゃないわよ！」

そして即座に一刀両断されていた。

リーゼルはてんで役に立たない男どもをぐるりと見回し、がんを飛ばすと、次にぱっと表情を改めてエルマに向き直った。

「ごめんね、エルマ。あたしたちでは、雨はどうすることもできないの。あたしだって暗示を掛けてあげたいけど、こういうのってあんまり頻用《ひんよう》すると、精神が破綻しかねないものなの。破綻ってわかるかしら？　壊れる、っていうことよ」

小さな体の前に跪《ひざまず》き、そっと両手を取って話しかけるほどの親身さである。

詫《わ》びるリーゼルを、エルマはこぼれそうなほど大きな瞳でじっと見つめると、ついでふるふると首を振った。

「いいえ、【しっと】のおねえさま。わたし、みんなでいっしょに、体をうごかしたかっただけなの。だから、明日までがまんします。わがままを言って、ごめんなさい」

「まあ！　なんていじらしい子なのかしら！　そんないい子のエルマは、特別にあたしのことをお母様と呼んでもいいのよ！」

「おねえさま。くるしいです」

がばっと抱きしめ、盛大に頬ずりしてきたリーゼルに、くすくす笑いながらエルマは答える——それでも頑として呼称は変えないあたり、彼女が、この濃厚な「家族」に負けない自我の持ち主であることを窺《うかが》わせるが。

エルマが小さな手足をぱたぱた動かして、リーゼルの腕から逃れようとしていると、そこに低く艶のある声が響いた。

「——娘を放してくれないか」

広い居間、その豪華な絨毯《じゅうたん》の上に座り込み、黙々と剣を磨いていた男――豊かな黒髪と深みのある碧眼《へきがん》が印象的な元勇者、ギルベルトである。

彼は磨き終えた剣を、シャンデリアの光にかざして検分してから、肩をすくめた。

「あまり無骨に抱きしめられては、繊細なエルマが壊れてしまう」

「まあ、なんですって？」

無骨、の単語に、リーゼルがきっとまなじりを釣り上げる。

「あたしのどこが無骨だというの？　無骨っていうのはね、役に立たないという意味よ。その点では、エルマの憂いを晴らさず、慰めもしないあんたのほうこそ、まさに無骨者だわ」

彼は滑らかな口上で言い返したが、

「――あらまあ」

今度はそこに、鈴を鳴らすような声が掛けられた。

ソファに深く身を預け、優雅な猫のように爪を磨いていた美貌の女性――エルマの実母であり、かつて三国一の女とまで謳《うた》われた元娼婦《しょうふ》。ハイデマリーである。

彼女は、美しく整えた指先をそっと広げて眺めながら、淡い笑みを浮かべた。

「あまりギルをいじめないでちょうだいな。もちろん彼だって、叶《かな》うならばエルマの無《ぶ》聊《りょう》を慰めたいと思ってくれていたはずだわ」

ねえ？　と首を傾《かし》げる様はまるで誘惑するかのようで、紡がれる言葉は蜜のようである。

爪の仕上がりに満足したらしいハイデマリーは、両手を下ろすと、やがてゆっくりとその場に立ち上がった。

そうして、しどけなく着崩したネグリジェのようなドレスを嫣然《えんぜん》と捌《さば》きながら、幼い我が子のもとへと近づいていった。

「ねえ、エルマ」

娘の顔を両手で挟み、そっと笑いかける。

期待と緊張がないまぜになったような表情で見上げ返すエルマに、彼女は優しく告げた。

「あなたはお外に行きたかったのではない、体を動かしたかったのよね？　ならば大丈夫、わたくしが――いいえ、わたくしたちが、ちゃんと叶えてあげるわ」

「…………！　ほんとうですか!?」

「ええ」

そう頷いて微笑む姿は、無垢《むく》な魂を堕落《だらく》させんとする魔女のようにも、癒やそうとする聖母のようにも見えた。

「え、なあに？　なにして遊ぶつもり、マリー？」

「……鬼ごっこや隠れ鬼なら、サバイバル演習で、相当やり込んで、エルマも飽きていると、思うが？」

ハイデマリーの発案に、囚人の面々が興味を示す。気まぐれだし、興が乗らないことには小指の先すら動かさない彼らだが、しかし同時に、この美貌の娼婦が常に最高の娯楽をもたらしてくれることを知っているのである。

顔を上げた「家族」に向かって、ハイデマリーは「そうねえ」と細い指を唇に当て、それからいたずらっぽく顔を綻《ほころ》ばせた。

「椅子取りゲームでも、しようかしら」

◆◆◆

椅子取りゲームをする、と決めた後のハイデマリーは素早かった。

いや、厳密には彼女自身が動くのではなく、その要望が素早く叶えられていったということなのだが。この監獄内で、女王の彼女の命に逆らうものはいない。

ハイデマリーは、男たちに居間の豪奢なソファセットをどかせると、真ん中に五脚の椅子を円形に並べさせた。

それから、わくわくと目を輝かせているエルマを呼び寄せて、椅子取りゲームの簡単な説明をした。

「よくって、エルマ？　このゲームのルールはとても簡単。音楽の掛かっている間だけ椅子の周りを歩き回って、音楽が止まったら椅子に座るのよ。そのとき椅子に座れなかったら、負け。音楽は【嫉妬】が演奏してくれるから、よくよく耳を澄ませて歩くこと」

「ちょっと、なんであたしがプレイヤーから外れてるのよ」

のっけからケチが付くが、ハイデマリーは気にしない。

「だって、あなた以外に、エルマに聴かせる音楽を奏でられる人間がいて？」

珍しく相手を持ち上げるような発言を寄越《よこ》すと、もともと虚栄心の強いタイプであるリーゼルは、満更でもなさそうに反論をやめた。

「……ま、そりゃあそうだけど」

するとすかさず、静かに母の説明を聞いていたエルマも、

「わたしも、【しっと】のおねえさまのえんそうで、ゲームをしたいです」

と付け加え、リーゼルはますます相好を崩した。

「なあに？　もう、仕方ないわね。いいわ、『エルマに聴かせたい名曲リスト二〇〇』が火を噴くときがやってきたということね」

やる気満々でバイオリンを取り出しはじめた【嫉妬】の姿を横目に、ハイデマリーが片眉を上げて娘を見る。彼女は、娘が本能的に最も手ごわい敵を無力化してみせたことに、大層満足げな様子だった。

ハイデマリーは優しく娘を撫でながら、説明を続けた。

「みんなには本気を出して臨んでもらいましょうね。それと、レフェリーはギルベルトに務めてもらいましょう」

「……いす取りゲームには、レフェリーがひつようなのですか？」

「ええ、もちろん。公平で安全な椅子取りゲームは、レフェリーなしにはありえないわ」

「そんなわけないよね」

聞いていたホルストがぼそっと呟くが、周囲は特にハイデマリーを窘《たしな》めようとはしない。ホルスト自身も、ぼやくだけで、彼女を制止することはしなかった。ここでは彼女が法律だからだ。

純真なエルマもまた、一切の疑いなく母の言葉を信じて、こくんと頷くと、それからふとなにかに気付いたように顔を上げた。

「おんがくは、【しっと】のおねえさま。レフェリーは、おとうさま。おかあさまも、いっしょにゲームをしてくださるの？」

そう問うたのは、基本的に母が、体を動かしたがるようなことをしないと知っているからだ。

ハイデマリーは「もちろんよ」と頷きながら、しゃらりと音を鳴らし、あるものを取り出した。

「ただね、わたくしが参加する以上、生半可なゲームにはしたくないの。単なる木の椅子を取り合うだなんてつまらない。椅子のひとつには、このルビーを掛けておくわ」

「……今、ルビーはどこから出てきたのですか？」

「谷間よ」

彼女が掲げてみせたのは、繊細な金の鎖に繋がれた、ルビーの首飾りである。

一番大きなもので大人の男の親指ほどあり、それより小ぶりなものも合わせて十個ほどが贅沢《ぜいたく》に使われている。金細工自体も見事なもので、価格に置き換えるなら、小王国の年間予算ははるかに超えそうな代物であった。

ハイデマリーはしゃら、とそれを椅子のひとつに引っ掛けてから、仲間たちをぐるりと見回して付け加えた。

「椅子に座れなければ負け、座れたら勝ち。そして——このルビーの掛かった椅子に座れた者には、明日一日限り、この監獄の女王の座を譲り渡すわ」

途端に、周囲の空気が変わる。

囚人たちは、もたれかかっていたソファや壁から身を起こすと、目を細めながら口々に尋ねた。

「本気、マリー？　それってつまり、いつもあなたが禁じている夜八時以降でも、エルマと好きに実験に耽《ふけ》っていていいってこと？」

「もちろんよ、【貪欲】。好きにしていいわ」

「……エルマを、また、ドラゴン狩りに連れて行っても、怒らないか？」

「ええ、【暴食】。だって、ゲームに勝ったならば、あなたがルールとなるのですもの」

血気盛んなホルストやイザークが即座に問えば、ハイデマリーは軽やかに返す。

「おや、一日限りの支配を許しただけのつもりが、永続的にあなたを苦しめるかもしれない可能性は考えないと？」

「いやらしい人ね、【怠惰】。でも仕方ないわ、それがゲームですもの」

「っていうか待ちなさいよ、ますますなんであたしをプレイヤーから外したのよこの女《め》狐《ぎつね》！」

「いやだわ、【嫉妬】。わたくしのかわいいエルマを女狐呼ばわりしないでちょうだい」

最後にリーゼルが噛《か》みつくと、美貌の娼婦は暗に「頼んだのはエルマだし、受け入れたのはあなたでしょう」と告げることによってそれを封じた。

「――さあ」

ぱん、と軽く手を打ち合わせて、ハイデマリーは唇の端を持ち上げる。

「楽しい椅子取りゲームを始めましょう」

椅子取りゲームなどという、かわいらしい名前に覆われたその実態は、監獄の玉座を奪い合い、王となった者以外は皆奴隷に堕《お》ちるという、骨肉相食《あいは》むゼロサムゲームだ。

誰もがちらり、と互いを見やる。

エルマの前では抑えている凶暴性を、皆静かに解き放ちはじめ――リーゼルがしぶしぶバイオリンの弓を滑らせたその瞬間。

椅子取りゲームが始まった。

◆

獄内とは思えぬ優雅な即興曲《アンプロンプチュ》が鳴り響く中、囚人たちは慎重に椅子の周りを歩む。

幼いながら、小さな貴婦人のようにつんと顎を上げて歩くエルマのすぐ前にはイザーク、後ろにはホルスト。その背後にモーガンが続き、円が一巡する。

当初はモーガンの後ろをハイデマリーが歩いていたのだが、リーゼルが、エルマが玉座に近付くたびに演奏を止めようとするなど贔屓《ひいき》ばかりするので、それが三回続いた時点で彼女は参加を諦め、リーゼルの監視に回った。エルマは至極残念そうにしていた。

と、いつ途切れるかわからぬ演奏に粛々とステップを進めながら、イザークが後ろのエルマを振り返る。

彼は母語であるモンテーニュ語で、愛娘に静かに問うた。

『エルマ。おまえは、玉座に座りたいか？』

『はい、もちろんです、【ぼうしょく】のおとうさま』

するとエルマは即座に、危なげないモンテーニュ語で答える。

彼女にとって、玉座とはすなわち「ハイデマリーの椅子」であり、憧れの母と同じ椅子に腰かけてみたいという、純粋な思いがあったのだった。

『そうか』

イザークは神妙な表情で頷く。

『ならば……俺が力を貸そう』

『え？』

椅子取りゲームで「力を貸す」とはこれいかに。そして、彼もまた玉座を欲していたはずだったのに、この変心はどうしたことなのか。

エルマが首を傾げた、次の瞬間。

――……イン！

リーゼルが大きく弓を振り上げ、バイオリンの音色を途切れさせた！

『行くぞ！』

イザークが低く吠《ほ》える。

同時に彼は、ルビーの掛かっていない二脚の椅子をがっと摑《つか》み、それを勢いよく投擲《とうてき》してホルストとモーガンに足止めを食らわせると、自らは目にも留まらぬ速さで飛翔し、一気に玉座の前へと躍り出た。

それはまさしく、常軌を逸したスピード。

誰の目にも、この狂戦士《ベルセルク》こそが玉座を奪取するのだという未来予想図が映った。

が、

『さあエルマ。ともに座ろう』

筋骨隆々たる腕を椅子に向かって伸ばしながらも、イザークはにいっと笑い、そう嘯《うそぶ》くではないか。

いったいなにを、とエルマは目を見開き、それからはっと息を呑む。

これまでイザークとともに修行の日々を過ごしてきた彼女には、彼の価値観や方針、そして今この瞬間に彼がしようとしていることが、余すことなく理解できた。

『玉座がひとつだなんて、誰が決めた。首飾りがひとつしかないなら――割ればいい！』

――ゴッ……！

風が唸《うな》る。

イザークの剛腕が、まるで時が止まってしまったような空間の中で、残像を描きながら玉座へと振り下ろされてゆく。

あまりに凄《すさ》まじい膂力《りょりょく》。

こんなものがぶつかれば、そう、椅子もルビーも、真っ二つに割り砕ける――！

――ギィ……ンッ！

だが、魔獣の頭蓋すら微塵《みじん》に吹き飛ばす彼の拳は、鈍い音を立てて宙に静止した。

いや、静止したのではない。静止させられたのだ。――ギルベルトの差し出した、長剣に。

『なに……っ！』

「獄内の設備を不用意に壊すなと、何度言ったら理解してくれる？　ついでに言えば、我らが女王の定めたルールを、根底ごと踏みにじろうとしないでくれ」

ルールの番人――レフェリー・ギルベルトは、すうっと目を眇《すが》めてイザークを見やる。

彼はぐっと力を籠めて、剣と均衡状態を保っていたイザークの拳を払いのけると、

「器物破損未遂に法規蹂躙《ほうきじゅうりん》。【暴食】は退場だ」

淡々と告げ、イザークを場外へと摘まみだした。

「くそっ……！　なぜだ！　俺は、争う、ぐらいなら、玉座、増やせばいいという、まったく新しい視座から、皆の、凝り固まった、観念に、ヒビ、入れようと――」

「屁理屈《へりくつ》にすらなっていない謎理論を展開するのはやめてくださる？」

抵抗しようとしたイザークを、瞳に冷ややかな光を浮かべたハイデマリーがばっさりと切り捨てる。王者候補の地位から脱落したものに、掛ける情けはかけらもないようだった。

一連のやり取りを見て、なるほどたしかに椅子取りゲームにレフェリーは不可欠なのだとエルマは思った。どうやらこれは、暴力も得物の使用も辞さない、まさに仁義なき戦いなのだと。

エルマはごくりと喉を鳴らし、小さな拳を握った。

「待て……！　待ってくれ！　俺がいなくては、誰が、エルマを守る⁉　獣たちの、醜い争いの、さなかに、エルマを残しては――エルマ……――！」

「だいじょうぶです、【ぼうしょく】のおとうさま。わたしは、あなたのぎせいを忘れな

い。あなたのぶんまでたたかって、きっとぎょくざを獲《と》ってみせます……！」

そして、ギルベルトに引きずられていくイザークを見送りながら、ちゃっかりと彼を踏み台にして、悲壮な覚悟を固めた。

「んもう、【暴食】ったら、こんな風に椅子を投げたりして。傷が付いてしまったではないの。――まあ、みんな『玉座』以外に用はないようだから、この二脚の椅子はこのまま撤去でいいわね？」

愁嘆場を演じるエルマたちをよそに、ハイデマリーはあっさりとゲームを進めていく。

床に倒されていたホルストとモーガンが、身を起こしながら「ご随意に」と肩をすくめたので、彼女は容赦なく椅子を一脚に減らした。このゲームのゼロサムな本性が、いよいよあからさまになった格好である。

そして美貌の娼婦は満足げに微笑むと、ぱん、と手を打ち鳴らして再開を宣言した。

「では、始めましょう」

合図とともに、リーゼルが再び曲を奏ではじめる。

エルマとホルスト、モーガンの三人は、それぞれ神妙だったり皮肉気だったり、穏やかだったりする顔つきで、慎重に歩みを進めた。

耳に心地よい、軽やかな即興曲。しかし誰もが、なにげない表情を維持しながら、時折ちらりと鋭い視線を交わし合う。

次に動いたのは、モーガンだった。

「——やれやれ、我らが女王は実に人が悪いと思いませんか」

するりと懐に入り込むような、実に滑らかな口調で、前を歩くふたりに話しかける。

エルマはきょとんとしたような、ホルストは胡乱《うろん》そうな眼差しを、それぞれモーガンへと寄越した。

「……なにが言いたいの？」

「おや、お気付きでない」

代表して問うたホルストに、モーガンは小さく笑みを浮かべる。

彼は、実に悠々とステップを進めながら、静かに肩をすくめた。

「【色欲】が、なぜ今回に限って玉座を預けるようなゲームを仕掛けたと思います？　それはね、——明日がなんの日だか、よく考えればわかります」

詐欺師の口調は淀《よど》みない。

けっして主張を押し付けるのではなく、あくまでも当人に考えるよう誘いかけるのだ。

エルマとホルストは素早く互いを見やり、どちらも心当たりがないことを理解する。

ふたりがわずかに首を傾げた——つまり、話に興味を示したところで、モーガンはおもむしろに唇を釣り上げ、言い放った。

「明日はね、三か月に一度の『虚飾《きょしょく》』の日。監獄の女王が、最も煩《わずら》わされ、身を疲弊させる一日ですよ」

「――……!」

指摘され、エルマたちははっと息を呑んだ。

虚飾の日。それは、このヴァルツァー監獄が「この世の地獄」であるという風評を「維持」するために、あらゆる粉飾作業を行うと定めた日のことだ。

具体的には、看守に「不衛生で苛烈極まりない環境である」と嘘八百を並べた報告書を書かせたり、よそ者が監査《ガサ入れ》に訪れないよう周囲の森にトラップを仕掛けたり、陰惨な雰囲気を演出するために、獣を駆除して悲鳴を上げさせたりする日のことである。

囚人たちを掌握し、傀儡《かいらい》の看守が裏切らぬよう躾《しつ》け、過去の履歴と齟齬《そご》のないよう粉飾を指示するのは、なかなかに骨の折れる作業なのだ。

「つまり」

モーガンは、演奏を続けるリーゼルの顔を眺め、なにやらタイミングを読むように目を細めてから、絶妙な間合いで一言を放った。

「我々が奪い合っているのは、女王の首飾りなどではなく、彼女の代わりに労働をこなす

――僕《しもべ》の首輪ということです」

時を同じくして、演奏がやむ。

しん、と静まり返った空間で、モーガンは穏やかに両手を広げた。

「さあ、どうしましょう？　それでもあなた方は、この椅子を欲しますか？」

ルビーの掛かった椅子。

音楽はすでに止んでいるというのに、モーガンは急ぐ素振りすら見せない。しかしエルマたちもまた、椅子の傍で呆然《ぼうぜん》と立ち尽くすだけだった。

モーガンは詐欺師。彼の弁舌に騙《だま》されてはいけない。

いけないが――だがたしかに今、母ハイデマリーはこの戦いに加わってはいない。

リーゼルの監視をするなどという、不自然にも聞こえる言い訳をしてまでプレイヤーを下りたのは、……もしやモーガンの主張が真実だから？

戸惑いはじめたエルマに畳みかけるように、彼はにこやかに付け足した。

「信じるも、信じないも、おふたりの自由です。が、私があなた方なら、ここは私に『玉座』を押し付けてしまうでしょうね。だって、私は日頃から【色欲】の補佐として粉飾の代行もしているので、さほど作業を負担には思わないし、なにせ私には玉座についたところで、したいこともない。ほかの誰がつくより、最も平和な一日を約束できるでしょう」

たしかにモーガンは、先ほどのハイデマリーとの会話で、特になにがしたいと訴えるでもなかった。

いよいよ瞳を揺らしたエルマに優しく微笑みかけ、【怠惰】の名を持つ男はゆっくり、ルビーの掛かった椅子へと向かう。沈黙の中、誰もがその歩みを止めはしなかった。

本当にこれでいいのか。騙されているのではないか。

幼いエルマは葛藤し、師でもあるモーガンの横顔を追いかける。

あどけない目をぐっと凝らし、そして彼女ははっとした。

優し気な瞳、開かれた眉間。しかし、上唇は頬に向かってほんのわずかにめくれ上がっている。これは——愉悦と侮蔑の微表情！

「まって、【たいだ】のおとうさま——！」

やはり騙された、しかし、ああだめだ、もう間に合わない——！

エルマが慌てて小さな手を伸ばしたとき、しかしそれは起こった。

「——……!?」

今にも椅子に手を掛けんとしていたモーガンが、突如としてその場でふらつきだしたのである。

「……な……っ、これ、は……？」

重心を失った身体は椅子に収まることなく、傍らの床へと倒れ伏す。

目を見開き、顔だけをかろうじて持ち上げるモーガンに、優しく声を掛けるものがあった。

「――やれやれ、意地汚い大人っていうのはこれだから」

ホルストである。

彼は、こつ、と石造りの床に靴音を響かせながら、ゆっくりとモーガンのもとへと近づいていった。

そうして、伸ばされた彼の手から、ルビーの掛かった椅子をひょいと奪い取ると、にこやかに微笑んだ。

「ねえ、【怠惰】。さっき【暴食】に薙《な》ぎ払われて床に手をついたとき、ちょっとチクッとしなかった？　あれね、僕お手製の――遅効性の痺《しび》れ薬だから」

「な……っ！」

「プレイヤーが出揃ったとき、こういう展開になることはおおよそ読めていたんだ。ゲームっていうのはさ、コールが掛かるその前から始まっているものなんだよ。知ってた？」

ホルストは首を傾げて言い放つと、玉座の向きを変えて、そっと床に置き直した。

それから、自らがその座につく――と思いきや、なぜかエルマに向かって手招きをした。

「エルマ、おいで」

そして、ルビーの首飾りを椅子から外し、恭《うやうや》しく跪《ひざまず》いて、エルマに差し出してみせるではないか。

彼はきょとんとする「妹」の手を優しく引き、もう片方の手でルビーを持たせてやった。

「さあ、【傲慢】のお姫様。君のための席だよ」

「え……？」

「大丈夫。【怠惰】の言うことなんて気にしなくていい。だって君が女王になったら、ルールを決めるのは君。新たに定めたルールで、虚飾の労働ごと誰かに押し付けてしまえばいいんだから。だから……さあ、エルマ。君がこの玉座にお座り」

流れに取り残されきょとんとするエルマに、ホルストはいたずらっぽく片目を瞑《つぶ》る。

「いいかい、エルマ。真の女王とは、自らで敵を蹴散らすことなどしない。下僕が恭しく座を差し出してくるのを、悠然と待ち構えるものなんだよ」

「【どんよく】のおにいさま……」

本当にそれでいいのか、と戸惑って母を振り仰いでみれば、やりとりを見守っていたハイデマリーは両手をひらりと宙に向け、肩をすくめるだけだった。

娘のモラルハザードの現場を目の当たりにしようと、本人の自主性に任せるというのが彼女の子育てのようである。

が。

「…………」

エルマは差し出されたルビーをしばらくの間見つめ、それからなにかを思い切ったように顔を上げると、ぱたぱたと母のもとへ駆け寄っていった。

そして、

「おかあさま、こちらへ」

母の腕を引き、彼女を「玉座」へと腰かけさせる。

それから慎重な手つきで、母の細い首にルビーの首飾りを掛けた。

「やっぱり女王は、おかあさまでなくては」

「エルマ?」

名を呼び見つめてくる母親を、エルマはじいっと見上げる。

その夜明け色の瞳には、真剣で、ひたむきな思いだけが浮かんでいた。

「あのね、おかあさま。わたし、このゲームがすごく楽しかったです。なんてしげきてきで、ようしゃのないルールなんだろうって、わくわくしました。でも、このゲームのルールをきめたのは、おかあさまなのでしょう?」

幼いなりに、彼女はこの椅子取りゲームのルールが独断と偏見に満ち溢れていることに気付いていたらしい。

気付いた事実に、反発ではなく純粋な敬意を抱いて、エルマは神妙な顔で続けた。

「女王というのは、ルールをきめるひと、なのですよね。わたしには、こんなすてきなルールをきめるのは、まだむずかしいと思うのです。だから、わたしがしゅぎょうして、もっともっとたのしいゲームをたくさん思いつけるようになるまで、おかあさまがこのまま、女王をしてください」

「まあ、エルマ」

娘の訴えを聞き終え、ハイデマリーは軽く目を見開き、それから笑みを浮かべる。

まるで蜜を滴らせる花のような、魅惑的な笑顔だった。

「そう。――あなたの頼みならば、仕方ないわね」

そうして、「いらっしゃい」と娘を抱き上げ、玉座についた自らの膝に、彼女を座らせた。

「あなたの望むとおり、明日からもまた、わたくしは女王でいることにするわ」

こつんと額を合わせ、呟いたその声は、どこまでも穏やかだった。

「――ちょっと待って」

そのあまりに滑らかな口調に、ふと眉を寄せたのはホルストである。

彼は、差し出したまま行き場をなくしてしまった手を、苛立《いらだ》たしげに腰に当てた。

「まさかとは思うけど……この流れまであなたの計画通り、なんてことはないよね、マリー？」

低い声での問いに、壁に背を預けていたギルベルトが愉快そうに片方の眉を上げる。

ハイデマリーはふふっと笑みを漏らすと、自らの細い首に掛けられたルビーを、そっと指で弄《もてあそ》んだ。

「やあねえ、【貪欲】ったら、知らなかったの？」

彼女は、母の膝でご機嫌になった娘に、ルビーの感触を味わわせてやりながら、実ににげなく言い放った。

「ゲームというのは、コールどころか、ルールを定める瞬間から始まっているのよ？」

雨の降り続くヴァルツァー監獄。

気まぐれな女王による華麗な遊戯は、まだまだ続くようだった。

あとがき Afterword

初めまして、中村颯希《さつき》と申します。あるいは、私のほかの作品を手に取ってくださった方がいらっしゃるなら、ご無沙汰しております、またお会いできて本当に嬉しいです。


この「シャバの『普通』は難しい」という物語は、昨今流行りの「悪役令嬢もの」に挑戦しようと構想を練り始め、

「悪役の令嬢」→「つまり悪人の令嬢？」→「犯罪者の娘ってことか！」という謎進化をたどった末に産まれました。

結果、悪役令嬢ものというジャンルにはかすりもしていないそうです。

勉強不足にも程がありますね。作者の人間性を疑います。

が、その分もしかしたら、既存のジャンルとは少々異なる、なにがしかの面白さが、ひとかけらくらいは紛れ込んでいるかもしれません。

……紛れ込んでいてください！（懇願）

ともあれ、我ながら「読者様からどう反応されるだろう」とドキドキしながら書いたこの物語を、こうして本の形にしてくださった担当編集者様には、感謝しかありません。

この場で胡麻をするわけではありませんが、彼女は、出会った初日にハイデマリーのおっぱいについての資料画像を嬉々として送ってくださるような、大変気さくでチャーミングな方です。愛さざるをえない。

そしてまた、登場人物たちに美麗な姿を与えてくださった村カルキ先生。すごく麗しい絵を描かれる方なのに……主人公エルマのギャグシーンが本当にギャグシーンで……、イラストを拝見するたびに、そのギャップに悶絶しまし、……ぶはっ。

失礼、思い出し笑いのあまり文尾が震えました。作者の描写を超えてキャラクターに息を吹き込んでくださった村先生にも、やはり感謝の念でいっぱいです。

それから、表紙をはじめページ表記に至るまで、この本に素晴らしい世界観を与えてくださったデザイナー様。担当編集者様の想定する期日よりもはるかに早く「ああ、それなら既に作っておきましたが」といった感じで、さらっと送られてくる高クオリティデザインの数々に、作者はエルマめいた畏怖の念を感じずにはいられませんでした。

そしてもちろん、こうしてこの本を手に取ってくださった読者の皆様に、最大の感謝を。

「普通」を目指すエルマの奮闘が、皆様にひとかけらの笑い、ひとときの楽しい時間を届けることができたなら、これに勝る喜びはございません。

……ってしみじみ謝意を書き連ねてしまいましたが、これを読んでいる方が、あとがきから読むタイプだったらどうしよう！　いやむしろ、店頭でぱらっとページをめくっているだけの時点だったらほんとどうしよう！

私だけ前のめり！

その場合には、ぜひ本作を可及的速やかにレジにお持ちくださいませ。しかるのちに本編、あとがきの順に再度お読みいただき、しみじみ感を共有いただけますと幸いです。

実はあとがきなるものを初めて書いたのですが、これってとても緊張しますね。

「普通」のあとがきをしゃらっと書くのには、まだまだ相当な修練が必要そうです。

主人公エルマの「普通」を目指す日々も、同じく続いてまいりますので、願わくは次巻にて、皆様がその成長ぶりを見届けてくださいますことを。

改めて、このたびは本作をお手に取りいただき、本当にありがとうございました。

二〇一八年四月　中村颯希

「シャバの『普通』は難しい」
刊行おめでとうございます!!
そして書籍をお手にとっていただき
ありがとうございます!!
イラスト担当させていただきました
村カルキです。
シャバ難の楽しい物語を
より楽しんでいただけますように～!!
と念をこめてイラスト描きました。
なろうからの読者様も、
書籍にて初めましての方も、
中村先生の素敵な
物語をより楽しんで
いただけましたら
嬉しいです。
?
2018.3.
エルマの!!!
眼鏡が!!!!
ハッ

シャバの「普通」は難しい 01

2018年4月5日　初版発行

著　中村颯希
画　村カルキ

発行者　青柳昌行
編集　ホビー書籍編集部
担当　藤田明子、玉井咲
装丁　吉田健人（bank to）

発行　株式会社KADOKAWA
〒102-8177 東京都千代田区富士見2-13-3
電話 0570-060-555（ナビダイヤル）
https://www.kadokawa.co.jp/

印刷　図書印刷株式会社

本書の内容・不良交換についてのお問い合わせ先
エンターブレイン カスタマーサポート
電話 0570-060-555（受付時間:土日祝祭日を除く 12:00〜17:00）
メールアドレス support@ml.enterbrain.co.jp
※メールの場合は商品名をご明記ください。

定価はカバーに表示してあります。

ISBN:978-4-04-735110-3 C0093

次回予告

シャバの「愛」はもどかしい？

【色欲】ねえ、ホルスト。チェスにもいささか飽きたわね。わたくしたち、**新しいゲームを始める**べきだわ。

【貪欲】なにを急に。あなたも大概、飽きっぽい人だよね。

【色欲】あら、わたくしたちのかわいいエルマだって、ちょうどシャバで、新しいゲームを前にしているかもしれなくってよ。**より賑やかで、より謎に満ち、そしてよりツッコミに満ちた……**。

【貪欲】まるでなにかを知っているような口ぶりだね？

発売予定

【色欲】ふふ。……そうね、わたくしたち監獄側の「ゲーム」にも、新たなメンバーが加わりそうということだけ、言っておこうかしら。

【貪欲】新しいメンバー？　大罪の名を持つ僕たちのほかに？

【色欲】**誰が新たに監獄にやってきた**かは、この巻の終盤を読めばわかるわね。そして、彼がどんな末路を辿ることになるかは、次巻を読めばわかることでしょう。

【貪欲】……まさか、長縄が得意な彼？　随分出番を気前よく増やしたものだね。

【色欲】「なんか読者様から愛されてそう」という気配を謎察知するや、たちまち出番を増やすのが作者の習性だもの。調子に乗りやすいのね、きっと。

【貪欲】……ちなみに、次回予告役に僕とマリーが選ばれたってことは、それなりに出番を期待していいわけ？

【色欲】そうねえ、現時点では。仮にファンレターが編集部に届いたりして、あなたの出番を望む声が多ければ、もっと増えるかもしれなくってよ？

【貪欲】次回予告でファンレターを要求するそのやり口。やれやれ、どちらが貪欲なのだか。

【色欲】聞こえなくってよ。それでは皆様、二巻でお目に掛かれることを願って。ごきげんよう。

シャバの「普通」は難しい 02

中村颯希［著］　村カルキ［画］

2018年8月頃

200年後の世界で、
自分らしく
生きていく。
エンダルジア王国は
《魔の森》のスタンピードによって滅亡した。
錬金術師の少女・マリエラは
《仮死の魔法陣》の力で難を逃れたものの、

ちょっとした「うっかり」で眠り続けてしまい、
目覚めたのは200年後。
――そこは錬金術師が死に絶え、
ポーションが高級品と化した
別世界だった。
都市で唯一の錬金術師に
なってしまったマリエラの願い。
それは、のんびり楽しく、
街で静かに暮らすこと。
ほのぼの
スローライフ・ファンタジー、
ここに開幕！
生き残り錬金術師は
街で静かに暮らしたい
1〜2巻
以下続刊
『B's-LOG COMIC』にてコミカライズ好評連載中！
著：のの原兎太／画：ox
定価：本体1200円＋税

シリーズ累計
150万部!!
廃墟アキバから世界を変える!
ログ・ホライズン
橙乃ままれ著　ハラカズヒロ画　1～11巻好評発売中!!